奇迹总会有

池莉 著

人民日报出版社

目录
CONTENTS

第一辑 一人一世界

爱来则来 …………………………… 3

人生是一场没有起跑线的赛事 ……… 6

必须玩以及学会玩 ………………… 12

溺爱有度 …………………………… 21

少一分流泪多一分太累 …………… 28

敲敲世界的大门 …………………… 50

想想立身之本 ……………………… 62

天高任鸟飞 你得有翅膀 ………… 82

直至完美极限 ……………………… 105

最重要的话再说一遍 ……………… 114

第二辑 一颗自己的心

一颗自己的心 ……………………… 121

苏 醒 ……………………………… 127

生命是用来挥霍的 ………………… 131

奇迹总会有 ………………………… 137

四个人的千年美丽 …………… *142*

不仅仅是左手 …………… *145*

一个人的火车 …………… *149*

女人与花事 …………… *155*

第三辑　大厦脚边的豆豆店

一条大河波浪宽 …………… *161*

咸安坊的树和法国式的傻 ……… *165*

盛夏之妖 …………… *170*

水是不能忘记的 …………… *174*

上海的现实主义 …………… *176*

大厦脚边的豆豆店 …………… *181*

晒月亮 …………… *183*

聆听万籁 …………… *186*

晤　雨 …………… *190*

第四辑　怀着夏日母性的心肠成为一棵树

霍华德庄园 …………… *195*

牛肉之香 …………… *198*

永远的天鹅湖 …………… *201*

还魂香 …………… *203*

还魂土 …………… *207*

严峻的每日 …………… *210*

不敢信罗素 …………… *213*

十年识得范用字 …………… 215

再见萤火虫 ……………… 219

闻香识小说 ……………… 222

怀着夏日母性的心肠成为一棵树 … 225

第五辑　幸福是有一颗强大的内心

幸福是有一颗强大的内心 ………… 231

快乐在握 ……………… 235

简单的智慧 ……………… 239

不妨怀些旧 ……………… 244

幽默是一种品质 …………… 248

尊严究竟什么意思 ………… 253

天不可欺 ……………… 258

厚　道 ……………… 263

最危险的游戏 …………… 267

竹杖芒鞋的平与和 ………… 273

咀嚼爱惜 ……………… 278

第一辑　一人一世界

第二十八回

爱来则来

"妈妈,我是从哪里生出来的?"——这几乎是全世界所有孩子都会问的一个问题。

我小时候,我们家大人的回答是:"你是捡来的。"据说大街上有个女疯子,喜欢到处翻垃圾,有一次从某垃圾堆翻出了"我",就把"我"抱到了"我"家大门口。

岁月匆匆,一转眼,就轮到我要回答我自己孩子了。小女亦池三岁,一上幼儿园,问题就来了:"妈妈,我们班小朋友的妈妈说,她是从她妈妈胳肢窝生出来的,还有小朋友妈妈说他是从脚丫子生出来的,我是从哪里生出来的?"

我坦然回答:"从妈妈肚子里。"

这一刻我简直非常庆幸我那惨痛的剖腹产,庆幸我可以巧妙地偷换概念,庆幸自己不用尴尬和说谎。最多不就是向孩子袒露一下腹部的手术疤痕吗?果然亦池追问:"可以让我看看吗?"

当然可以。我大方地掀开衣襟,让小女验明她的所来之处。小女郑重凝视忽然露出小大人神态,说:"痛!"

这可是我不想要的效果!我可不希望让我女儿三岁就留下对生育的恐惧印象。我还是只得说谎,我假装很真实地嘻哈一笑:"不痛不痛,就跟拉链一样,轻轻拉开,把你取出来就行了。"

"真的?"

就这样一双清澈见底、天真无邪的眼睛,对你进行着追问。我顿住了,我不敢继续说谎。可又该怎么说呢?生育是如此复杂的成年人的事情,对孩子怎么说得清楚?

这时候,一只黑红相间的大蝴蝶飞进我家窗口,恋恋盘旋于我的一盆金橘。"蝴蝶!"亦池惊叫。我几乎也同时惊叫。我们都惊喜万分,立刻去看蝴蝶。不远处又传来一阵狗吠,亦池又立刻竖起小耳朵,还跟着叫:"汪汪,汪汪!"

忽然间,主题自然变换了。倒是把我愣在了那里——我把孩子的疑问当作千斤重担,却正是孩子四两拨千斤。原来——问题没有那么严重,小孩子没有想那么多。他们只是对自己的存在有好奇感,童话般的好奇,游戏般的好奇,清浅的好奇,且随时可能被更感兴趣的东西所转移或冲淡。三岁小儿有他们自己无比丰富又洁净单纯的小世界,即使成年人板着脸告诉他们生育的真实情况,他们也未见得会怎么样——就像老人告诉年轻人要"珍惜青春"一样,某些年轻人还是不懂珍惜。人是经验动物,没有经历过的事情,别人再传经送宝都没有用;人又是生理动物,当某个器官还没有发育成熟,别人再传经送宝也都没有用——我获得了一点顿悟,放下了。

然后,我蓄积着科学家的勇气,时刻准备着,将来一定客观而坦率地回答孩子发育以后的再次提问。然而,没有出现这个将来。没有什么一本正经的讨论。一把劲儿攒了二十多年,孩子却再也没有问过"我从哪里来"。

不用说,显然她自己什么都知道了。我才又一次悟到:人是经验动物,是生理动物,同时更是社会动物。逐渐长大的孩子,有她逐渐扩大的社会交往,她会逐渐获得各个年龄段的知识。让我最尴尬的是：我居然一直守株待兔想要硬塞给孩子某些难以启齿的生理知识。

孩子成年以后，尤其当她过了二十岁，开始交往异性朋友，开始谈婚论嫁，开始想象自己生儿育女，"我从哪里来？"这个三岁的疑问，重新冒了出来。这个时候的孩子，也许不再冒失提问，也许假装不感兴趣，也许怕父母难为情而特别回避这个问题。但我知道，她的确在问，也的确想要答案。这是我亲手带大的孩子，我们时时刻刻朝夕相处亲密无间，我对孩子举止神态的点点滴滴都悉知悉见，我知道她在无声发问。这是与生育生理无关的发问。这次发问直指情感。这才是"我从哪里来"的问题实质：父母为什么要她？她是父母意外的产物还是相爱的结晶？人生盛宴，她是被隆重邀请的贵宾？还是不速之客？

事实上，无论是怎样怀孕的，天下父母心，都同样地爱孩子。有趣的是：恐怕天下孩子，一辈子终究想知道这个答案，比如我自己。因此，将心比心，我愿意，趁现在，我还没有老糊涂，给孩子一个坦诚的答案。孩子的故事，就从序幕开始。尽管在孩子面前坦白自己年轻时候傻乎乎的婚恋，有许多的尴尬，也会重新触痛一些掩埋在岁月深处的创伤，但是，想要告诉孩子她的真实来历，我想我必须勇敢一次。

人生是一场没有起跑线的赛事

小亦池周岁了,我们大有苦尽甘来的感觉。以后的日子应该就是俗话说的"有苗不愁长"了。我想我可以不再像从前那么紧张了,我可以任由孩子在室内走动摸爬,我可以躺下舒展一下酸痛的身骨,也可以开始拿出时间写作了。

为了庆贺这个来之不易的周岁,我们为亦池举行了一个民俗的抓周仪式:让亦池坐在大床中央,将书本笔墨、胭脂口红、算盘计算器、锅碗瓢盆,还有玩具手枪、玩具动物、玩具农具等摆放在她的周围,然后兴奋地等待她抓起某件物品。《红楼梦》里头的多情公子贾宝玉,儿时就喜欢胭脂口红,抓起来就往口里送。我儿时的抓周,据说是抓了一把香葱,我外公宣称这就预示了我的聪明,尽管其实我并不聪明,作家并不一定是聪明人。不管怎么说,这种民间风俗,不是用来信的,是用来热闹喜庆要为人生增添意趣的。待一切准备停当,我松开了亦池的手,亦池乌亮的眼珠骨碌骨碌转,咯咯地笑着,朝四周逡巡了又逡巡,然后,扑向一把锅铲,坚决地抓起了它。我们大笑。我宣布:我的女儿将来大约是个厨师了。

亦池抓周的故事,本是一个有趣玩笑,我会乐呵呵地向亲朋好友讲述。终于有一天,我的一个好朋友对我来了一记当头棒喝,她说:

"拜托啊,你是真傻呀?! 厨师是什么好职业? 就是伙房师傅啊! 过去我们教育孩子,讲的是当科学家和工程师,讲的是学好数理化,走遍天下都不怕。现在要求更高了,你没有听说美国硅谷的那些软件工程师,那些博士和博士后,哪个不是小轿车大房子?! 亏你还是一个作家,时代进步社会发展了,都还不觉得,到处讲你女儿做什么厨师! 人家谁爱听? 谁有闲心和你瞎聊? 现在各家就一个孩子,出不得半点差错,要聊就聊点有用的吧,看看谁有本事把小孩的学习抓上去,以后要是能考上一个全国重点大学,那才算本事!"

我惊愕得半晌说不出话来! 我还真是没有想那么多,也还真是没有那么去想,我孩子才满周岁呢,搞那么紧张干什么?

朋友反驳我说:"周岁不小了,已经会走路会说话了,就应该抓紧她的学习了。学习成绩当然是从娃娃抓起了,要不将来忽然就能考上重点大学?! 我看你有点二吧?"

忽然我觉得自己的确是有点二。朋友提醒得不错,人们传颂的还是轰动全中国的神童宁铂,还是干政、谢彦波等那些中国科技大学少年班的少年大学生。尽管十余年过去了,当年中国媒体对全国人民进行的狂轰滥炸式宣传,已经深入人心。人们对宁铂两岁能够背诵30多首毛泽东诗词、五岁学中医开处方、十四岁被中国科技大学破格录取的故事,依然津津乐道,心驰神往。干政切瓜的故事,宁铂父亲如何严格辅导宁铂学习功课的故事,被演绎得神乎其神,依然强烈地鼓舞和引导着我们这些幼儿的父母。不错,我们一群父母或者妈妈,带孩子在公园玩耍,大家的确不会顺着我的话题走,而是热烈地从神童一路谈论到眼下:某个同事或者某个邻居的小孩,谁谁经常获得数学竞赛奖;谁谁一举考上了清华、北大;谁谁考取了公派出国留学。年轻妈妈们,羡慕得双眼贼亮。而我,则被晾在一边。与我前后做母亲的女记者朋友,依然调侃我,说我看起来很细心的人,其实是没心没肺。因为妈妈们都纷纷咨询她,哪里开办了幼儿数学班?汉口青少年宫的幼儿培优班怎么样?幼儿兴趣班哪一家最好?某某老师是否最神?他只在自己家里秘密开班辅导,不通过熟人介绍人家根本都不接收,多少钱都不接收,因为一旦进了他的班,以后的数学考试,绝对就有把握了。听说还有某某老师,特点是会抓题,每逢大考,抓题几乎八九不离十,只是收费比较昂贵;不过那也合算啊,谢谢你替我介绍一下吧,谢谢啊谢谢!

千万不要让孩子输在起跑线上——这句貌似至理名言的忠告,在我们年轻父母中口口相传,然后报纸上也频繁使用,大家更加迷信这个虚假伪劣的真理,我身边的一群妈妈,一再用这句话来提醒我、激励我、邀约我一起去寻找那些据说很成功的幼儿教育老师,当然,口袋里一定要带上可观的钞票。

为了孩子,我去了。我去了武昌,著名的华师一附中附近的一家幼儿教育早期开发班。去看了青少年宫的各种幼儿培优班。去了神秘地开设在私人家里的幼儿班。越跑我心越凉,首先是收费高得惊人,同时父母要带孩子长途跋涉,挤车,轮渡过江,吃喝拉撒都多有不便,小孩子很是受罪,一周岁到三周岁的幼儿有时候还需要带尿布呢,就被当作学生来要求了。上课的时候,孩子被严加约束,要和其他小朋友一样端正坐好,不得随意动弹,必须认真听讲——我的天,才多大的小孩子啊!有个两岁孩子一节课坐下来,尿在裤子里了,那个羞辱和绝望啊,哭得气都要断了。在我观察和了解了社会上形形色色的各种幼儿教育班以后,吓坏了。原来这就是教育?原来这就是将来考上重点大学的起跑线?

惊愕与反感,强烈地冲击着我。如果不是我自己生育了一个孩子,我怎么敢相信这个社会现实?望子成龙原本是父母对孩子爱的心意,应该是父母在孩子成长过程中,不断用自己爱的举动和行为,用自己的品格和德行,去启蒙、引导和树立的一种标准和理想,同时还需要孩子心甘情愿地接受并慢慢转化成为他们自己的主观意识。怎么眼下就变成了如此急功近利的社会现状呢?父母们怎么就盲目到了无知的程度,居然深信并接受如此违背天理和常情的教育方式呢?

普天之下,所有的幼小生灵,无不有一个自然成长的过程。天真快乐地吃睡玩乐逗耍,这是幼小生命的本能启动,它们本身就包含着丰富的生命知识,远不是什么英语录音磁带和识字课本可以替代的。我自己也是从儿时过来的,我扪心自问,就不难发现我们幼年、童年以及少年时代那些更加自然的成长经历,其实是最宝贵的,那是我们对世界最初的认识、理解和感情基础,是我们一生的记忆源泉和个人性格的决定因素。我发现,那些亲密抚育我们的人,事实上就是我们一生的老师和榜样与亲人。像我这样,与自己孩子从婴幼儿时期就密切相处的母亲,我自己才是最关键的教育。我最关键的是首先教育好自己。正如斯波克博士在书中说的:"孩子是通过观察他们的父母来学习尊重、爱和得体的行为的。"

课本教育只是一种具有普遍意义的单纯知识的教学。读、写、算永远都是工具。一个没有学过算术的孩子只要送到店铺当学徒很快也能够学会计算。一个人若要稳稳地立足于世界,能够应对世道的各种变化,取得稳固的成功和成就,他需要的是与他自己个性相得益彰的各种知识和能力,其中最主要的是如何与人相处,因为社会是人组成的,"尊重、爱和得体的行为"才是为人处世的最重要知识和学问。

通过一段时间的犹豫不定,再左思右想和反复考虑,我确信了自己没有错。我一周岁的孩子比别的孩子更多学会了读写算,并不等于就更加接近了将来的理想。我得信任常识:更重要更广博的知识几乎都不是课本知识。我得让我孩子从生活中学习生活,从游泳中学习游泳。仅仅才一周岁的孩子,就是要她喜欢玩耍,喜欢吃饭,喜欢步行,喜欢说话,喜欢笑,对所见所闻都感兴趣,摔跤了能够一骨碌爬起来。让孩子生命的每一个阶段都自然地获得这个阶段应该有的成长经历和经验(包括教训),这就是教育。在孩子任何阶段的拔苗助长都是残害,尤其是人为的、根本就不可能助长的那种拔苗,简直就是在摧毁生命。

千万不要让孩子输在起跑线上——这纯粹是一个完全不能够成立的狗屁逻辑。因为人生根本就不是一场简单的比赛,更没有什么整齐划一的起跑线。美国著名发明家爱迪生一生只上过三个月小学,他的学问都是靠他母亲的教导和自学得来。从小被人们认定是低能儿的爱迪生,学校都不看好他,正是他母亲对孩子的深爱和耐心教育,使他成为一个伟大的发明家。还有无数成功人士的成长先例,都在证明一个人的成功,有可能在任何年龄任何阶段,而教育的正确方式,只能是深爱和耐心。我们今天怎么啦?

还有我们孩子的快乐、健康和幸福呢?这不都是每一对父母对孩子的终极心愿和目标吗?可是如果在婴幼儿时期开始就遭罪,一直遭罪到二十年甚至三十年,我们的孩子不就已经失去了人生最好时光的快乐、健康和幸福吗?更何况一个人小时候成绩的好坏与若干年之后的成就往往不成正比,一个人天生兴趣和才能爆发与显露的时间和年龄也都不可预知,我们做父母的这样不顾一切地强行逼迫孩子学习课本知识,倒有可能断送了自己孩子的一生。

我热烘烘的头脑冷静下来。我才不相信我亲眼见到的所谓教育的鬼话。我绝不忍心让我孩子受早期教育的罪。妈妈们无奈地说:"大家都这样,社会都这样,我也不想让自己和孩子辛苦,但是你不这样怎么办?"

是啊,大道理谁不知道?真正做起来,就不容易了。是啊,好无奈!你不这样你又能怎么办?绝大多数父母似乎都无法从流行的教育观念和模式中突围出来。潮流的力量太强大了,几乎人人都被潮流裹挟,身不由己跟着跑。大家都在逼迫自己的孩子学习,用超大量的课本知识全部侵吞孩子自然生长的生命知识和生命快乐。

我再也无力反抗这众口一词的巨大现实。我沉默了,我不再试图说服其他家长。我选择独善其身。

我是一个母亲,我天生的使命就是护犊子。我就是看不得我孩子受罪。我横下了一条心:我就是要我孩子快乐、健康和幸福。每一天,每时每刻,而不是虚无缥缈的将来。如果我孩子长大了真的去做厨师,或者就是一个普通的劳动者,只要她自己感到快乐、健康和幸福,那就很好。再说三百六十行,行行出状元。无论做哪一行,只要做到最好,那就是有出息。

不管别人怎么看、怎么说,我必须尝试一下维护自己的好梦。我要把扑面而来的这只"教育"老虎打回去。

必须玩以及学会玩

日月经天,江河行地,结婚生子,代代繁衍,生生不息,这是自然规律,哪里有那么复杂和可怕?!在人类进化的几百万年里,学校这种形式才诞生两千五百多年,学校之前的人类不照样文武双全充满生命力和创造力吗?我们现阶段恶性膨胀地以分数取人,以重点学校取人,完全是近三十多年来被拜金主义侵蚀的结果,严重戕害着孩子们的生命力和创造力。谁说我们的幼儿从小非得接受培优班、课堂和老师的授课?!

其实,孩子的生长和生活能力,比我们以为的,要强大得多。

小亦池快三岁了,该上幼儿园了。我首先征求她的意见。小亦池说她特别想上育才幼儿园。育才幼儿园正好就在我们单位附近,是大屋顶红墙的教会房子,像图片和动画片里头的房子一样漂亮,亦池已经多次看见幼儿园的绿树红墙秋千架了,她非常喜欢。

好吧。那么我们就去上育才。可笑的是,我没有想到。育才幼儿园是市直机关幼儿园,是全市最好的重点幼儿园之一,人家只接受干部和官员的孩子,不接受我这个事业编制人员的孩子。作家又怎么样?作家这个职业是好听不好用,中看不中吃的。平时发表作品,频频获奖,被读者认出来要求签名,自我感觉还是良好的,可是一旦遭遇铁一般的体制现实,立刻就跟霜打了一般,蔫蔫的一副倒霉相,哪里还有什么感觉。多次托人,多次都没有结果了。哪里知道,小亦池把这一切都看在眼里,记在心上。最后我灰心丧气地与她爸爸商量,说求人太难了,我们干脆上别的幼儿园算了。

小亦池忽然插话了。她说:"不!我不上别的!"小亦池理直气壮地说:"妈妈你不可以直接进去告诉一下幼儿园的人吗?他们可能不知道我们离得很近,小朋友应该都是就近入园的。"

就近入园?!就近入园是政策规定,小亦池竟然知道并运用得如此恰当!

"你怎么知道'就近入园'?"

"这是规定呀,杨柳妈妈这样说,石头的妈妈也说,你和爸爸总在这么说呀。"

我破涕为笑。我被小亦池逗乐了。我觉得我不满三岁的孩子好生了不起,啥幼儿班都没有上过,显然自然成长已经给了她生活能力,远远超过我们的想象。好吧!我再去找人!孩子让我增添了无穷勇气。小亦池参与家庭事务了,并且有条有理,像模像样的——惊喜大大提升了我的精神,使我这个特别不善于求人的人,也尽力克服自己的怯意,想方设法去求人。终于几经周折,我找到了人事局有关领导。领导给幼教科科长签了批条,幼教科科长终于肯接见我一下了。科长口气很大地对我说:"目前我们正在搞经济体制的改革开放,教育体制都在改革开放,幼教事业也不例外,也要上新的台阶也要发展,因此局里有规定,指标以外的学生必须交纳赞助费。"

我立刻明白是要收钱。我早就做好心理准备了,这个社会潜规则我明白:所谓"重点",就是收钱。我马上表态完全赞同,当即就去财会室交了800元赞助费——交得心里直哆嗦,那可是一大笔钱。那时候我们一家三口加上小保姆,两人工资半月就用光,其余日子全靠我的稿费度过。

但是,我们同样还是那么狂喜;毕竟,小亦池的愿望实现了!而且,这是小亦池自己参与的决策!小亦池人生第一个明确的社会目标,在她自己的坚持和参与下,得到了圆满的结果。我们加餐,喝酒,给小亦池喝汽水,一起举杯,表扬她,夸赞她,祝贺她,手拉手唱歌。

如愿以偿的一天终于到来:小亦池要上幼儿园了。

不过我想,亦池毕竟还不满三周岁,孩子毕竟是孩子,一般小孩子在妈妈身边和家里待习惯了,口里说是喜欢幼儿园,实际上进了幼儿园,最初一刻没有不别扭的,开始几天大哭大闹不吃不喝的不算奇怪的事。我两个朋友也陪我们一起来幼儿园,她们同是准备帮我哄孩子的。

办完入园手续,我牵着亦池的手把她送到班级。她班级的小朋友正围坐在草坪上,老师是一个年轻姑娘,她微笑着向亦池招手。我松开了亦池,鼓励她自己走过去。亦池慢慢走向陌生的老师和班级,忽然,她停住了,转身跑回来。

我想:坏了!要哭鼻子了!要打退堂鼓了!

不料,我的小亦池,走近我,愉快又平静地对我说:"妈妈再见!"然后再一个转身,坚定不移地汇入了属于她的那个群体,她将生平头一次与陌生人在一起度过一整天,对于一个不满三岁的孩子来说,这是很不容易的生活巨变。

我在幼儿园的栅栏外面偷偷观察了好久,我的孩子已经坐在小朋友的圆圈之中,她始终没有惊慌失措寻找妈妈的迹象。没有哭,没有叫喊。我的朋友们很吃惊,说:这孩子少有!只有我明白,不是我孩子特别,是我孩子事先就已经知道,她能够进入育才幼儿园呢,是来之不易的,其中就有她自己的一份努力。如果不是她勇敢地对妈妈要求,给父母建议,不是后来我们有意识地与她进行一次次的讨论，而是突然给她断奶，把她从妈妈身边扔进一个陌生地方，我想小亦池同样会畏惧、害怕、哭喊和逃跑。小亦池虽然年纪小，通过与父母共度时艰，她那小小的心眼里，什么都明白了。我以为，这就是教育。

我的小亦池，勇敢地迈出了第一步。在进入社会大环境之后，过于文静温良的她，没有接受幼儿课本学习的她，能够在幼儿园生存得好吗？据说幼师也会把小朋友们划分为三六九等。幼师会宠爱和表扬一些学会了更多文字和数字的孩子，同时嫌恶和批评另一些不爱学习、不墨守成规的孩子。我的小亦池实在太野了，她太喜欢大自然，太喜欢小朋友之间的疯逗追跑。她会不会让幼师不待见呢？会不会受到小朋友的欺负呢？

很快，小亦池就以她在各方面的出色表现让我放下心来。主动入园的孩子，精神状态和各方面的能力，当然胜过那些被动入园的孩子。初进幼儿园，孩子们遭遇的最大困难，莫过于"大便"问题。幼师最郑重宣布的纪律之一，就是小朋友们不可以在幼儿园大便。据说这是为了全班的集体荣誉，为了保持班级的清洁和空气良好。幼师要求孩子们要么在清晨入园之前，要么在黄昏放学离开幼儿园之后解决大便的排泄问题，绝对不能在班级拉"臭臭"！如果哪个小朋友在班级拉"臭臭"了，那天他就得不到象征荣誉的一枚小红花。小红花由幼师用红纸剪成，每天放学之前颁发给当日的好孩子。孩子们的名字和照片悬挂在教室的一面大墙上，小红花则逐日粘贴在孩子们的名字下面。

这种管理方式很残酷也很奏效，入园三天就能唤醒所有孩子的荣辱感，谁都希望自己每天都挂小红花，每天都让接送自己的家长有脸面。为了小红花，许多孩子都能够做到把双手背到身后，直挺挺坐一节课；能够认真学习写字、画画、数数和唱歌；能够好好吃饭不管是否有食欲;若有饭粒掉在桌子上,都会立刻捡起来飞快塞进嘴里;也能好好睡午觉,一旦躺下来就再不敢吭声,更不敢和其他小朋友说话逗闹。可是,孩子唯独做不到的就是憋大便,这种要求超过了孩子的生理控制能力。

最初我并不知道这条纪律,一段时间以后,我发现了两点古怪。一是几个表现挺好的孩子,名字下面经常空白,总是得不到小红花。这些孩子在家长接送的时候面红耳赤,羞惭地拽自己父母的手,要他们快快离开,不让他们看光荣榜;二是亦池每天放学回家,进门就直奔卫生间,有时候简直迫不及待。在我的追问之下,亦池才说那些得不到小红花的孩子,是憋不住大便"出丑"了。

怎么出丑呢?亦池说:"他们睡午觉的时候把大便拉到床上了,还有人是拉在棉裤里头了,他们污染了班级的空气,所以不可能得到小红花。老师骂他们是傻子,说他们太出丑了。"

闻此"纪律",我大吃一惊,当时就愤怒了。我说:这是幼儿园吗?简直太不人道了!别说刚刚入园的三岁孩子,就是成年人,也不可能被这样约束啊!俗话还说得有:拉屎放屁,天经地义。当今社会,一个大城市最好的红旗标杆幼儿园,居然不让孩子大便!

我的小亦池,却比我冷静多了。她居然是安稳和常态的。她要我别这么急,她讲她自己是没有问题的,她完全可以对付,因为她有"办法"。小亦池的"办法"就是:不吃。在幼儿园三餐她都只象征性地吃一点点,回家以后的晚餐才吃饱一顿。"所以,"她说,"大便就可以不在班级臭臭了。"

三岁多的亦池有一段时间特别爱用"因为"和"所以"。她说:"因为老师不高兴小朋友告诉家长,所以妈妈你不要在我们班批评老师啊!因为所有幼儿园都是这样的纪律,你有什么办法?"

我愕然。

亦池又自豪地说:"妈妈你看我都是小红花!"

我心里五味翻滚,又忧又喜。忧的是这孩子怎么如此逆来顺受呢?过于逆来顺受是否会导致她失去个人竞争意识?当然,这是做娘的复杂心思而已了。我也知道孩子如果像我这么凡事较真固执己见也未必就好。倒是眼前喜的成分更多,我喜的是这孩子小小年纪,面对如此不合理的苛刻纪律,居然有如此强的应对能力和包容心态,或许这是更加强大的个人力量呢。

遇事不慌,善于变通,这是作为一个成年人的我,都难以做到的,三岁的小亦池够可以的了!仅就"大便"问题,就足以使她在老师和小朋友面前显示她的能力、尊严和体面。小亦池从来没有"出过丑",小红花开满了她的园地。

三年多的幼儿园生活,对于小亦池来说,几乎可以说是辉煌的了。吃饭,喝水,睡觉,穿衣,料理自己的大小便,唱歌跳舞做游戏,小亦池样样都能行。音乐天赋也表现出来,径直走到老师的风琴前面,就弹出音阶来。幼儿课本的学习,那些简单的读写算课程,对于小亦池来说,则完全不在话下。成绩一直名列前茅,超过不少进行过幼儿早期培优班的小朋友。

我大大松了一口气。亦池在幼儿园出色的表现,初步验证了我对教育的正确理解和倔强的实行。我们在日常生活中坚持实行的三条原则,逐渐变成了我们的生活习惯。

第一条就是:让小亦池尽情与她的小朋友相处和玩耍。

一个人最需要学习和适应的,就是与人的相处。与人相处的能力包括识别人的慧眼,是人生一辈子的功课。这门功课如果成绩优异,那么她的生命就会拥有更多的自如和快乐。这一点,已经由我自己反证出来。由于出生于政治运动时期又是被"革命"和打倒的对象,我自小就怕人,极其不善于和他人相处。当然,我侥幸做了作家,无须与他人合作,可以独自劳动靠自己双手吃饭。可我不能够指望侥幸也落到我孩子身上,我孩子不要成为一个孤僻的人,她应该在人群中如鱼得水,获得更多的收获和快乐。因此,我的小亦池只要她乐意,她就可以整天和小朋友玩耍。正如李白的诗词:"妾发初覆额,折花门前剧。郎骑竹马来,绕床弄青梅。同居长干里,两小无嫌猜。"至于我的亦池将来是否有青梅竹马的故事,那是玩笑了。我希望的是:我的孩子从小就可以获得广泛的识人与阅世机会。

第二条就是:顺从孩子与生俱来的天性,让她在最开放的状态中接受自然启蒙。

小亦池酷爱大自然,满月以后每天睁开眼睛,就挣扎着要奔向户外。那时候我们经常在清早六七点就到了水果湖儿童公园。好吧,既然我的孩子最早表现出来的就是对大自然的好奇和渴望,那么我们就首先与大自然交好,就让我从大自然铺设一条孩子的求知之路吧。

平常好天气,我们都在户外活动。我们在公园、在动物园、在长江边、在湖畔,在草地山坡树林。我们划船。亦池面对老虎、面对大象,她可以耐心地守候到与它们目光交接。我们任由小亦池指手画脚地与动物说话聊天。沿着季节变化,我陪小亦池看蚂蚁搬家,看蚯蚓钻地,听各种鸟儿鸣唱,闻各种花朵的芬芳。蜘蛛的故事,种子与苗芽的故事,风穿越建筑物的声音,雨落在皮肤上的感觉,风的漫长旅行,清晨阳光的美景与黄昏落日的瑰丽,我都带着小亦池一一领略。

亦池再长大一点,我们便一起养蚕宝宝。一起在窗台上种盆花。一起偷偷观察蝴蝶在我们家的橘子树上产卵,然后每天观察它们化蛹为蝶的过程。我要请大自然这位老师开启这个小人儿的感官世界,要她的眼睛、鼻子、耳朵和指尖都开放而敏感,善于感知和接受周围的事物;激发她对未知事物的探索;让她通过自己的感悟获得丰富的知识,慢慢懂得并且学会愉悦、敬畏、喜爱、同情、怜悯、赞赏与爱。

以我自己幼年的记忆和对先哲圣贤们传记与著作的阅读,我相信,一个小孩子对大自然的印象和情感是智慧种子发芽的沃土。这样的学习,获得知识的丰厚难以估计,而且这样获得的知识,对一个人具有更加持久的影响力。对于孩子来说,智慧的重要远远超过课本知识。拥有智慧的孩子,课本知识的学习会变得非常容易理解和掌握。而缺乏智慧的孩子,课本知识即便强迫死记硬背也是无法消化的苦果。亦池三年幼儿园的经历,极大鼓舞了我们。我们更加大胆自信地——怎么更加通俗地说呢:玩。疯玩。到外头去玩。

第三条是古老的常识的做法:为孩子讲故事和阅读。

讲故事和阅读,这是我的拿手好戏了。本来我自己每天都要阅读,只是我要把我自己一个人的阅读,变成两个人的阅读。把我儿时向往却又被"文革"的熊熊烈火烧毁的许多童话,借女儿的东风让我自己重返童年时光。《格林童话》《安徒生童话》《伊索寓言》以及《西游记》等,我们百读不厌。当然,已经有电视机了。我们也看电视,主要是看动画片《米老鼠和唐老鸭》《聪明的一休》等。

事实上,这就是我们的日常生活,其实没有谁老在想教育问题。日复一日,岁岁流年度,有人先富起来了,有人有钱了,有人买大屋买小车了,有人把家里装修得金碧辉煌。为了赚钱,为了金碧辉煌的大房子,为了豪华小车,有人忙得完全没有时间管孩子,有人的孩子上幼儿园了上学了都是继续由老人接送,继续奔各种培优班、补习班,据说是为了孩子将来的幸福。我们毫不动心,坚决坚持为孩子现时的幸福。现时的我们家,依然别无长物,清水白墙,自行车接送孩子。只是书籍在日益增多,多得占满了两个房间还不止。最好的是改革开放的到来,图书出版量越来越大,我们可以买到许多我们心仪已久的书籍，包括漫画。尤其是国外那些优秀漫画家的作品，比如德国漫画家卜劳恩的漫画《父与子》，每一册我们都会抢着买回家。自然还有丰子恺的漫画。我们和亦池一起看、一起笑、一起乐，十分开心。我们家书房就是小亦池的游戏室，书籍就是她的玩具。坐拥书城的家庭环境和充满书香的家庭空气，在我看来，人在这种空间里，可以宁静致远心驰神往，是很惬意的。小亦池果然就是十分惬意，一个岁把两岁的小小孩儿，走路都还不够稳当，却最是喜欢大部头书籍。从书柜里搬出她的大部头书籍，一屁股坐地上，胡乱地又认真地翻阅，有时候还做口中念念有词状，真是叫人忍俊不禁。

　　正是在这样玩耍一般的翻阅之中，小亦池自然就认识了许多字并十分自然就触类旁通了。后来一上学，不仅幼儿园的课本对亦池易如反掌，小学六年，亦池也没有遇到多大困难。我们并没有费什么力耗什么神，我们就是始终和孩子在一起。不离开她，自己去打麻将去打牌，一玩玩一天；不把她丢在爷爷奶奶家里，自己一出差一个月乃至几个月；不离开她，据说是为了她的将来去做做不完的生意赚不完的钱；不离开她，据说是自己也必须有事业，去读这个班那个班拿这种文凭那种文凭；尤其是妈妈，小孩子离不开妈妈，妈妈不离开孩子，任何理由都不是理由。就这样，和她在一起，发现她的能力，惊叹，表扬，鼓励，开心。

溺爱有度

人们都说不要溺爱孩子,可是,从来没有人告诉我:是彻底杜绝溺爱,还是摒弃部分溺爱?孩子的哪些表现不可以溺爱,哪些表现又可以溺爱?当我成为母亲,我发现,作为妈妈,对自己十月怀胎的孩子,没有溺爱,简直不可能!

我们人类的孩子生出来是那么弱小,处于半发育状态,不像许多动物,比如大象,它们会怀孕22个月,小象在母亲子宫里完全发育成熟,具备所有生存能力,出生以后几分钟就站立起来,几个小时后就能行走奔跑,自己吃东西,懂得钻进象群的中心部分以保护自己的生命,懂得分辨敌友并且懂得趋利避害。人类的孩子在胎里发育只是完成了一部分,还有许多的部分比如性格、脾气、分辨敌友、趋利避害,都需要经过社会磨砺,才能够逐步发育成熟。

在我决定要孩子以后,我开始对孩子以及他们的父母特别敏感。我看见很普遍的现象是:给孩子一颗糖,去去去,一边玩去;吵什么吵?再吵不给你吃;要钱吃零食,给钱,自己去买。孩子买的什么和买了多少,大人不管;听话啊,再不听话就不给零花钱了;考试得了100分,马上给你买名牌。

以上诸如此类的爱或者溺爱,都是要我引以为戒的。我无数次地想:以后我可不能这样打发和对付自己的孩子。我以为太过随意的滥爱,会损害孩子正常的心智发育。做妈妈的在孩子出生后,更有责任继续帮助孩子完成她的发育,直至她适应社会,适应生存竞争,当然,最好还可以有能力赢得优越的生存。因此,怎么溺爱孩子,是我一直都最放不下的心思,也是我最小心翼翼的行为,因为我非常明白我自己本身就有许多致命弱点,许多不恰当的行为会害了孩子。

我并未傻到认为我孩子完美无缺。恰恰相反,伴随婴幼儿的逐渐长大,我发现了我孩子许多的弱点。她胆小,怕人,隐忍,死活都只憋屈自己。如果照这样发展下去,在她一生的生存和竞争中,怎么能够得到健康快乐和幸福?

亦池小时候,我们的日子是这样清贫艰难,最初两三年,日常生活物质依然匮乏得还是必须凭票供应,小保姆的柴米油盐都是黑市的,没有自己的住房,借居的脸色很难看。鸡蛋那时候很珍贵,我孩子吃的鸡蛋几乎全靠我父母接济,他们不得不在自家阳台上养鸡,把家里弄得臭烘烘的。日子不好过,又在住房、上幼儿园、上小学等事情上,处处遇阻,连遭刁难。我脾气急躁,时常会烦。孩子父亲又易暴躁,动不动就拍桌子打椅子摔东西。磕磕碰碰来了,争争吵吵来了,分歧对立来了。家里一旦有风吹草动,小亦池立刻往最角落里躲避,她要么默默流泪,要么神情阴郁死死沉默。

小亦池是那么敏感和惧怕他人的强势和蛮横。有一次,她纠缠着我不停地和她玩"翻叉",由于我实在有事情忙,就不耐烦地横了她一眼。立刻,她既不吭声也不哭闹,快快离开,钻进她自己的被窝久久不见露面。直到我害怕她憋死,主动过去揭开被窝,小亦池两眼直直傻傻地盯着天花板。我轻轻向她道了一个歉,她的泪水才哗哗流淌出来。

任何时候,小亦池只要瞥见她爸爸把脸一丧,她顿时就会觉得大

第一辑 一人一世界

难当头。一个小孩子,还没长到桌子高,伸手间无意碰翻了桌子上的一瓶止咳糖浆,地板弄脏了,她爸爸一见就恼怒,小亦池吓得钻进桌子里头,整整一个下午直到我爬进去强行把她抱出来。亦池在外面院子里玩耍,天黑了很久了还不记得回家,特别是学校的考试成绩单,总是一重地狱。只要亦池成绩单有不够理想的分数,她爸爸当即就有难看的脸色。亦池立刻就会蔫头耷脑,流泪,自闭,整个人完全木然了。

我想我们家的一些亲朋好友,一定会有人以为亦池是笨拙、迟钝和淡漠的。因为在那些短暂的节假日家庭聚会上,大人们多少都有唇枪舌剑夹枪带棒,种种脸色隐藏不满,小亦池常常就是笨拙、迟钝和淡漠的,她不能像别的孩子那样快乐活泼巧舌如簧,不能自如地应对大人们,更没有办法表现出孩子的童言无忌或者甜言蜜语。

每当这些时候,我都不忍看自己的孩子,我心里难受。我开始注意检讨自己,要求自己力戒急躁,力戒脾气大,力戒在争论的时候容易冒出来的强势。我也与孩子爸爸进行多次正式谈话,也希望他能够注意自我检讨,力戒粗暴的毛病。当然,他并不认为自己有毛病,认为只是我毛病太大,以至于吵架更加频繁起来。我改变不了孩子的父亲,我可以尽量改变自己性格,尽管江山易改本性难移,我的努力并不能很快奏效,但是我得尽力,为了我的孩子。逐渐地,只要亦池在家,只要是当着亦池的面,我就强烈克制和忍让。

小亦池是个普通孩子,我没有发现她特别的聪明,或者特别的有天赋。在一群年龄相仿的小家伙中间,往往小亦池的反应不是最敏捷的,脑筋也不是最灵活的,语言表达更是讷讷不出于口,胆怯使得她更多的时候是腼腆和羞涩的。但是,只要拥有快乐轻松的心情和氛围,小亦池的表现就会令人刮目相看。比如上幼儿园,从踏进幼儿园的第一步到三年后毕业,小亦池一次都没有哭闹。比如小学期间,全校列队操场开大会,一只老鼠窜进她棉袄里头,她也没有大叫大喊。对于这些出色表现,我无比自豪,我无数次地认定并夸赞小亦池是世界上心理素质最稳定的好孩子。尽管长大后的亦池觉得我有点夸张,但她非常开心。

对于小亦池的性格弱点,我必须溺爱。我的溺爱不是给钱,不是给零食小吃,就是任何时候都维护她、信任她,尽可能为她营造更多的快乐轻松气氛。在这一点上,我不管什么理智不理智。只要谁给我孩子脸色看,谁压抑她,我就要设法排除,哪怕得罪人或者威胁人,我都会做的。亦池初上小学,我就找她们的小学校长谈过,我告诉她,如果她再在学校大会上不指名地讽刺我孩子是因为妈妈有名才得以进校的,我会找报社,会找教委,会找教育局。我宁可与孩子爸爸吵翻直至离婚,都不可以接受和原谅她爸爸对孩子的乖戾脾气:一会儿亲密得不得了,肉麻得不得了,顷刻又可以丧着脸大吼大叫。

我必须溺爱我孩子虚弱的地方,我必须以溺爱增强我孩子的软肋。好让她逐渐适应这个专横跋扈的社会,适应竞争社会的弱肉强食的环境,也许她性格中有天生难以改变的部分,但我可以尝试促进她的心理素质更加强健和强大,慢慢变得不那么胆怯害怕和窝心难受,慢慢往人群当中去——不管他们怎么讽刺打击和掠夺你。往后,长大了,这世界给你找不愉快的人,还多着呢。

奏效了。效果在慢慢显现。小亦池大约五六岁那一年,我带她出去旅行,一群朋友聚会吃饭,其中有个与亦池年龄相仿的小朋友。吃饭的时候,两个小孩子在一边玩起游戏来,他俩比赛谁能够盘腿打坐得更久。时间过去了很久,亦池还在端坐,那孩子却再也耐不住动弹起来。可是,输掉的孩子倒先发制人地哭号起来,满地打滚,泼皮放赖,不仅一把拿走亦池的椰奶,还要霸占赢家的那罐椰奶。大人们只好都去抚慰他,纷纷给他好东西吃。我的亦池,没有躲进角落,也没有委屈流泪,甚至都不责怪一句小朋友,只是她自己依然盘腿端坐,微闭双目,一动不动。事后不久,那孩子又来主动找亦池玩了,并且显然有服从亦池的意愿。

　　小亦池的这一次表现,极大鼓舞了我。尽管她被夺走了椰奶,但是有效保护了自己的内心健康和愉悦,因为大家的赞誉,亦池获得了比一罐椰奶更多的快乐。我则更陶醉于自己孩子的风度了,这风度里有一种高贵庄严的气质,吃亏是福,一个人如果能够吃亏,还有什么失去的痛苦呢?我坚信,人类更高阶段的文明正在中国发展壮大:这一场经济体制的改革开放,多少会把中国从低级的小农社会带向更高级的工业社会,这是历史大趋势。然而无论社会形态,无论古往今来,人的高贵,都拥有更加强大的个人魅力,这种个人魅力就是力量。孩子,做一个漂亮人物吧!

　　亦池的性格弱点,顺利朝着有利的方向变化和进步着。她不害怕小朋友了,包括那些有攻击性、有掠夺性的。亦池天生的宅心仁厚在健康生长和壮大,在她所必须相处的人群中,亦池安静、温顺、淳厚、谦让,既不争抢话头,也不争抢风头,无论从语言上还是行为上,她都不会刺激、污辱、打压其他小朋友。幼儿园三年多的时间,小亦池基本形成了稳定的性格优点,最终她赢得了小朋友们的爱戴,慢慢身边就有三朋四友了,还经常有一些莽撞勇敢的小男孩,主动替小亦池背书包,屁颠屁颠地跟随在她的后面,不许别人欺负小亦池。许多孩子经常会讨好亦池,赠送一些零嘴小吃,果冻啊膨化饼啊等等。我的小亦池从来不爱这些零嘴小吃,但是她也懂得答谢他人美意。小亦池答谢小朋友的方式是麻烦妈妈。她向小朋友真诚地推荐了妈妈的烹饪手艺,说什么:"我不喜欢吃零食,是因为我更喜欢吃饭,因为我妈妈的菜做得非常非常好吃!"

　　小朋友大多数都是独生子女,许多孩子被宠得不得了,是家里几代人的小皇帝，以至于他们身边整天都堆满了花花绿绿的零食小吃，反而正经吃饭变成了问题。孩子们都不肯好好吃饭，哪里还可以听得到"妈妈的饭非常非常好吃"到超过零食呢？小亦池绘声绘色的色香味细节描述，使得孩子们露出一副馋相，热烈向往起亦池妈妈的饭菜。终于有一天，我的小亦池就豪迈地答应请客吃饭了。

最初一刻，我以为自己听错了。才四五岁的小屁孩，搞什么请客吃饭？

亦池乐呵呵地说："我幼儿园的朋友啊！我的那一帮哥们儿啊！"

小亦池说这话时候的那表情，那开心那顽皮那快活那骄傲，让我完全无法拒绝。可是，在家里请客吃饭，实在太麻烦了！十好几个孩子，我家碗筷和桌椅板凳都不够！而且，我是没日没夜都在写作，平日都是没有什么闲暇的，我自己都从来不请朋友来家里吃饭，实在没有时间，也实在太麻烦了！我的同事朋友们的建议都很干脆，一句话：小孩子当什么真？不理！

然而，我必须溺爱我的孩子。我必须支持我孩子的社会交往与社会活动能力。我孩子必须多多地交朋结友，融入人群，了解人群，以尽量减少胆怯，直至消灭害怕。

我答应了。我在小亦池面前踱来踱去，紧张和担心失败，因为我从来没有请这么多客人吃饭啊！我让我的孩子当家做主地鼓励我，给我打气，给我建议菜谱，再我们一起到邻居家去借桌椅板凳和餐具。整个过程，我的小亦池忙得乐颠颠的，脸蛋红艳艳的，还时常鼓励我。

第一次替小亦池大宴宾客，令我此生忘怀。大清早起床，手拿菜谱，奔赴菜市场，大肆采买。一路小跑回家，择菜料理，红案白案。清洗餐桌餐椅，高温煮沸消毒碗筷厨具。忙得我整个人像鸟一样飞飞的，脚不沾地。

晚饭时候到了,孩子的父母们纷纷送来了他们的孩子,然后约好两个小时以后再来接走他们。我对所有的家长抱歉,因为我实在没有能力同时邀请家长们进餐。

开饭了,我们家里满屋子都是小家伙,满屋子浓烈的孩子气味,小家伙们吃得津津有味,"阿姨,阿姨"的一片叫声,此起彼伏地要求添菜,个个都变得食量惊人。我的小亦池穿梭在她的朋友之间,笑容可掬,扬扬得意,很高兴事实证明了她平日的吹嘘所言不虚,甚至有小孩子称呼亦池为"帮主"了。看着这个场面,我开心极了。

从此,我的烹饪美名在亦池的小朋友当中流传开来。惊回首,简直不敢相信,小亦池在家大宴宾客,居然从幼儿园开始一直延续到小学,又从初中延续到高中,再从英国高中延续到英国大学,乃至发展到不仅在我家吃妈妈做的饭,还在我家让妈妈安排大家睡觉过夜,还在我家集体看世界杯,还让妈妈买影碟在我家集体看恐怖片了。

亦池在英国一直念到硕士的这个暑假,回家不仅带同学来吃饭,干脆还就住在我们家了。任何时候,只要亦池有要求有吩咐,我都乐意。我都会立刻放下手中的事情,哪怕是很重要的出国或者出版活动,我都会暂停或者放弃,去给孩子张罗饭菜。

其实坦白说,我烹调一般般。我家饭菜都比较简单,也许根本算不上丰盛和美味。那都没有关系,我是醉翁之意不在酒:我只想听从孩子的心愿,我只想要她快乐,以便她在快乐中逐渐战胜自身的性格弱点。

少一分流泪多一分太累

亦池上小学了。关心我们的亲朋好友再三提醒:亦池玩乐的童年过去了,是时候必须严加管束抓紧学习了!否则……

否则什么呢?没有谁肯往下说,仿佛往下就是一个黑洞:你孩子不好好学习,你孩子就完蛋了!

我们已经随时随地都在被完蛋着:亦池上幼儿园差点上不了。上小学又差点上不了。我们家附近的育才小学,很奇怪地宣称我们不属于"就近上学"的范围,而离我们家比较遥远的一所学校,反而属于"就近上学"。潜规则大家都知道,无非育才小学是重点学校,无权无钱莫进来。当时我还不是很清楚,还认为不公平,还想和学校讲道理,但是人家就是拒绝你。新生都入学了,我家孩子还没有报上名。一直折腾到我投诉到市委领导那里,市委领导直接打电话给小学校长,同时我也有了"觉悟","主动捐献"许多册书籍给学校图书馆,我的孩子才得以入学。

一进入学校,我们面对的校长老师、父母家长乃至全社会,无不都是在强调学习,强调分数,强调各种竞赛。小学生们纷纷进入校外各种培优班。诸如兴趣班、奥赛班、拔高班、火箭班,这些校外辅导班密密麻麻包围了学校,如火如荼数不胜数。那么多小学生在父母的带领或者说是押送下，下课之后又匆匆赶去上课，不少孩子上完文化课培优，接着还要上艺术培优。孩子们在那里学习绘画音乐，各种乐器，吹拉弹唱，跳舞唱歌，家长们则背着食品和饮料，在院子里苦苦守候等待。学校大门口的墙面上，总是贴出新鲜的大红喜报、横幅标语和大大小小的广告，都在标榜各种培优班的成就，某个孩子参加某项竞赛获得状元，某个孩子参加国际什么节获得国际大奖，等等，等等，五花八门，无所不有，强烈地诱惑和暗示着所有家长。

形势就是这样的逼人。有时候，我会一阵恍惚，感觉脚底下滑滑的站立不稳。我的孩子应该加入这种学习吗？或者适当地部分地加入？

我问亦池：你是否喜欢学习某些个人专长？你是否喜欢在放学以后去课外培优班继续学习？

亦池的回答又是这样的简单又慷慨，她说："不喜欢。我就喜欢玩。"

我心一酸。是啊，人生苦短呢，咱们今朝有玩今朝玩吧！何况亦池的特点就是只要玩得快乐，学习也会更出效果。何况玩就是学习。何况生活智慧就在生活中，课堂和书本仅仅只是知识。何况知识不等于智慧，只有智慧才是生存与竞争的灵魂与实力。

亦池的小学阶段，我们对她的快乐生活进行了坚决的捍卫。果然，小学一年级、二年级的课本，不在亦池的话下。发下新课本的第一天，她翻阅一遍，绝大多数内容她早已熟知，考试成绩门门满分，第一批就被获准加入少先队，还当上了班委会的干部。

三年级、四年级，人在长大，快乐的领域也在扩大，因为好玩的东西在日益增多。她从捉迷藏、丢手巾、抓石子、叠纸鹤，逐渐玩到踢毽子、跳皮筋、跳房子、拍皮球，再玩到溜旱冰、骑成人自行车、打羽毛球等。或者，甚至干脆就是没有名堂地疯逗追跑。亦池穿着旱冰鞋，像闪电般蛇形而迅疾,穿过下班的人群,她脸腮红通通,湿透的短发粘在前额,神情是那样的兴高采烈忘乎所以。

转眼就到了五年级、六年级,亦池的快乐玩耍丝毫没有减少,家里的芭比娃娃也随着亦池的生日逐年增多,亦池坚持乐此不疲地照料它们。亦池的整个小学阶段,在我们生活小区的人们口里,被形容为"疯狂玩耍":亦池自由自在地疯玩,让许多家长瞠目结舌。现代的生活小区都是比较自闭的公寓,邻居之间不仅没有往来,连见面都不太认识的,大家却几乎都知道亦池,这是因为她几年如一日地在院子里头玩耍。小区的各处花园里、休憩处,所有楼房的顶楼平台和犄角旮旯,到处都活跃着她的身影。她同大孩子玩耍,也同小孩子玩耍,还同狗狗猫猫玩耍。下班的人们会驻足回望,议论说:"看,这小姑娘就是亦池啊!就是池莉的女儿啊!"

夜幕降临的晚饭时分,我们整个院子,要么回荡着我呼唤孩子回家吃饭的声音,要么回荡她父亲呼唤孩子回家吃饭的响亮男高音。家家户户都听得见我们的呼唤。有时候要呼唤许久,才能把亦池召唤回家。一进家门我就把准备好的一条干毛巾给她垫进后背,十有八九她的后背总是汗水淋漓,像一条刚从水里出来的泥鳅。

多年里,我们的呼唤是整个生活小区唯一的呼唤,其他的同龄孩子,大多都是放学回家就关在屋子里头写作业。或者是放学以后继续在外面上培优班还没有回家,回家就马上吃饭,饭后马上被父母监督在房间写作业做习题。我们呼唤孩子的声音像一首老歌,把许多邻居听得怀旧起来。不止一次地,邻居开玩笑说:只有你们家现在还这么唤孩子啊!我们好像听到了怀旧老歌啊!

怎么听,都是一番十分悲壮与遗憾的感慨。听得我心里不是滋味,哭笑不得。我们受到的压力越来越大。小学阶段特别是孩子十岁之前,我坚定不移地为孩子实行了"9点半就寝主义"。那些大量作业,经常没有做完,我就会主动写假条和签名给老师,以保证亦池的充足睡眠,因为我孩子的身体并不健壮。十岁以后,夜晚最迟10点就寝。必须!亦池特别喜欢睡觉。我孩子要睡觉,我当然认为她是需要睡眠。没有比孩子身体健康更重要的作业!

也许是我长期为孩子打掩护,我被亦池学校的一位副校长约谈了,亦池这时进入五年级了,马上就是小升初最关键的六年级了。

一般家长都是很怕老师更何况是校长。约谈就是批评。指责也是经常有的。副校长对我倒是比较客气,称呼我为"著名作家",然后,副校长请我理解学校对亦池的一片苦心,他严肃地指出:亦池经常不写完家庭作业,在班级的影响非常不好!对亦池的学习非常不利!亦池将很难保持优秀的学习成绩!

副校长侃侃而谈:"一般说来,孩子完全可以写作业到'稍微晚一点',我们中国古人发奋读书还要搞头悬梁锥刺股呢,当代竞争是更加激烈了,所有学生都在写作业,唯独亦池不写,久而久之,她的答题速度,肯定就不如别人。现在的考试,不仅要考能力,还要考速度。"

副校长向我透露了一个最新的消息,说:"最近我们看到外省的一份考初中的试题,那个量大得,基本上要求笔不停顿气不喘才能够做完,否则,你怎么淘汰学生?现在重点学校的招生名额都是有限的啊!"

副校长忧心忡忡地说:"我不是在批评你这个妈妈,但是据各方面反映,亦池同学玩性太大了!还煽动和带领别的同学去玩!这样下去不仅有损于我们学校的业绩,你们自己的损失更大!小升初进不到重点,中考就别想进重点,将来重点大学就更是莫谈了。这是孩子的前途啊,一辈子的大事啊!"

我耐心地听完副校长的高见,也感谢了她,不过,我觉得副校长并不了解亦池同学的"玩性太大"的效果是什么。我充满激情滔滔不绝地演讲起来。

我说，人们所看到的只是人云亦云的表面现象：亦池同学贪玩。亦池家长溺爱和掩护她的贪玩。殊不知，在亦池快乐的玩耍中，学习到的东西更多，对课堂书本的知识也更有理解能力。事实是，五年级以来，亦池学习成绩一直都不错啊。亦池班主任写的成绩单评语说"亦池你是全班同学的偶像"啊。事实是，亦池代表学校参加全国性的比赛也不少，像小学生绘画书法比赛、小学生作文比赛等等，她都捧回了奖状，为学校争光了。写字、绘画和阅读、写作，都是她平日玩来的啊。

是的，我作为家长，也喜欢和亦池一起玩，我经常会被她的疯玩所感染，和她一起吟唱她那些"无厘头"儿歌。比如："妖精妖精得了妖精病，请个妖精医生来看病，妖精医生说：没有病，咕噜咕噜锤，咕噜咕噜叉，咕噜咕噜三娘娘管钉叉。"

还有更古老的儿歌："一个伢的爹，拉包车，拉到巷子口，解个小溲，拉到火车站，丢炸弹，炸死了鬼子大坏蛋。"还有："麻子麻子区，麻子过江西，江西翻了船。麻子到湖南，湖南冇得米。麻子钻了夜壶底，夜壶底一掀，麻子上了街。"等等，等等，不过结果是我们拿出地图，与亦池探究种种好奇的问题，哪里是湖南，而哪里是江西；什么是夜壶，而什么是痰盂；再看武汉市的地图，哪里是火车站？哪里是长江南北？地理历史以及地图都展现在我们面前，我们又趁兴去买地球仪。我开始带着亦池，在地球仪上旅行，寻找每个国家的位置和首都。

再比如游泳。那还是在幼儿园的事了，亦池知道我不会游泳，她发愿"那我一定要学会游泳，我学会了好救你"。这孩子多有孝心啊，我一开心一表扬一鼓励，亦池就那么勇敢无畏地跳进了游泳池，很快就学会了游泳。不能说上小学了就不游泳了，也不能够少游泳啊！

还有弹钢琴,这也算贪玩吗?有多少家长强迫孩子去学琴啊,可是我们亦池是自己强烈要求学琴的。因为她喜爱音乐。不就是因为贪玩,听音乐很多的结果吗?亦池五岁半开始正式学琴。那是她正在换牙的年龄,笑得大门牙豁开直跑风。她踩着踏脚凳上琴,从枯燥的指法学起,多少次在外面疯玩了回家,休息一会儿,她自己会主动上琴练习。她自己在谱架上翻开《汤普森》,十个小指头练得变成了小锤子。亦池一直坚持弹琴。考级都快考到最高的国际九级了啊!难道进入小学高年级,就必须停止弹琴,停止喜爱音乐吗?

我说话太骄傲了。一旦夸起自己孩子来,就忘记了自己是在批驳人家好心的副校长。副校长脸都绿了,我还乘胜追击。我认为快乐是生命的本能需要,它与学习知识并不冲突——这是我抚养教育孩子几年来最深刻的体会,也已经被亦池在学校的成绩和表现所证明。我们也承认,亦池的成绩并不能够每次都是最高分,时常也会上下波动,但是她德智体全面发展啊,她不是年年都被评为三好学生甚至都达到区级的三好学生了!而且由于孩子会玩会学习,也大大支持了家长的工作,使我自己的写作非常顺利,课余时间和周末时间,我们都不用送孩子去培优,我个人的时间得到了很大程度的保证,我们家长也轻松啊。我不知道学校老师和家长们为什么就是不肯深入地想想这个道理?孩子的心怎么会玩得野掉呢?那是在发掘想象力啊!有家长循循善诱,或者老师们循循善诱,不就可以掌控在比较恰当的程度吗?孩子的心不打开,怎么能够认识和接纳整个世界!生活每一天都是崭新的,社会是在不断进步的,对于孩子来说,仅凭课堂与课本,何以熟悉并驾驭生活?因此,其实我们家亦池在玩乐中形成的良好性格,学到的各种知识,其实单凭学校课本是达不到的。

可怜的副校长终于听不下去,也坐不住了,用淡漠的表情竭力掩饰着她对我的不屑和嫌恶。对不起,谈话终止,她必须要出去开会了!如果家长不配合,那就别怪我们学校了,副校长撂下了这句话。该年级期末,亦池再也不是区一级三好生,学校也没有再约谈过我。这么不知趣的家长,学校肯定烦死了。

原本我还有一个侥幸心理:小升初属于国家义务教育,有一条就近入学的原则,反正我们附近的中学都还不错。

然而,形势大变,"把教育当产业抓"的舆论铺天盖地而来,学校收费理直气壮,花样繁多,多如牛毛,而且收多高的额度人家眼睛都不眨一下。据说全省最好的重点中学,差一分就得交五万元!差五分以上就是十万元,差十分连交钱都还捞不到招生名额。学校怎么能够这样?教育部怎么可以这样?作为个人的质询,已经无人理睬。在全国的教育大势面前,个人真是螳臂当车不自量力。

就在亦池小学毕业的时候,新规小升初方案出台了:择校已成定势。多年来小升初就近入学的规矩,忽然就被消灭了。

学校召开了多次家长会。家长在会前会后,聚集在学校大门口,交头接耳,愤慨不已,有的要去北京上访,说这样改制违反了教育法。总之黑压压一大群人纷纷议论,从群情激昂到心灰意冷,天黑散去。最后总是不了了之,毫无结果。

我该怎么对我十二岁的小女孩诉说和解释这一切呢?

我们快乐学习,我们德智体全面发展,我们酷爱睡懒觉,但是只剩下半学期,就是小升初拔高考试。亦池从来不上校外培优班,从来不进行超大量奥赛题的强度训练,十有八九拿不到高分。怎么办呢?

一夜又一夜的辗转反侧,吃不好也睡不好,但是时间不等人,必须让孩子有一个心理准备。最后我别无选择,只好向孩子摊牌。我们决定不给亦池压力,不要求她必须考上重点中学。我们人在屋檐下怎能敢不低头?!考不到高分,就随便电脑摇号,去一个随便的烂初中再说。天涯何处无芳草?鸡窝里头还出凤凰呢!初中以后再说呗。

没有料到,我素来温顺的孩子却不服气了,她说:"不!妈妈,"她说,"我为什么要被他们随意摇到那些最差的中学去?我学习很好,表现也很好,我应该读好学校啊!我也想读好学校啊!"

孩子越是有志气,越使我心里难受得不行。是的,孩子你很好,然而,你的考试分数能够达到录取分数线吗?模拟考题都在书店卖呢,一册一册的堆积如山,都是拔高题、火箭题、奥赛题,绝大多数孩子都一直在培优班做习题呢,我们在玩乐在旅行,我们在琴棋书画,我们在养狗狗和花草。

反而是我的孩子安慰我说:"妈妈不急,让我想想。"

此刻我的孩子是初生牛犊不怕虎,大有不甘任人摆布的心气。我却已经是哀兵一个。我常常在接受媒体采访时说自己是老百姓或者小市民,有一些人还不肯接受,他们以为你是著名作家你就会享有特权。错!中国早已是古风不存,唯有权力与金钱被看重。

亦池想了一会儿,开口道:"那就考呗!而且,我想考外校。"

我吓了一大跳。外校!武汉外国语学校!那可是真正的老牌重点,没有改制之前本来就是重点。这是一个特殊的学校,因名气最大、报考人数最多、考题最难,成为历来的重中之重、难中之难。近年来外语的重要使得外校更牛了。民间传闻纷纷,说是外校的校长比市长还牛呢。外校不仅考题难度极大,还有英语笔试和口语面试以及严格的体检,一关不过都会刷下来。近几年来,我们不乏报考外校的孩子,却没有见着谁考取过。据说就算差一分,也要交五万元赞助费。分数差得多了,给再多钱外校都不收。

说实在的,以前我们从来没有设想过要考什么外校,现在怎么还可能呢?

可是,亦池却选择了外校。她语气温和却又坚定不移地对我说:

"妈妈,我还是要考外校!我要上最好的学校!我喜欢外校!"

我意外地瞅着亦池,半晌说不出话来。毕竟是孩子啊,教育形势的严峻程度,她是无法充分掂量的。但凡有心报考外校的孩子,早几年就开始上那种专门应对外校考试的辅导班。如果因此错过了其他中学的录取而失学,那就惨了!我心里一急,拒绝和呵斥就要出口。但是,就在话要出口的瞬间,又被我收住了——我无法拒绝我的孩子的良好愿望。看着亦池那稳笃笃不温不火的神态,我又觉得她非常有谱。她的所愿,一定发自内心并且估计过自己的实力。如果她宁愿冒险去追求自己最向往的目标,我这个做母亲的唯有全力支持她,千方百计帮助她在关键时刻激发自己最大的潜能。

好吧,我们就冒一次大险吧!我自己年轻的时候,不也是总有一句话在心间,那就是:人生难得几回搏!那咱们就考外校了!

但是屋漏偏逢连阴雨,家庭意见不能够统一。孩子父亲认为我过于骄纵孩子,什么都听她的,一个十二岁小孩子知道什么轻重?!人家甩出一句话:如果孩子考不上外校,都是你的责任,我是不管的。

那个生气啊,肺都气炸了。我以为在这种节骨眼上,是最需要一家人同心协力紧密配合的时刻,做父亲的人居然这样拆台。背着孩子,我们吵得天翻地覆。我脾气急,听不得冤枉话,事实就摆在面前啊:我没有骄纵孩子,我们的孩子并没有被宠坏。亦池几个月大的时候,她酷爱拽扯我的头发,我不是及时制止了吗?后来长牙时期,她又热衷于撕咬书籍和玩具,我不也是及时纠正了吗?为孩子尽早自立,我多次换房,哪怕搬到8楼半的顶层,只为三岁的亦池可以拥有她自己的小房间,让她养成独自睡觉的习惯,让她战胜对黑夜的恐惧。亦池独立起夜并且在次日早上自己倒掉痰盂。她很快学会自己挤牙膏和拧毛巾;如果我们还没有起床她还会主动替我们挤牙膏。四岁以后,她就主动替我帮厨,她负责倒垃圾和字纸篓,她会在吃饭之前摆好餐桌碗筷。进餐的时候,如果是亦池盛饭,我总会教她首先把饭送给她的父亲,因为他是家庭的长者;如果是我盛饭,我也会首先送给她的父亲,接着送给亦池,最后才是我自己——这种顺序是必须的,我们必须养成尊老爱幼的习惯。十岁左右,亦池开始洗涤自己的内裤和袜子。亦池被誉为全班偶像的事迹之一是:一只文具盒使用了几年,而其他学生的文具盒都在频频更换,有的还同时拥有许多花色品种的文具盒。我的亦池已经懂得节俭,从来不随便花钱。钢琴是她渴望了许久并且要她承诺好好弹琴才给她买的,况且买钢琴是我的稿费,钢琴教师是我去张罗请的并且也是我的稿费。丝毫没有影响家庭正常用度,而且与别的孩子相比,亦池够节俭的了,自己很少买零食吃,酷暑季节,都常常是我们提醒她带一点零钱买根冰棍吃。试问:这样的好孩子,你凭什么说她被骄纵坏了?!别的父母强迫孩子考最好的学校,孩子都不肯,亦池自愿请战,怎么就变成了骄纵?!

一吵架,陈年老账都翻开,孩子父亲也急了。他自然认为他有道理,也自然认为他对家庭有贡献,他暴跳如雷,捶烂了桌面:怎么不是骄纵?才三五岁的孩子,她要钢琴就给钢琴!买钢琴,请教师,家里的钱都用光了。才六七岁,要小狗给小狗!狗多脏啊,每周要洗澡每年要注射狂犬疫苗多麻烦啊,咬伤或者传染了孩子怎么办?孩子成天和小狗玩耍根本就没有心思写作业!现在才十一二岁,她要考外校就考外校。小孩子知道什么,当然总是要好东西,就凭你这一贯执行的所谓素质教育,敞开玩,她能够考上外校吗?考不上就失学了怎么办?你这个人,太不务实了!太固执己见了!太霸道了!

针尖麦芒,针锋相对,谁都不肯让步。离婚!离呗!谁怕呀?!两个人都气哼哼地把结婚证一揣,跑去居委会打离婚。一进门遇上亦池的老师过来打招呼,两人都不好意思了又连忙换成笑脸应酬老师,连忙离开了居委会。一次又一次,都没有离得成,热战变成冷战。在冷战中的家庭还必须装出和谐美满的样子,以免惊恐了孩子,影响她的学习。

亦池已经决意考外校,一副跃跃欲试斗志昂扬的样子,令我们大人羞惭。现在不管什么事情都不值得耗神费力,所有精力都必须转移到重点上来。你孩子要考重点,你就得抓分数,这才是当务之急、重中之重!

我把打掉的牙强咽下去,啥都不提了,立刻开始考外校行动:我们购买了外校历年的初中招生考卷。在和孩子一起浏览和分析大本大本的考卷、秘诀之类的教辅材料之后,亦池自己判断,她的劣势在数学。尽管语文试题也远远超过了小学课本范围,但是我们家长年累月的阅读习惯让亦池已经具备解决语文试题的能力。一般说来,考试抓分,语文也玄乎,靠实的是数学。那我们就抓数学!

我四处打听,托朋友找熟人,寻找最有效的抓分方法。最后没有别的,还是必须做题,还是必须找数学的猜题与抓分高手,服从他的高收费去上他的课。可是这样的几个高手,封山了,小升初临考之前已经不收新生了,人家也要口碑的。新生很难一下子把抓分能力提上去,以后考不上重点,就等于拆老师台了。百般无奈的时刻,贵人显身,亦池的数学老师,是一位少有的还具有古道热肠的教师,他深知亦池的数学弱点,他愿意课余时间辅导辅导亦池。感谢上帝!果然天无绝人之路!亦池马上开始补课,立刻开始做题。箭在弦上了,亦池自觉地就不贪玩了。她自己想要的东西,她是可以为之付出辛苦和劳累的。我的孩子从小就这样,钢琴是这样,小狗皮皮也是这样。在特殊时刻,在紧急关口,咱们也是可以不怕苦不怕累的。

一夜夜,我把亦池用自行车带到我的单位,让她独自在我办公室安安静静心无旁骛地做题。数学老师也骑自行车过来,对亦池进行一些指点和辅导。他们师生上课和亦池做题的时候,除了倒倒茶水,我都退出来,独自坐在外面的楼梯上。我怕分散了孩子注意力。

我们娘儿俩手挽手,慢慢走在回家的路上,汉口黄孝河路深夜昏黄的路灯,亲睹着我们这场奋战。我不检查亦池的作业,也不要求她的题量。我只是陪伴她,让她感到安全、安心。我只和她聊我对她的数学老师这样一些好人的敬意和佩服,我告诉她人世间有一种大义,那就是要以不辜负老师的教授作为报答。

我对孩子谈自己的体会:人生就是会有许多的不得已。一个人在某些时刻,为了维护自己的尊严和体面,就必须战胜一些他们很厌恶的东西。现在对于我们而言,考上外校就是自己的尊严和体面。也许我们并不喜欢数学,我们还很不喜欢应试教育对个人生命的戕害。正因为如此,我们必须战胜它!唯有战胜才可以轻松,眼下不就是一堆数学题吗?有什么了不起呢?战胜它,我的孩子!

"好的妈妈。"亦池说,"可是,如果我失败了呢?"

"那叫虽败犹荣!"我说,"有个成语叫'塞翁失马焉知非福',万一落榜,说不定后面有别的福气来了呢。后面的你就不要多想了,后面由妈妈负责编电视连续剧吧,好歹妈妈是个作家。"

亦池调侃我说:"著名作家啦。"

好!我孩子的幽默感依然在,这就是强大的稳定的心理素质。显然亦池兴奋地进入应激状态。她做练习题做到深夜再三劝她睡觉她也不睡,说:"睡不着啊,妈妈,那些解题步骤在我脑子里转啦转啦。"又说:"妈妈,还有你的一些话也经常跑到我脑子里转啦转啦。"在短短几个月里,亦池的数学成绩突飞猛进,毕业考试,不明就里的班主任十分惊讶,在成绩单上重重写下"数学成绩突飞猛进"。

2001年那个酷热的夏天,持续高温的日子,我们带着亦池,来到外校指定的考场。那一天还顺路带了亦池的一个同学,据说是数学超级好的一个男生。一路上，亦池和同学闲聊逗笑，全是不着边际的话，也不向人家请教或者切磋数学题。我在一旁观察她，觉得我这傻孩子心态松弛得简直不可思议。考试结束，许多孩子奔出考场就哭了：考卷太长做不完啊！我们赶紧问亦池，亦池依然松弛而平静地回答："我做完了。"

我一听这话，一看孩子这模样，也有几分松弛了，管他多少分呢，至少咱孩子没有被考试折磨，这首先就获得了精神胜利。

接下来是封闭保密阅卷。然后是录取分数线公布，录取分数线是187分。再接下来就是等待看榜。看榜之前的某一天深夜12时，电信电话开通高收费查分热线。就在那一天深夜，查分热线被打爆，总是占线，总是占线。我们紧紧盯着电话，一遍又一遍地拨打，忽然接通了，在输入了亦池的准考证号码之后，一个四平八稳毫无感情的电话录音告诉我们，亦池的总分是192分。

再听一遍，录音电话里无情的声音在我们听来充满感情。确凿无疑：正是192分。天啊！超过了录取分数线5分！我的孩子冲破了录取分数线！我们不要前三名，我们不稀罕名次，我们只要考过！考过就是我们的奇迹！

考过了！那个欢欣那个幸福啊，难以言表！亦池，我的孩子，小升初考上了武汉外校。她既享受了快乐的童年又赢得了考取外校的体面，在同学面前一点不丢脸了——孩子们更看重的是这个。

真是憨人有憨福。我的孩子就是有点憨憨的。

亦池考取外校，让所有认识她的人们都大吃一惊：这孩子不是总在玩耍吗？这么玩耍的孩子也能够考取外校啊？哦，明白了，人们自动得出另外一个结论：这孩子超级聪明！天生的，就是有这样一些天生超级聪明的孩子，又会玩耍又会学习！

当然不是。亦池从来没有表现出她的超级聪明。此次考取，仅是险胜,无非超出5分而已,运气的成分很大。不过,经过这次小升初一场战斗的洗礼,亦池应该是变得稍微聪明了一些。有了她自己真真切切的体会:一个人的尊严和体面皆来自个人的奋斗。人生中会有许多关口,你不能计较它是否有道理,你没有时间去抱怨它,总之你就是必须过关!

过了关那一刻,亦池倒很稳得住。我却是激动不已,泪水笑容都涌上来,浑身舒服得轻飘飘的,大有"两岸猿声啼不住,轻舟已过万重山"之无比松快与豪迈。太好了!

不过!不过很快,欣喜过去,愁苦又来。一进入外校初中,与教育体制的下一轮恶战,随即打响,三年以后就是中考。中考更加严峻。我们既然拼进了重点初中,三年后拼进重点高中似乎势在必行。要不然,岂不是连小升初付出的辛苦都白费了?

更不容乐观的是社会环境普遍恶化,嫌贫爱富,笑贫不笑娼,流行穿戴名牌,流行豪车大屋,流行酒店饭馆的大吃大喝,攀比之风盛行。外校初中是住校,这种社会风气被带入学校和集体宿舍,对不谙世事的少男少女们影响很大。重点中学往往都是这样,没有进去,看到的都是优点;一旦进去了,听到的都是缺点。有朋友严正提醒我说:社会舆论认为,外校的孩子,学习是不会太困难的,学好就很不容易了。

外校被社会舆论普遍认为是贵族学校,是有钱和有权人的学校,个个都在比阔。送孩子到宿舍,一边为孩子们铺床整理,一边也有妈妈们窃窃私语,特别担心那些炫富炫权招摇过市的家长和孩子。如果人不学好,一辈子就完了,成绩再好有什么用?开学了,目送军训的大卡车开拔远去,看着亦池挤在满满当当的同学中间,开开心心地朝我挥手。我这里真是:才下眉头,又上心头。

在那么多妈妈们中间,耳听得那么多喊喊喳喳的宏论与高见,眼见得有些父母,刚开学就已经给孩子搬来大厚本的《牛津英语词典》,更大厚本的《中考抓分攻略与秘诀》之类的工具书。据说三年后的中考,重点高中的录取对象肯定只会在前十五名之内,重点高中以后的北大、清华,只会在前三名之内。周围分明是硝烟四起的战场,让我多少有点惭愧,觉得自己是否为孩子抓分这方面做得太少了?但我实在无法放弃自己的工作和写作,像那些狂热又执着的父母,他们为孩子抓分到鞠躬尽瘁死而后已,甘愿舍弃自己的一切。他们在外校附近租房陪读,每天跟着孩子一起写作业,不少妈妈放弃自己的工作,成为孩子的专职督学和保姆,做饭洗衣一点家务活都不让孩子沾手,孩子的手就只用来做习题。的确,这样一些学生的考试分数,一般都会高过其他同学。班级里的前三名,一般不是天才就是通过刻苦训练铸成的考试机器,前十名乃至十五名,大多就是父母尤其是妈妈上阵陪读和监督的孩子们了。我被周围环境压迫搞得一点主意都没有了,心里七上八下惶惑不安,对我们家一直勉力坚守的"健康、快乐、幸福"原则,是否可以贯穿中考以及高考,连我自己都觉得有点可笑,感到虚无缥缈得有点脱离现实了。

　　但是,我绝对不甘心放弃我孩子的健康、快乐和幸福。且不说大道理,我就是舍不得。我自己养了一个孩子,她为人一场,一条性命来人间走一遭,为啥要吃这般苦?!每天乃至十几年,都在写作业,别无生趣,早早变得近视,戴副厚眼镜,弓腰驼背,表情僵硬,一脸菜色。我舍不得!

　　我只好在犹犹豫豫摇摇摆摆中,拭目以待。

　　首先,在学好方面,亦池让我逐渐放下心来。我孩子从小的家庭环境和文化教养,变成了我们最大的优势,亦池完全可以驾驭外校的住校生活。她最大的优点是善于吃亏,别的同学争抢下铺,她就主动去上铺,爬爬上铺对锻炼身体没什么坏处——她认为。面对每个周末外校大门口的如云靓车,我的亦池,自己背个大书包,大摇大摆,大方坦然地与钻进小车的同学摇手再见,自己去挤公交。不仅如此,她还很快用自己的观念和方式吸引了一批志同道合者。挤公交好着呢!据亦池宣称:一是熟悉了行车路线和城市街道;二是在车上可以饱览各色人等尽情观赏美丑;三是可以听到各种声音,笑话俚语方言,应有尽有,特别增长社会知识;四是与陌生人打交道可以积累社会经验;五是锻炼身体多走路增加身高;六是自由自在,沿路发现好玩处可随时随地下车,去室内体育场打球、逛公园、逛书店、逛音像店或者去麦当劳吃个冰淇淋;七是绿色环保,减少尾气污染和交通堵塞。亦池鼓惑同学们:想想看孩子们,我们在学校与世隔绝一个星期了啊,用自己的双脚亲自走出校门,亲自走进公园,亲自走进体育场,亲自去我们喜欢的那些地方,多么自由多么享受啊!就这样,居然经常有同学不要父母小车来接,宁愿伙同亦池乘坐公共汽车。就这样,整整初中三年,为享受自由步行,亦池和她的好友们已经结帮成伙,他们一伙少男少女,无数次在解放大道和中山公园招摇过市,哪里有滑冰,哪里有室内羽毛球场,哪里好吃哪里好玩,他们无不知晓。《蜡笔小新》最初就是亦池给我带回家的,后来我们母女俩看迷了,我特意寻到一家音像店,把《蜡笔小新》的碟统统买回来了。我还被亦池带动,成为宫崎骏的影迷,《千与千寻》《豆豆龙》《萤火虫》等,我们母女是每部必看。

从军训开始的初中三年,亦池顽强地恢复了她喜欢和习惯的生活方式,并获得了同学们普遍的羡慕和爱戴。一方面我喜悦地看着自己孩子,知道她学好是不成问题的;一方面我又悬着心,知道她的学习成绩恐怕还是有问题:毕竟中考是社会公认众所周知的最最最重要的、最最关键的一次战役。比起同学们来,亦池似乎过于松弛了。亦池依然不上任何校外培优班,依然没有进行特别的强化训练。

我的这个傻丫头啊！优点是单纯憨厚，也许缺点也是单纯憨厚。就是从亦池请客的饭局上，也不难看出中考形势的紧张。这一伙子少女，再也难得像过去那样尽情尽兴了。她们在我家正吃得兴高采烈，忽然这个那个的手机就嘀嘀响了：家长在催促孩子去培优班上课！孩子们培优的地点已经遥远到了武昌华师一附中和华工一带，都是来去几个小时的路程。

面对教育态势和同学们的状况，面对成套成堆的数学物理奥赛卷子，亦池视而不见听而不闻，还把同学家长们怎么租房，怎么像猫捉老鼠那样对待孩子的故事当作笑话讲给我听。每个周末回家，她还是要与皮皮热烈玩耍，还是要溜旱冰溜到天黑回家。当天气好，阳光明媚，当花草盛开；当心情不错，我孩子还是要在钢琴上忘乎所以地弹奏，要坚决地带着耳机一边听流行歌曲一边写作业——我孩子长成少女了，进入少女的热烈追星阶段，进入对所有流行时尚和新鲜事物倍感兴趣的阶段，痴迷"野蛮女友"全智贤、小甜甜布兰妮、孙燕姿、周星驰。喜欢《飘》，海子的诗，卜劳恩的《父与子》，宫崎峻所有的新片。喜欢电脑，上网，打游戏。我看在眼里，喜忧参半：喜的是我孩子没有呆掉，更开始懂得享受琴棋书画；忧的是拿不准她是否玩得太多？是否会影响中考？多少时间用于做题合适？与别的妈妈一交流，人家都说：所有时间做题都不够！

家长们的做法几乎都是"严打"：坚决阻止，严厉打击，经济封锁，贴身紧逼，把孩子的所有心思都集中在中考做题上来。我还是舍不得！而且我还是认为完全剥夺孩子青春少年的兴趣爱好，对孩子太残忍了。压迫与反抗，也是成正比的，心是压制不住的，太过的压力容易适得其反。每次考试成绩出来，每一阶段排名出来，亦池几乎都只是在十五名到二十五名，更惨的纪录也有，她惯于粗心大意，考分忽高忽低。我则总是很阿Q地想：在全班学生都上校外班的情况之下，我们亦池每周日都彻底休息玩乐，什么培优拔高都没有上，能够中等偏上，已经不错了。快乐与幸福对于许多孩子来说，还是未知数，遥不可及，家长们认定孩子的快乐和幸福只能是在将来，在考上重点大学以后，在重点大学毕业再完成硕士研究生和博士研究生以后，在完成博士后以后，在获得了高薪的工作以后。而我的孩子呢，快乐与幸福就是她的现在，就是她的每时每刻每一天——她已经比别的孩子快乐幸福——这不就已经取得了最好成绩吗？这不也就是我对自己孩子的全部心愿和终极目标吗？我也对自己孩子鞠躬尽瘁死而后已了呀——我无私到连希望孩子为自己长脸面的虚荣都放弃了。抓住现在就是！极力扛住就是！最多咱们再来一次临时抱佛脚。

结果这次连临时佛脚都没有抱，因为亦池认为靠她自己努力就好，她平时的确也在不断做题的。我想好吧，这个时候，亦池已经是大姑娘了，长得和我一般高了，她自己的事情，往往她都有自己的主意。我已经有点习惯顺从亦池了：强迫她去做自己不乐意的事情，效果怎么都好不了。

进入初三了。中考来了！

很遗憾我孩子出生在一个生育高峰期，从幼儿园到初中，班级都是人满为患，总在60人左右，连学生们上课之前站起来大叫一声"老师好！"桌椅板凳都要挤歪。2004年的中考，全市考生人数高达12万人以上，而普通高中只招生6万左右。中考是残酷的淘汰赛，将会有50%的孩子被踢出局。而重点高中，尤其是武汉外校等几所多年来高考升学率百分之百的高中，招生的苛刻程度，怎么想象也不过分。对于重点高中来说，学校就是要千方百计选择最优秀生源，它们不仅要保持学校百分之百的高考升学率，还要争取出高考状元，高考状元已经成为重点高中的金字招牌。比如武汉外校，已经连续几届摘取或文科或理科或双科的高考状元桂冠,而这些状元进入清华、北大的分数高出北京本地学生差不多 100 分以上,这是多强的实力和多大的荣耀,会带来多高的地位和多高的效益?! 而外校,更具有国家特殊优惠政策:保送指标。如此,中考的竞争能不白热化吗?

恐怖的中考从大规模的省市调考开始了它的前奏,若干次调考,若干次模考,若干次成绩排名,若干次告示 AB 两套考卷的意义及其分数计算方式,并在最后无情地宣布:外校中考将面对全省招生总共 440 名。湖北省有好几千万人啊,老天爷!

满大街都是中考指南的书,教委编辑发售的,全国几大名校联合编撰的,社会各种出版社出版的,都不问价格了,家长们买了一本又一本。早早地,各种报纸连篇累牍登载中考试题模拟考卷,一个个特级教师出来释题,一位位专家出来教导学生们如何调整考试心态。营养学家和厂商推荐中考的益智食品和菜谱,医生介绍女生们如何错开经期。中考烦躁症、中考抑郁症、中考逃避症、中考反叛症、中考焦虑症与失眠症,都有医生和专家在报纸上给家长们开方子。保健药商家大肆叫卖补脑药健脑药,贼头贼脑的小贩在街头巷尾追着家长,饶舌地推销作弊的电子仪器。一时间,山雨欲来风满楼,不由你不心惊。

2004 年的 6 月 20 日,又是一个热浪滚滚的日子,武汉的 12 万多名初中毕业生进入 4005 个考场,开始为期两天的中考。4000 多个考场之外,团团守候的是 12 万孩子的父母双亲以及爷爷奶奶甚至还有叔叔伯伯或者姑姑小姨。我们娘儿俩,就在这几十万大军之中。马路上黑压压的家长们,各个都高度紧张,像热锅上的蚂蚁般来回奔波着,送鸡汤的,送炖补品的,送成箱牛奶、饮料和水果的。

我的婚姻在去年已经暗中解体,只是在星期天临时装扮成正常家庭,在孩子回家的这一天里蒙哄孩子,为她维持和谐环境,以稳定中考军心。可是她父亲拒绝参与孩子的中考过程,因为"这都是你自找的"。所以,我就活该吃苦,当然我愿意。我像其他家长那样,在考场附近预订了招待所房间。我也像热锅上的蚂蚁一样,在烫脚的大马路上来回奔波,买回来西瓜、水果、瓶装水、糕点、小吃以及防暑降温的、头疼腹泻之类的保健药。跑了好几家文具店,认真购买2B的考试铅笔,此前的调考模考,我都被假冒伪劣骗过。自然,还要为孩子父亲说个好话,说他实在有急事要出差什么的,说他好记挂你但不想打电话影响你情绪什么的。因为其他考生家家户户都是一家老少齐上阵,孩子父亲不露面,我怕孩子胡思乱想败坏情绪考试分心啊。

中考的两天四场考试,来了!大清早我跑出去买早点,亦池吃过,我送她步行到考场。回头赶紧跑到餐馆,点菜,排队——餐馆都是考生家长,拥挤不堪排队老长还为插队大打出手,买到饭菜赶紧跑回招待所,把饭菜用被子盖好,夏季也不能吃太凉的。怕她不可口怕她受凉闹肚子,再赶紧跑去考场接孩子。我们就娘儿俩,没有亲朋好友送鸡汤补品或者现场助威,没有七大姑八大姨一起陪孩子到考场:再三叮嘱啊,为孩子摇扇啊,喂水喝啊;又有父亲跑步前来,他发现新复习资料了,得赶紧让孩子再瞅一眼啊!还有一位父亲,发现自己孩子座位靠窗,就爬上了紧傍窗口的大树,说是为孩子驱赶聒噪的知了。

我送给孩子的只有语言,只一番话。在面临大考前夜,我们娘儿俩洗好澡躺在床上。我说:"亦池,你就和平时写作业一样正常考试。万一考砸了,也没有关系,妈妈不怪你,咱们不怕的。有什么了不起的呢?和妈妈一起开餐馆去!你知道不知道你有多么能干?你五岁学琴,十二岁就考到了九级;两三岁自学画画,八岁就获得了文化部一项比赛的大奖。你七岁会炒鸡蛋。八岁会养狗。九岁以后会洗衣服,十岁开始电脑手机之类家电上手就会。家里的音响、电脑、门锁甚至马桶,许多次故障不都是你鼓捣好的吗?不是妈妈吹牛,现在的孩子,咱们出去比一比。有几个比你动手能力更强的?尤其像你这种重点学校学生,高分低能和高分弱智多的是。千里马也有失蹄的时候,万一偶然失误或者发挥失常,咱们多的是路。三百六十行,行行出状元,这不仅是一句俗话,这是绝对真理。就你现在这水平和能力,弹钢琴、教钢琴、做网络、画动漫、软件设计、服装设计、室内设计,哪样不行?再不济,咱喜欢动物,咱学兽医,咱一定会做得很好。"

亦池很开心,说:"妈妈你好肉麻啊,我有这么好吗?啊,我最喜欢当兽医了。总能够和动物在一起,真是开心。"

亦池一骨碌爬起来,直立在床上,跳蹦床。跳啊跳啊,真是好开心的样子。孩子情绪调整得不错,我很宽慰。两天的考试,亦池吃饭睡觉都很香。夜晚还自己要求复习功课。一考完,咱们娘儿俩就放松去了,去吃比萨,去看电影,逛民众乐园,悄悄点评美女。

公布中考成绩的时间到了,热线电话却根本没有按时开通。为什么?都不知道。备受煎熬的日子啊,分数与录取线迟迟不公布,情况被搞得晦涩不明,暗箱操作着,校长老师一律都不接听电话,小道消息和各种谣言在家长中乱飞,连考试都不能让亦池流泪,却被这些扑朔迷离的录取过程搞得几次三番抹眼泪了。我只有指派我们家忠诚不贰的皮皮负责逗乐亦池,皮皮的安慰对亦池效果极好。

最后的结果,终于公布了:亦池的中考成绩过了外校高中录取分数线!

中考又过了!

有趣的是,还是和初中一样,又是险过!这次外校从本校只录取了280名高中生,按分数排名,亦池第250名。我简直太高兴太满足了!我们真的不要中考状元,不要或前三名或前十名。我孩子不是天才,只是普通人。我们是60分万岁主义者:少一分流泪,多一分太累。我们只要平常快乐与轻松的日子。要每天的、当下的、时时刻刻的、不焦虑、不纠结、不高度紧张,可以该干吗干吗。健康、快乐和轻松,加上能够考过——这就是我孩子给我这个妈妈最美满的好梦了。

敲敲世界的大门

在2004年那个寒冷得树枝都冻成冰棱的冬季里，亦池一边坚持着外校的上课，一边挤出时间在网上筛选中学。我们母女反复商量，拟定了几条选择学校的标准：一是该校历年来的高考升学率。亦池当然就是冲着将来的顶尖大学奔去的。当然是想和中国的顶尖大学比拼一下。当然是不服气了才跑掉，即便跑掉了也还是要证明自己是好学生的。二是我们不选择贵族学校。我们既没有那么多钱也没有显赫的家庭背景，我们做不了贵族也不想装贵族。三是要混校不要女校。这是我坚持的，我希望亦池不要被隔绝在女校，与男生相处也是一种人际关系的学习。四是首选国际学校。这是因为只有各种族的学生多，文化的融合才会更加广泛，学校也才会比较注重种族平等以及各种族的伙食特点。

最后，亦池自己还对国际学校做了一个乐观的估计，她说："什么肤色的人都有，那样一定更好玩。"我的孩子，说的完全就是孩子话。

不久，我们选定了一所各方面条件都令我们满意的中学——和谐中学。我们将校名的英文缩写符号定为C.C。C.C中学在英国2400多所私立中学中，排名非常靠前，也属于重点中学，历年来它的高考率升学率也是百分之百，而能够以优异成绩进入英国排名前十位的顶尖大学的深造者,竟然高达89%左右。

遥远的求学之路开始了。我坐在孩子身边,看着我的孩子飞快地用英文写信,她是直接写给校长莫里斯先生的。写完之后,她把大意告诉我,我点点头,她就轻轻点击一下鼠标,发送成功。就这样,一封沉甸甸的求学信,眨眼就发出去了,令我恍若梦中。我并不敢相信会有什么结果,也不知道是否能够得到回信。因为在我的想象中,似这般重点中学的校长,那要牛到什么程度?那要忙到什么程度?他会理睬一个中国女中学生的来信?在我们的认识当中,谁有本事把中学生直接送进牛津、剑桥、UCL、LSE以及华威大学,那他该是牛到何等地步。

然而,五天以后,莫里斯校长给亦池回信了!我的孩子,在打开电邮的那一瞬间,肃然起敬到忽然退后一步,默默站立。

"妈妈!"亦池一声高叫,我心都要跳出胸口了。

面对这份电邮,我不知道说什么才好。我心中的敬意与谢意,也不知道怎么表达才是。莫里斯校长他一定无法想象,他一封简单的回信,改变了我孩子的一生。本来我们是试探性的,本来我们并没有完全决定一定要出国念书,本来亦池还选择了其他的学校,本来亦池并不一定去英国或许可能去新西兰或者澳大利亚,然而,莫里斯校长及时的回信,立刻拴住了亦池的心,还有我的。

我的孩子那个高兴啊,美丽的绯红在她脸颊上花朵般盛开。人生十六年,三岁开始在幼儿园接触老师校长,到现在,亦池头一次品尝到了学生被校长尊重的感觉,这是一种美妙的神奇的不可思议的感觉。亦池享受极了,也兴奋极了,备受鼓舞,饭也不吃了,立刻坐下来,动手回信。

亦池的上一封信,是投石问路,使用的是恭敬的模式化的信件语言。那么现在的回信,语言就活灵活现起来,字里行间充满了激情,她把自己现在的基本情况、求学的要求、求学的原因和心情，一一写给了莫里斯校长。连鼠标都带着孩子的激情，敲得嗒嗒响，信又飞向英国。

亦池激情的文字非常起作用，莫里斯校长次日就回信了。可是内容却是一瓢凉水，莫里斯校长希望他及时的回信能够表达一些他对亦池的歉意，因为他的学校今年招生名额已经满员。他非常感谢亦池对他学校的信赖和选择，他建议亦池可以等到明年再次进行申请与报考。原来重点中学都有名额，英国也不例外。

那天下大雪了，北风呼啸。黄昏，亦池冒着大雪，请假从外校赶回家来，为的就是看莫里斯校长的来信。莫里斯校长的信让亦池的情绪一跌千丈，沮丧得不行。我建议和鼓励亦池继续写信，再试试看嘛。一般国际学校的招生，尽管报名已经满员，但是变数也很大，因为各个国家的情况千变万化，随时都有已经报名的学生不能够按时上学。心诚则灵，再写一封求学信去，感动莫里斯校长，假如，万一，出现空缺了，他应该就会想到亦池啊。

亦池看着我，垂头丧气的。我给出了更加具体的建议：这封信就从亦池今夜冒着大风雪赶回家巴巴地要看莫里斯校长的来信写起。你为什么急于求学于他的学校？你在中国的高中遭遇了怎样的问题？你看重他学校的是什么？又渴望在他学校学到什么？我的孩子，你都坦诚地告诉莫里斯校长吧。

亦池听从了我的建议。当晚，她就给莫里斯校长写了一封长信。果然，莫里斯校长深受感动。翌日又复信了。他答应亦池，他愿意随时把缺额提供给她。不过，他也严肃地告诉亦池：即使有了缺额，亦池还要通过C.C的招生考试，如果考试不及格，他就无法录取她了。

一看有戏，亦池精神立刻高涨起来。又是动手下载C.C的招生申请表格，认真填表，又给她充满敬爱并且有着高度信任感的莫里斯校长回信,表示她在耐心等待缺额,并十分乐意接受C.C的招生考试。在发出这封信件的同时,亦池还决定发去一张自己的照片。

大雪纷飞,北风呼啸,我们家的北边书房,开足了空调温度也只能达到摄氏15度。亦池埋头在电脑上写信,修改,再写,再修改,字斟句酌,然后认真挑选了自己朴实而本色的一张照片。忙到凌晨了,亦池手脚冻得冰冷。我陪伴着她,为她参谋着。我只能用中文,全靠亦池自己转换成英文,是那种写作文一样的需要文采需要感情的英文。我没有听见亦池叫难,所以我觉得亦池英文简直太好了。其实我也不知道她英文是否真好。

在等待莫里斯校长提供缺额的日子里,每一天都无限漫长。

亦池每天放学都会请假回家。回家书包一甩,就扑在电脑上打开她的信箱。一天没有消息,三天没有消息,五天也没有消息。亦池绝望得快要哭出来了。我赶紧带她出去打篮球,结果球一出手,就弹在人家铁栅栏的尖刺上,刺破了。兆头不好,亦池更加颓丧,再也不肯玩,扭头就回家,回家就闷在那里。我也没有办法。

忽然,亦池不肯回外校上课了。这怎么可以呢?事先我们商量好的:在亦池的求学成功之前,在外校的学习一如既往。我们也没有对学校和同学们公开我们的想法和打算。一切都是未知数。已知的就是亦池还必须坚持外校上课。

我劝亦池,我骑上自行车送她,我和她细聊:孩子啊,求学失败其实是我们预料之中的结果之一,我们必须有勇气面对;我们说好要坚持外校的上课,我们也不能食言和放弃。现在只是几天没有消息而已,我们怎么能够自己首先乱了方寸呢?亦池,你一向沉着冷静的,现在事情正在过程当中,你一定不能急!我的孩子,世界上的事情就是这么复杂的,但是复杂并不表示最后结果不好。只要自己冷静,坚持和随机应变,复杂的过程之后,往往会出现一个好结果。

行了行了！亦池说。孩子不爱听妈妈啰唆这样一些话，我知道。可是我还得说啊！我想将来孩子自己做了母亲，她就会明白的。

我一直把亦池送到晚自习的教室门口，看着她走进去。然后，我一直守候在外面。我实在不放心亦池，她这样的极端举动，一向少有。我知道这是因为莫里斯校长人太好了，孩子自然也就抱了太大的希望。咱们中国人已经习惯别人对自己不好，一旦太好，自己反倒脆弱起来了。C.C中学哪怕是一个远在天边的云朵，因为有了莫里斯校长，也大大好过近在眼前的外校，亦池是在比较中难受得受不了了。

雪花纷飞，我在学校的广场上踱步。踱步的时候，我还在心中默默祈祷，祈祷苍天看顾这个好孩子。两个多小时以后，晚自习的下课铃声响了。我躲进大树的暗影里，远远看着我的孩子下楼。还好，她和同学们一起，似乎还在说笑。我放心多了。我悄悄尾随着这群女孩子，直到她们进入女生宿舍大楼。最后，直到生活老师咔嚓锁上宿舍楼的大铁门，我才悄然离去。

谢天谢地！受煎熬的时间并不是特别漫长，又过了两天，莫里斯校长来信了！他给亦池提供了一个缺额！亦池获得了一个名额！亦池破涕为笑。笑容未散，招生考试已经来了。

考卷由莫里斯校长亲自发来，密码是：勤劳的小蜜蜂。亦池只要把密码输入，考卷就会展开。20道题目，40分钟的时间。时间一到，卷子会自动闭卷收回。莫里斯校长要求：亦池必须独自进行考试，辅助工具规定是一本英语小辞典和一只最普通的计算器。莫里斯校长还清楚地告知：如果考生弄虚作假，那么将来到了英国，C.C还将用同等程度的考卷进行再次复核考试，如果两次成绩相差太远，考生将被开除出学校，退回你的国家。

亦池啊！我的孩子，一个在中国繁多的课程中兼学英语的学生，对于英国重点中学的考卷,能有几分把握呢?

亦池却反倒踏实了。她说:"如果没有考上,那就是我不行,不行就不去呗,要我去我还不敢呢。"

忙乱的是我。我又是赶紧请朋友来修理电脑,要确保亦池考试的某一天不出任何问题。我又向有孩子留学英国的朋友咨询,问她们的孩子是怎么考试的。有朋友说:我给你请一个英语老师守在旁边不就得了。有经验的朋友说:一般这样的考试,家长都是要请英语专家帮忙的,英国的考试,咱们多陌生啊。有专家帮忙,考上了再说啊。关键是你得能够进入英国啊,到了英国,哪里真有被他们退回中国的事情,英国的学校多着呢,在那里的中国人也多着呢,到时候朋友托朋友,还怕找不到一个学校念书吗?

我就这些建议征求她的意见。话还没有说完,亦池生气地横了我一眼,说:"什么乱七八糟的!我又不是想混到英国去,我也不是随便读一个什么学校,我就是想要看看我现在的水平是否可以考上一个好学校。你干吗呀你!"

我只好批评自己了:"好吧好吧。我庸俗!"

比比我孩子的一身正气,我还真是觉得自己庸俗了。

2004年12月18日,这是一个星期六的下午,亦池在书房坐好,打开电脑,严格按照莫里斯校长的要求,准备好辅助工具。然后,示意我退出书房,她认为她需要独自考试。我完全理解。

我默默退出书房,带上书房的房门,和一位赶来陪伴我们的朋友一起,静静守候在门外。我不时地看手表,心在咚咚跳。这是怎样的考试啊,就三个人,就母女俩,就一个考生,监考的校长在另一个遥远的国度,孩子在做卷子,母亲的手却在发抖。

40分钟过去了。亦池打开房门走了出来,泰然自若,觉得还不错。时间把握得不错,题目正好做完;内容主要是英语与数学,考试题目有一定难度,不过她并不觉得很陌生。

我试图从孩子平静的脸上找出一点什么,我的孩子真厉害,简直什么都找不到。她已经比我镇定。她说她如果考不上,她反而可以安心在外校继续上课了,反正是她自己没有考上,运气不好,怪不得谁了。

两天之后的20日,莫里斯校长来信了。他开头写道:"Dear Gloria,"葛洛瑞娅是亦池的英文名字,这是她考上外校初中以后,在英语班级的学生名。莫里斯校长说:"亲爱的葛洛瑞娅,恭喜你,你考得不错,你被录取了!"

太意外了!太不可思议了!我们都顾不得往下看信了!我们跳跃起来!我们拥抱在一起!我和我的孩子,已经好些年不再这么拥抱了。孩子长大了,我们都羞涩于过分亲昵的表达。可是这一刻,一股不由分说的力量把我们母女簇拥在了一起。我这很难喜形于色的孩子,顿时喜上眉梢,开颜欢笑。皮皮也跑过来了,又蹦又跳,大凑热闹。朋友也来了,也和我们母女拥抱在一起,分享我们的快乐。

亦池就这样,不是很顺利地,却又顺利考上了英国的C.C中学。亦池乐坏了,这就赶紧收拾书包去了。以为背上书包,辞掉外校,就可以去C.C上课了。

还有签证呢。

跨国求学的成功,证明了亦池的实力,给了她莫大的鼓舞和激励。孩子自信心前所未有地增强,一夜之间仿佛就成了大人,举止神态都更加沉着和无畏。

第二天,我们在一起商量往下的每一个行动步骤,以及需要准备的所有东西:签证材料、签证、四季的衣物用品、申请银行卡、机票、行李重量、向外校辞行,等等,等等。我拿着笔记本,开列清单,杂事很多,脑子都有点不够用了。我的孩子,把我的笔接过去,她说:"妈妈我来。"

我们撇开留学中介公司，亦池自己直接求学，她就已经为我们的家庭节省了至少2.5万元中介费。求学成功给了亦池极大鼓励，她建议我们签证也不要找什么中介公司了，其实个人材料都靠我们自己准备，中介只是翻译一下，又是成千上万收费，这笔钱我们完全可以节省下来。"不就是按照英国大使馆官网要求准备送签材料吗？"亦池认为自己已经有了学校录取通知书，也已经交纳了价格不菲的全年学费，签证只是一个办理正常出国的手续。亦池信心百倍，一鼓作气，一下子就像个当家做主的大人了，吩咐我说："妈妈你准备资料，我来做资料的翻译件。"

我当然高兴地同意了。我们马上就自己动手做签证材料。尽管朋友给介绍的留学中介公司愿意给我优惠到8000元钱做一套送签材料，我还是接受了亦池的建议。更重要的意义在于，亦池在主动料理和担当家里重要事务；又进一步锻炼了她的英语能力；更何况还学会节俭，不随便浪费钱；这是一举多得的好机会。技多不压身，勤俭是个宝，这是我们中国人的传统美德。我想让我的孩子能够历练得更加能干，以后是她自己独身闯荡世界了，得靠她自己为自己谋幸福。

万料不到的是，当头一棒打来：英国拒签！

我和亦池当场拆开文件袋，一看是拒签，我脑袋里头轰轰作响，人蒙掉了。我都不敢看亦池。她还是个孩子，一个未成年的小姑娘，勇敢地做着别人没有做过的事情，千万里远洋求学，结果居然是被拒签，她进入不了英国。而且文件袋里头连应该有的拒签信都没有，据办事员说可能是签证官忘记了。整个一个没有理由的拒签，都没有地方说理去。我觉得英国简直太奇怪了，太不讲道理了。

C.C中学开学的日期很快就要到了，这可是孩子自己好不容易考上的学校啊！在送签材料中,莫里斯校长亲手签名的录取信写得非常清楚:英国C.C中学很荣幸地期待着新生葛洛瑞娅小姐。我们不仅已经交纳了全年的学费,我们的资金证明也是按照英国大使馆的规定提供的。此时此刻,开学日期不可更改,学校费用已经交纳不可以退还,国际机票也已经购买。更没有退路的是:送签那天,亦池向班主任请了一天假,次日上学,她就发现,班主任居然已经把她的课桌撤掉了！亦池并没有向外校报告说她要离开学校,但是学校一句话都没有过问,就这么决绝无情地断了她回到班级上课的路。

当我终于不得不面对孩子的时候,亦池那一刻的神情,让我心如刀绞:亦池阴沉沉默的——是那种可怕的、与她这个年纪绝不相称的阴沉沉默。我知道她难受到什么程度了。这一下我急哭了。我再也忍不住泪水。我不知道怎么办。我到处打电话求助,到处询问,没头苍蝇一样乱撞。亦池,我的孩子,度过了最初的打击,开口了。她说:"妈妈我们得要拒签信。"

我一听,心头一亮,我孩子的理智居然比我恢复得更快,应对能力也更强,是啊,我们首先得明白拒签理由啊。于是,我强烈要求尽快补给我们拒签信,这是签证官必须给我们的文件。拒签信的传真件很快就来了,原来理由是英方认为我们家没有经济能力支撑亦池在英国的学习。拒签信写道:"葛洛瑞娅小姐,你提供的资金证明是可以满足你在英国的中学学费,但是我们要考虑到你的监护人,你母亲将来的生活费用。"真是把我气坏了！我们提供的材料,分明不存在这个问题。的确我们不是富翁,但我的稿费和工资,已经足够亦池的学费和我的日常生活。怎么英国人同样也是认钱不认人呢！这不也是欺负人吗?

亦池说:"妈妈,生气没有用的,让我来吧。"

在这种紧急关头,我这个一贯少言寡语的腼腆女孩,她的勇气和执着,令我刮目相看。我一直当她是小孩子,一直当她是柔弱的,一直当她没有什么社会经验。可是亦池沉着冷静地立刻提笔,给签证官写了一封信,埋头一口气写下来,打印出来是密密麻麻一大张信纸。这是一封遏制不住激愤之情的讨伐檄文,亦池理直气壮地告诉英国签证官:我们中国悠久的文化最讲究孝道,我们是百善孝为先的,我会首先孝敬我的母亲,我是在她能够确保丰衣足食的情况之下,才会求学贵国。我们并不看重更多的钱,所以才没有提供更多的资金证明。只是因为贵国的教育资源优秀,我也只是想去学习科学知识,以便将来更好地报效我的祖国,报答我的母亲。

信的最后,我的孩子写道:尊敬的签证官,我请你务必相信我,如果我妈妈没有这个经济能力提供我在英国的求学,我会是第一个反对自己去英国上学的人!

于是,我们重新整理增补了签证材料,把亦池的信放在首页,第二次送签。

就在离亦池的行期只剩十天的时候,签证下来了。亦池获得了通过。这一下,我们母女俩又不由自主相拥而泣了。

人生的路,就是这样艰难,充满意想不到的坎坷和曲折。亦池的同龄人,尽管在重点高中苦读也是异常辛苦,但是有父母陪读,一切由父母打点,辛苦只在埋头做题。亦池却已经经历了一场更为复杂艰辛的社会较量,心理承受能力接受了一次大起大落的锤炼。她处处与妈妈同舟共济,有商有量,从容镇定,语言能力出色。大喜大悲,悲欣交集,终于敲开了她自己的理想中学的大门。

除了为我的孩子高兴,我还能说什么呢?我还能犹豫不决吗?我还担心我的孩子在国外不好好学习吗?不,没有担心了。我知道我的孩子,当然会珍惜她自己好不容易好不容易才获得的宝贵机会。我唯一的担心是她还不到十七周岁。我十六岁的女儿身高164公分,体重只有42公斤,每年秋季都会感冒咳嗽发烧,越看越单薄,越看越是小孩子,以后谁能够像我这样照料她呢?即便亲手抚养日夜相处也很吃惊原来十六年时间这么短,相处这么少,我觉得还远远没有够,孩子却急不可待地就要出门远行,展翅高飞了。

启程的日子到了。亦池连我送她去英国的要求,都否定了。这孩子特别心疼我的稿费来之不易。她从小到大都看着我在伏案写作,赶稿,赶稿,还是在赶稿。她在小学时候曾给我的《怎么爱你也不够》再版写后记,她在后记里写道:"很奇怪,我妈妈和别的妈妈不一样,我妈妈从来不玩,她不会打麻将,不会跳舞,除了给我做好吃的,永远都在写作和看书。我不想长大了当作家。作家太枯燥,太辛苦了。"亦池用钱比我还节俭和抠门。我给她买衣服,她从来都是首先翻看标签上的价格,价格稍微贵一点,她坚决不要。亦池最漂亮的衣裙,都是我出国访问给她买回来的,因为没有亦池在我身边管束我。我和亦池不一样,我总是首先看衣服漂亮,非常漂亮和非常满意的,往往是在收银台才知道有多贵,也往往大咧咧就刷卡了,事后才发现价格太贵。

亦池说:"妈妈,英国机票多贵啊!"亦池就是这样一个不说话的孩子,她喜含蓄,喜点到为止,特别怕肉麻和煽情。她更多的语言没有说出口,但是我知道她的言下之意是:英国学费已经够昂贵的了,来回路费的用度上,哪怕能够节约一点钱,就可以让妈妈少一点辛苦。亦池不多说,我也不多说,我只是坚持想去送她,我也只会简单地说:"家里钱够用,机票钱有的。"

"算了吧!"亦池用玩笑话彻底否定了我,她说,"你英语又不好,怎么陪我怎么帮我?反而要我陪你帮你吧?我自己要出海关填写出境卡什么的,又要和学校接机的人联络接头,还要照顾你怕你走丢了,麻烦不麻烦啊?回头你一个人返回,又是火车又是飞机的,我还很不放心呢。"我是生怕给孩子添乱的,听亦池这么一说,再也无话,只能同意她的决定。

这一天,眨眼就到了。亦池。我的孩子,神情一如平常,依然少言寡语,淡然悠然,在浦东机场,背着她平时上学的那只双肩挎书包,手挽着我的胳膊,貌似逛街。最后来到了安检门,亦池完全跟平时上学一样,松开我的胳膊,朝我摆摆手,说了声:"妈妈再见。"人就闪进了安检门,我都来不及抱抱她。她也没有什么分别意识,连头都没有回一下,迈着青春的轻快步伐,独自走向英格兰,独自走向她自己中意的中学,独自走上了她自己选择的人生之途。瞬间,就看不见背影了。我无法克制地,不顾及场合地,稀里哗啦哭开了。

想想立身之本

飞机起飞了。在回返的路上，我恍然若失。夜里无法入睡，睁着大眼，靠在床头，看着时钟和电话，一个小时一个小时地计算着孩子飞行的时间。静夜里，我忽然被强烈的空虚感和害怕感所抓攫：亦池呢？我的孩子呢？真的就这样羽毛未丰就飞走了？她的英语能力到底怎么样？C.C 中学的考试获得通过，会不会是一个偶然或者碰巧？一个从来没有英语生活环境的孩子，一个十六年来除了在学校英语课上学学英文、生活当中不过是说一点"拜拜"的孩子，即将踏上一片完全陌生的英语领土，除了日常生活，她将要面对的可是专业课程的学习啊！

英国的高中已经分了专业，亦池在获得录取之后，我们已经选择了她的专业，有三门主课一门副课。一般学生在学习 A—level 课程之前，总要先学习 GCSE 课程，相当于初中，再循序渐进地考入高中。可是亦池一头就跑到英国直接读高中去了，两年以后同样面对英国的高考，其间还必须报考雅思，英国顶尖大学的要求是那么高，它对主课的成绩要求都是 A，雅思的听写读解能力平均分数必须达到 7 分，而亦池的时间，只有两年！

即便两年的高中，也是淘汰制，有留级和退学的。考分等级是：

A、B、C、D、E、F,如果低于F,那就是不及格了,那就将在每个学期的期末,被要求退学回家。英国的高中,尤其私立中学,同样看重高考升学率,甚至比中国更为看重,淘汰制就是为了保证高考的升学率。因为升学率是学校的实力、品质、优质教育、社会地位和名次排列的依据和口碑。在这一点上,私立中学铁面无私,毫不留情。

万一呢?万一亦池突然面对专业课程。有点发蒙呢?那些专业术语自然要比基础英语难懂得多!万一写作业和考试的时候词汇量不够呢?A—level专业课是人家英国人设置的,你又不习惯,又陌生,你一次听不懂就会慌神,你三次听不懂就会畏惧,你多次听不懂就会绝望。而时间是绝对的,没有任何退路的。英国高考和中国完全不一样,高中生平时的每一次作业、每一次考试,都将记录在案,都会成为高考成绩的一部分。这就是说你一次都不可以懈怠和出错。高一以后,一些顶尖大学就已经来校考察生源了,而只有在一年级的所有成绩都是A分,才会被顶尖大学纳入考察视野。万一呢?万一亦池第一年就遭到淘汰呢?万一两年学习坚持得都很吃力呢?万一高考落榜呢?亦池受得了吗?她会遭遇什么境况?她还能够保持快乐和健康吗?英国高中和高考如此严苛,我轻易就支持了孩子,会不会是让我孩子去受洋罪?

人们经常用英格兰玫瑰象征英国,英格兰玫瑰花朵硕大,色泽艳丽,美丽非凡,人见人爱,尤其是少女们。亦池就是这样一个被英格兰玫瑰的漂亮所深深诱惑的少女,但是孩子们往往看不见玫瑰的尖刺。而英格兰玫瑰的尖刺,其坚硬锐利,经常会让采摘者受伤流血。我们成年人,是不应该忘记玫瑰有刺的,在决策之前,我们首先要看见的,应该是尖刺。我前思后想,胡思乱想,不停地抹眼泪,责怪自己。我后悔了。但是亦池已经在飞机上,已经在飞向英格兰。我后悔也来不及了。

从中国国情考虑,我觉得同意亦池出国这件事情,我还是有失稳妥了。退一步考虑,不管怎么样,亦池在外校的成绩也还不错,也是再熬两年就毕业了,高考应该问题不大。就算亦池万一马失前蹄,重点大学咱上不了,也不至于被淘汰和失学,怎么也可以上一个不太差的大学吧。毕竟在咱们自己的国家,毕竟人脉关系还是可以山不转水转的。英国我有什么办法啊?!我怎么就这么不成熟,一点弯都不转,一定要把孩子的个人意愿和快乐看得高于一切,一点策略都不讲呢?孩子的感情是不难理解的,可她哪里知道人生地不熟、语言不通、课程设置不一样,有时候几乎可以说是灾难啊。一旦这种突然的彻底转换亦池不能够适应,一旦亦池的语言能力不够驾驭所有课程,她还能够快乐和健康吗?

我是个成年人,我是孩子妈妈,我怎么就这么冲动呢!我真是越思越想越后怕,辗转反侧,更深夜长,怎么12小时过去了,还没有亦池落地的消息呢?我是千叮咛万嘱咐,要亦池一落地就打电话给我的。十六岁小女孩,独自一个人,第一次出国,飞了这么远,又一点不熟悉出海关的程序,她能够顺利和接她的人联络上吗?

时间又过去了大半个小时,按说飞机应该到了。我给浦东机场打电话询问,结果是该航班已经降落在伦敦西斯罗机场。我又连忙拨打亦池手机,无法接通,一会儿再打,还是无法接通,我这个没用的妈妈,顷刻间又是眼泪直往下淌。

看来,一踏上英国的土地,我的孩子就不顺利,就慌神了。我一次次地拨打电话,一次次地拨打电话,忽然,电话通了,亦池告诉我:原来英国机场临时增设了一个体检项目,对于在中国流行 SARS 以后首次进入英国的中国人,一下飞机就要进行体检,还要胸透和拍片——手机自然就被机场人员暂时保管起来。

好了。意想不到的插曲过去了。

亦池已经与前来机场接她的"帅哥"接头了，这位英国"帅哥"见面就赶紧替亦池拎箱子扛起包。亦池顿时感觉极好。她在电话里很开心，说："妈妈，帅哥好绅士哦，一点东西都不要我拎。妈妈，他真的好帅哦！蓝色纯净的眼神跟我们家皮皮一样天真无邪。"

我被亦池逗笑了。她仗着对方听不懂中国话，就这样对我调侃那小伙子。我大大地松了一口气。

这是在孩子临走之前产生的一个典故。孩子临行之前，我向英国学校提出了一个要求，我说："我作为一个未成年少女的母亲，非常担心孩子在到达一个陌生国家时候的安全状况，谁将去机场接我的孩子，我希望学校能够将他的照片电邮给我。"学校马上发来了照片，是一个英俊小伙子，校方的电邮写道：非常理解您的心情，将去机场迎接葛洛瑞娅小姐的，就是这位帅哥约翰·克洛吉特，他将在机场举着葛洛瑞娅的照片。

这是英式幽默了，学校故意用了"帅哥"一词，我想是意在消除我的紧张。所以，此前我和亦池一直都习惯用"那帅哥"了。

几天以后，亦池就电邮发来了一组照片。这是亦池在C.C中学正式开学之前的暑假班，一个家庭式的学校。我看见了亦池的房间，看见了她使用的卫生间，看见了她带去的琴谱摆在了英国的一台钢琴上，看见了她和其他师生在花园里的烧烤野餐会，看见了她和老师的大黑狗的亲密合影，看见了她每天清早主动替老师遛狗的小路，看见了她们那天烧烤吃的硕大的鸡翅牛肉什么的。

亦池出国后的第一封信，是配了这些图片的，亦池与我说笑："妈妈，你看见了吧，现在我过着'腐朽糜烂'的资本主义生活呢。"

亦池还没有谈及学习和上课，不过她愉快饱满的情绪洋溢在照片上和字里行间。我大大松了一口气！看来，亦池的开端还不错。我知道，多少孩子说是想去国外上学，去了以后，特别是最初的日子，是要哭鼻子的,是要想家的,是要想妈妈的,是要很不习惯的,是要吃不饱的,每天都是西餐怎么吃得饱？亦池一概没有。或者是有一点,被她自己克服了？或者是瞒住我了？亦池不承认,因为亦池似乎真的习惯。亦池怕的是人,不是物。当她从外校那种高度压抑的环境里,突然来到英国和风细雨、充满人文情怀、充分尊重个人意愿的环境,亦池说:我简直太习惯了！这就是我想要的!

这孩子！完全跟上幼儿园一样:别的孩子总要哭哭,她却笑嘻嘻的。

接下来的日子,亦池不时发来她一些照片,非常有效地稳定了我的情绪,化解了我的牵挂和郁结。我不再颠倒反复、患得患失了。我相信了我孩子的话:这正是她所要的生活和学习环境。我相信我的孩子开门大吉,稳住了阵脚。

我这个情绪化的人,一下子又特别高兴起来,非常欣慰于我们长期坚持了自己的方式。显然我们家的教育方式,其实也就是生活方式,让我的孩子,更为自然地与英国的学习生活顺利接轨。接轨最初一刻的亲善大使,是一般人都想象不到的——是狗,一只大黑狗！

校长的大黑狗,先于所有的人,嗅出了亦池的到来。狗具有不可思议的嗅辨能力,英国的大黑狗居然就知道亦池是爱狗人,是养狗人,它率先冲了过来,热情迎接亦池,完全就像迎接它自己的亲密伙伴,或许亦池身上的确还有我们家皮皮的气味呢。我的孩子,亦池,一见狗就笑,他乡遇故知,立刻与大黑来了一个亲密拥抱。老师、校长都乐了。英国人太爱狗了,连看见爱狗的人,或者狗爱的人,他们自然都视为知己。最初的尴尬过去了。一个从来不在日常生活中说英语的孩子,一个既怕自己的英语说不好老师听不懂,又怕听不懂老师说的话,第一次开口的孩子,还是很有顾虑很需要勇气的。亦池好运气,开门就有大黑狗上来欢腾亲热一番,亦池自然就忘却了胆怯,开口说英语了。开头一顺,自信和胆量就建立了起来。

写到这里,我要再一次地说一声"谢天谢地"了!感谢天地大自然,感谢自然界的动物,从我们家的皮皮到花鸟虫鱼。只因亦池从小就喜欢在大自然里打滚玩耍,只因我和孩子坚持了这样的生活,十六年后,孩子居然得益于此,这真是万物有灵!

亦池四五岁开始酷爱狗狗。常常,我们带孩子出去散步,发现孩子不见了,原来是跟别人的狗走了。到亦池上学的时候,我和她谈了一个"交易":如果她一年级读完,学习成绩好,各方面都表现不错,我就奖励她一只狗狗。亦池很乐意地答应了。果然,亦池的一年级表现得非常优秀,很快戴上了红领巾,还当上了班干部。我则兑现了我的承诺:有一天亦池放学回家,我让她瞧瞧门背后藏着什么?亦池一看,是一只可爱至极的小狗狗。亦池一下子甩掉书包,兴奋得满脸通红,抱起小狗狗跳啊唱啊。最后她感动到十分认真地表扬我:"真是好妈妈!"亦池没有指望我是当真的,更没有指望我会践诺。因为亦池父亲坚决不同意养狗。他认为养狗家里太脏了,养狗会危害孩子的身体健康,会导致孩子更贪玩,养狗还太麻烦,要洗澡、梳毛、打防疫针等。他说的都有道理。唯独孩子酷爱,这个不是理由的理由,在我这里放不下。当然,我自己也喜欢狗狗。亦池不知道,在我再三保证狗狗的一切都由我来承担以后,亦池父亲勉强同意了。只要他同意了,我就不难找到机会实现对孩子的承诺。一只刚满月的小狗崽子,异常活跃顽皮,不停地蹦上跳下,让亦池高兴得不得了,欢喜得不得了,给小狗起名叫皮皮。还取了学名"吕亦皮",并报上了"户口本"——养狗证。想不到的是,从此,亦池真像对待自己亲姐妹一样对待皮皮,皮皮也就一直是亦池最亲密的玩伴,连亦池练琴,皮皮都在一旁认真听。亦池任何时候不开心,皮皮都可以哄好她。皮皮懂得看亦池神色,知道疯狂和亲热到什么程度。对亦池,皮皮起到了我们父母起不到的作用。我们父母总有让亦池嫌烦或者害怕的时刻，皮皮永远没有。皮皮永远甘当亦池的忠实仆人。以至于亦池出国临行时刻，最舍不得的就是皮皮，抱着它都哭了。

是的，的确亦池和皮皮在一起会比较贪玩，亦池每天放学回来，首先就是出去遛狗、训狗，和皮皮捉迷藏、找钥匙、衔报纸、捕猎老鼠和蟑螂。的确，在这些时候，亦池的许多同学，都在写作业，在校外培优班上课，在没完没了地做题。我不断受到抱怨和批评，包括我的父母，他们也都不赞成我的"糊涂做法"，有一个上学的孩子还养什么狗啊?! 问题是亦池通过一年级打基础，已经养成良好的学习习惯，课堂知识复习和作业也都完成了嘛。这不就够了吗？独生子女有一个玩伴，性格都要开朗快乐得多了，你看孩子多快乐呀。快乐有什么用?!

十六岁以后，亦池的行为说明：快乐有用！养狗有用！太有用了！先前那成群结队苦苦培优的同学今何在？而亦池，已经找到了最合适自己的高中，如果学习得好，就可以报考世界最顶尖的大学，这些大学是连北大、清华都无法望其项背的。快乐怎么就没有用呢？

由于大黑狗与亦池的关系，校长一下子就特别喜欢亦池了。校长和亦池交流了狗狗话题，亦池把远在中国的十岁的皮皮，也介绍给了校长。具有十年养狗经验的亦池，获得校长的高度信任，把每天清晨遛狗的任务，交给了亦池。亦池出去遛狗，小镇的英国人惊奇地发现了一个爱狗的中国小女孩，纷纷与亦池打招呼。尤其是孩子们，又新鲜又喜欢，他们跑过来和亦池打招呼，搭讪，问好。没有几天，那些十岁左右的孩子，就跑到学校来找亦池玩了。亦池就和那些人高马大的孩子开玩笑，说：虽然我的个子没有你们高，但是你们还是小孩子，我可是十六岁的大姑娘了。

都是因为有了狗，亦池异国他乡的求学，有一个氛围轻松的良好开端。亦池的英语自然就流畅起来,每天,任何时候,和小镇上任何人的对话,都是学习。一个孩子这么突然地进入一个非母语的生活环境,日常对话是越多越好。亦池对动物植物都充满兴趣和爱心,原来这竟是她的福气。

亦池在暑期班六个星期的学习与生活,没有中国人,分分秒秒都是英语语境,亦池的英语神速进步。在国内,从来不肯参加任何竞赛的亦池,却接连参加了当地城市的两次竞赛。一次是"狗与我的故事",参赛者要带上你的狗,登上台去,向大家讲述自己与这只狗发生的一个故事,然后由专门的评委来进行评比。校长推荐了亦池和大黑。

校长认为,只要亦池能够用流畅的英语把故事讲好,她和大黑就一定能够获奖。在校长和老师的鼓励下,在大黑的期待中,亦池勇敢地参加了竞赛。果然她的故事比任何人的都有新意。一个来自古老遥远中国的女孩子,与一只十五岁的英国大黑狗,他们一见如故,他们的灵犀与真情,感动了所有人,亦池和大黑,一举获奖。

第二个竞赛是本城的园艺花卉竞赛,这是一个多年的传统赛事,是本城人民的重大节日,居民们无不以参与和获奖为荣。校长询问亦池是否在花卉与插花方面有兴趣和技巧,亦池当然有,这就是我们母女日常的生活内容之一,这也就是亦池为了捍卫自己的生活而远赴英国求学的目的之一啊!亦池回答校长:"我愿意去竞赛,因为我和妈妈种花,也经常会做插花。"

校长向亦池敞开了学校的大花园和工具仓库,让亦池自由创造尽情发挥。亦池选择了最漂亮的玫瑰,用废旧的木条木块什么的,制作了一尊插花。在竞赛会上,她展示了她的插花作品,并介绍了自己的构思,讲述了这个造型的美之所在。这是具有东方文化之优雅的一个插花造型,在所有参赛作品中别具一格,引人注目,亦池又获奖了!这一次是市长颁奖,郑重其事地颁发给了亦池一张大红奖证。

连续两次的竞赛,连续两次的获奖,极大地刺激和鼓励了亦池的大胆开口和叙述技巧,对于词汇量的丰满,对于英式英语的日常对话与深入交流,都是求之不得的语言强化学习和强化训练。六个星期以后,在她离开这个小镇前往C.C中学的时候,她情绪饱满,信心十足,对专业课基本没有畏惧感了。

亦池很快就让我对她放心了。我的孩子,在英国这个盛产绅士淑女的国家,以自己的中国教养和中国风度,获得了老师校长的高度赞许。有一次我给亦池打电话,我说我是葛洛瑞娅的妈妈,接电话的先生立刻热情洋溢地对我说:"啊!密斯葛洛瑞娅。good! very good! very very good!"我的自豪感油然而生,为亦池。同时非常庆幸我们顶住了无所不在的社会教育风气,顶住了中国强大的学校应试教育,顶住了来自亲朋好友的提醒警告劝说以及我们自己的摇摆不定,我们始终没有让做题和考分占领孩子的所有时间和所有注意力。我们从衣食住行到点点滴滴的行为举止,都是在和孩子一起学习常识中的那些优良态度。更庆幸亦池的天性又是那么醇厚,坚持培养下来,亦池宽容谦让,举止端庄,吃相优雅,从小就养成了习惯。她绝对不会敞开嘴巴大吃大嚼吧唧作响。她也绝对不会大盘大碗地拿过来,然后吃一半剩一半,又浪费又狼狈不堪。古老中国文化当中的优雅,这是英国人十分喜欢和佩服的。在中国,亦池并没有体现出太多优势,只是大家觉得她很斯文,吃饭聚餐绝对不会与同学争抢。去了英国,亦池的优势大大体现出来,令外国人不敢小觑,令孩子备受鼓舞,如鱼得水。孩子在这种良好环境里,快乐又自豪,智力获得高度激发和提升,功课学习事半功倍。原来一个人的文化教养,有着如此巨大的力量。

英国人十分重视孩子的动手能力,亦池略展身手,为校长和老师们做了一道我们家日常的黄瓜鸡蛋汤，翡翠般碧绿丝绸般柔滑，色香味俱全，赢得了大家的啧啧称赞。在课余时间，在英国人习惯喝上午茶和喝下午茶的时间，亦池乐意为大家弹琴。以至于那些对中国了解甚少的英国居民，那些对中国一知半解或者还心存偏见的英国人，对中国刮目相看。校长郑重其事地与亦池谈了个心：她说她从亦池身上，看到现在的中国孩子良好的教育状态，这使她产生了一个梦想，她想到中国去办学校，她愿意自己出资免费教授英语，让中国孩子在中国就能够学到纯正的英式英语。否则，日后她年纪老了，如果把她的财产带进了坟墓，那将是她十分可悲的人生结局。

亦池告诉我，说："妈妈，我高度赞扬和鼓励了她。我盛情欢迎和感谢她到我们中国来。"

我的孩子，我的孩子！亦池把我逗得：一个小屁孩儿，在英格兰的一个小城，俨然成为中国文化的代表，小小年纪，就在为自己的民族争光了。真好！真是太好了！民族说起来是很大的一个概念，当孩子一出国，民族就变成了家事，一个孩子就是一个民族了。一个民族的好，是与别的民族比较出来的：不仅仅是比钱的多少，更重要的是比文化教养，比典雅的高尚的举止行为。尽管亦池的留学生活才刚刚开始，尽管后面的求学之路还很漫长，英国教育举世闻名的严格、严谨和严厉，亦池是否能够获得满意的成绩，最终能够学成并成人，都还是一个未知数。但是至少今天、现在，说明我们过去的十六年没有错。亦池已经养成的性格与习惯，看来是可以继续支撑她的求学之路的，这就是顺了。孩子不会有太大的别扭和难受了，对于妈妈来说，只要孩子不受罪不难过，这就是最好的。

C.C中学正式开学了。亦池进入了严格的专业课学习。师生的比例是1∶15。全校初、高中一共300余名学生。学生来自世界40余个国家。学校纪律严格，考试频繁，课程内容层层加深。尤其它的高考制度,平时的每一次成绩,都是要占高考分数的。亦池一点不敢懈怠,学习非常紧张,夜晚熄灯时间到了以后,还会自己想方设法偷偷看书。可以说,英国高中的紧张度并不亚于中国高中,亦池比在武汉外校的高中投入了更多的学习时间。英格兰玫瑰的尖刺,就是这样坚硬。想要采到玫瑰,就得不怕尖刺扎伤。亦池是心甘情愿的,即便扎伤,也在所不惜。这是因为英国与中国有一个根本的不同:国内高中,是分数决定学生;英国高中,是学生决定分数。前者搞得人灰头土脸,很没有尊严,孩子是被迫的,心情压抑;后者令孩子心情愉快,自愿勤苦发愤。亦池的性格特点是:只要受到尊重,内心就会愉快;只要内心愉快,就容易超常发挥。至于学校都会用分数来作为选择学生标准,这个亦池是明白的。

应该说,英国高中比中国高中,对学生的管教,要全面得多,严格得多。亦池在年满十八岁之前,属于未成年人,受到英国法律对未成年人的严格规范和保护。比如,初到学校,亦池不习惯的是网络,未成年学生在学校是不可以随便上网的。在中国,不仅是校内,学校附近也到处是网吧。英国中学,对未成年学生上网设置了限制,限制得非常彻底。除了在老师监管之下与家里通电邮,查学习资料,孩子们上网根本看不到在他们这个年纪不应该看到的任何东西,也根本不可能打游戏。巨大如植物园的学校,其附近和周围,还是巨大如植物园,只有树林、田野、池塘、鲜花和绿草,没有任何网吧,没有任何小商小贩和擂肥者。当然,更没有任何校外培优班,所有课余时间,都属于孩子们自己。

我最牵挂的是怕孩子万一被带坏,或者一不小心中招,我们都感觉国外到处是酒吧、舞厅,成人电影也会公开放映,人们不断开派对。如果亦池周末去泡吧、看电影、跳舞碰到坏人引诱怎么办?坏人总归是哪个社会都会有的。然而,学校都想到了,都有严格规范。校规规定:"如果学生需要在校外过夜,必须提前24小时告知宿舍管理员——亦池称之为'房妈房爸'。而且只有在校长收到了你的监护人同意你在外留宿的信件或电邮,你才会得到校长的许可;而监护人的信息必须在每个星期五早上的9点之前交给校长。"亦池高中两年,从来都没有要求我替她向校长请假出去夜不归宿地欢度周末。没有这个必要,亦池说。学习虽然紧张,玩乐却也不少。

学校每周两次送学生们进城一趟。已经经过父母签字允许在英国看电影的孩子其中就有亦池同学,学校保证在晚上10:30之前把他们从电影院带回学校。每晚10:30,房妈房爸开始查房,敦促学生上床。如果孩子们玩耍得忘记了时间,房妈房爸会开玩笑,会善意催促。恰恰相反的是,如果孩子们不是因为玩耍而是因为做功课到太晚,则被视为无法理解的愚蠢。这一点在校规第9条里面规定得非常明确:"校规第9条:你需要充足的睡眠来保证有效率的学习,请不要游戏到太晚,更不得学习到太晚。"

亦池对他们中学的校规津津乐道,告诉我说:"妈妈,学校选择的词语非常明确和有趣,它就是认为游戏太晚还是孩子的本能,而学习太晚那就是愚昧可笑的了;因为那就说明是你心理很不成熟,还根本不懂得睡眠休息玩乐与学习效率的关系。"

我祝贺她:"那就太对你的胃口了。"

亦池开心地说:"当然!"

当然,C.C中学就是亦池的美梦,可怜从亦池小学就开始的学校压力、考试压力、分数压力、竞赛压力、培优压力,分数、排名、攀比、社会风气、舆论,一下子都从她生活中消失了。从前学校里,校长绝对不会事先征求家长和学生的意愿,都是霸王条款,都是强加,都是灌输,都是不由分说。

而C.C中学,哪怕是学校组织孩子出去旅行一趟,家长也会事先收到校长的来信，一是征询监护人是否同意你的孩子去旅行，二是如果你同意孩子去旅行，校长保证将由他亲自率领，并会确保学生安全。在亦池没有进入十八周岁之前，学校几乎什么动作都要事先征求我的同意。每个学期都通报孩子的考试成绩以及生活情况。亦池也源源不断地拍摄各种图片电邮给我。对这个遥远又陌生的学校，我才开始产生那种踏踏实实的信任。

其实也就短短一两个月。孩子已经完全改变了在国内的学习和生活习惯。国内高中生再紧张，老师父母盯得再严密，无奈社会环境社会风气、网络游戏、超女快男、追星风潮、闹哄哄灯红酒绿的饭局；社会上和家里，都有没完没了的麻将；人们有意无意中的权力金钱地位的炫耀和攀比；泛滥的手机段子等，如水银泻地无孔不入，想让孩子完全不受影响，根本不可能。英国的 C.C 中学，就是学校，单纯的学校，纯净的学校，正宗的学校，传统的学校。这正是亦池喜欢的学校，也正是适合亦池性格的学校。

尽管两年以后就是高考，尽管学校也有升学率，尽管英国中学也有排行榜，尽管私立中学非常需要在排行榜上保持它的名次，最好是能够上升。但是 C.C 学校与全英中学一样，照常放假，假期很多，假日的名目也很多。学校的体育和音乐设施，都是全天候开放。每个学生一间宿舍。每周更换一次床单被套。外衣包洗。一天三顿正餐两道喝茶。上午11时喝一道上午茶，下午4时喝一道下午茶。校长每天清晨在食堂门口迎接学生，也是观察他的学生。如果看到男女学生手牵手的情侣模样，校长会绽放微笑，会恭维女生说："噢，你的男朋友真帅！"

不过，专业课老师也许就会在某一次的课堂上，和孩子们聊一点爱情。他会这样建议孩子们：你们正在经历人生一个非常特别的时期——高考过程。不过时间很快，也就一年以后见分晓。因此我建议你们,有朋友的不要失恋,没有朋友的不要恋爱,首先解决好高考比较合算,在这一点上我是有切身体会的。

学生们一听,都笑了。一笑之后,大多数学生会考虑老师善意的提醒。我的孩子,不仅会考虑老师的善意提醒,更是感动于学校的提醒方式:学校太把学生当人了!校长是那么呵护女生的脸面,老师是那么循循善诱四两拨千斤,校长和老师对学生的教育和管理,配合得是这么巧妙这么不露痕迹,生怕学生自尊心受伤而逆反,达不到学校教育和管理的初衷。亦池,也才十七岁,鉴于此前读书的十几年里,自尊心经常受到摧残的经历,她居然已经懂得用饱经沧桑的眼光去赞赏校长老师的态度和幽默感。我高兴地看到,亦池不仅在学习老师教授的课本知识,她还在学习老师身上更多的东西:做人和美德。说实话,我已经不担心亦池在异国他乡的"早恋"了。女孩子十七八岁,是一个危险的年纪,我的孩子远在英国,我鞭长莫及,要说一点担心没有,那是假的。不过,从亦池告诉我的所有情况和许多细节来看,我对自己的孩子更加有把握了。在管理得如此人性化、如此具体化的学校里,在亦池高度认同学校这种管理的心理状态中,亦池应该懂得节制,应该不会因为恋爱耽误学习。

C.C中学没有早恋这个说法,也不存在这个问题。对于学生们的恋爱行为,学校似乎认为是天经地义的事情,是正常现象,因此并不会羞辱和严禁恋爱本身,而是用校规来规范,非常具体也非常严厉。学生人手一册并且在开学当天就发放的校规手册上,有一条:"如果你有男友或是女友,你们的行为必须是有责任感并且成熟的。你们要尽量避免在公开场合表现得过于亲密。在任何情况下男女生都不可以进入异性学生的寝室,如果违反这一条校规,双方都将会被要求移居校外,取消其住校资格。"亦池怎么可能去违反这么严厉的校规?即便恋爱,也有节制。我的担心,就这样,一点儿一点儿被安慰。

　　学生日程手册是每学期一本，一年三本，这本手册是孩子们的全面指南，开学就知道本学期所有课程、会议、活动、派对、晚会、假期、考试日期、考试科目，一应俱全，连时间与地点都已经具体到几点几分在哪里。全校所有师生的花名册皆注明个人身份证号码、性别、国籍、学籍、生日、宿舍楼号。每日早晚的执勤老师姓甚名谁，学校体育娱乐等各种设施几点钟开放和关闭，从学校往返休斯伯里小城的公车到达时间，全部明确并准确无误。连食堂专门开辟穆斯林伙食和素食主义伙食，对学生整洁的要求、服饰的要求，也都有清楚的说明。

　　校训开宗明义，只有一句话，据亦池说，从1949年建校至今几乎没有大的改动，那就是："我们中学是一个追求高水平，鼓励勤奋学习，成熟对待事物以及互相尊重的团体；学校教育并期望学生能够学会善解人意和懂得和谐；每个学生的目标应该是——在任何时候都成就他们自己最好的一面。"

　　我的孩子，佩服极了她们学校的校训，很快记住并遵照校训去做，她给予校训的评价是五个字："太有水平了！"

　　而校规的总则也只有一句话，它这样要求学生：所有以下细则都是为了保护每个学生个人以及我们这个团体；你要随时为别人着想；你希望他人怎么对待你，你就要用同样的方式对待他人。

　　这句校规使亦池倍感熟悉和亲切，她说："妈妈这和你说的一模一样。"

　　我说："是吗？我怎么不记得了?!"我们在电话里笑哈哈。我的孩子已经学会用开玩笑来夸我了。

　　亦池在英国一段时间，就逐渐恢复了小时候的那种十分松弛的精神状态，每个星期六星期天，只要没有同学的活动，亦池无不大睡其懒觉，常常睡到下午1点，那还是因为要接我的电话勉强起床的，在电话里,亦池还迷迷糊糊的没有清醒。我不免暗暗着急:这么迷糊?!怎么高考?实质上,英国的高中就已经进入高考过程了啊!我这孩子,到了这样的学校,是否太沉溺于享受了?当然,这些话,我没有直接说出口。我怕孩子厌恶,怕孩子逆反,怕孩子对抗,怕孩子扫兴。本来我就是非常信任孩子的,本来我就是生怕孩子不快乐的,也生怕打搅孩子平静的心情和学习的连续性,更加上亦池一直地持续地向我灌输她们学校的教育方式和理念,搞得我就更加注意了。就连通个电话,我都会事先和亦池约定,总是问她的哪个时间合适。在亦池给我的时间之外,我从来不曾突然打电话给她。这情形好像慢慢在变成我的孩子更多影响着我。我读过不少英国小说,也曾为《简·爱》在中国的中文新版写序。可是我得承认,自从亦池到英国读高中以后,我才发现其实我并不了解英国,在某种程度上甚至误读了英国。原来我的孩子,她自己去学习的同时,也开启了教育我的一扇窗口。这样的孩子,喜欢大睡懒觉,就让她睡吧。我想,她已经悟到和学到很多很多东西了,够她在漫长的一生中受用。如果万一她功课的成绩并不理想,我也有心理准备,我不会责怪我的孩子。

为他人!为他人就是为自己!你希望他人怎么对待你,你就要用同样的方式对待他人——这是C.C中学无孔不入的教育。亦池观察到,就连工人在校园里一边打理草坪,一边听音乐,他们的录放机,都会自觉地不把声音放得过大,生怕打搅了孩子们的学习和散步。同样,以前打开电视,打开音响,从来不曾注意过音量,校规也规范了孩子们在自己宿舍应该怎样控制音乐的音量:"不得在房间内将音乐的音量开得过大——我们对过大音量的定义是:如果你站在门外还听得见。"亦池认为自己终于知道英国的绅士淑女是怎样炼成的了。

也许亦池的高中母校首先应该是武汉外校,遗憾的是当孩子还没有正式离开学校,就被班主任撤掉课桌。最后当亦池离开外校,校方没有任何反应，好像这个学生压根儿就不曾存在过。那天，我和孩子去宿舍收拾了行李，用自行车推着，母女俩默默无声地离开校园，这样冷漠的告别，怎么叫人不凄凉。你希望他人怎么对待你，你就要用同样的方式对待他人。我们的学校，除了要你交钱之外，怎么就不懂得把孩子当人呢？那么孩子们会把你当人吗？我们现在的高中生，有多少人会深深爱上和眷恋他们的母校和校长呢？而亦池对于她的莫里斯校长，那种情感是深深的挚爱与尊重，她都不能允许自己学习不好，她不能够让莫里斯校长失望，她要用自己优异的成绩证明莫里斯校长没有看错她！

　　第一个学期结束了，期末考试成绩出来了。我收到莫里斯校长的来信，他向我报告了亦池本学期的表现并附上考试成绩单。亦池的三门主课，有两门是全班第一名，有一门是全班第二名，美术副课获得艺术老师的最高评价。莫里斯校长对亦池的表现赞不绝口，夸奖所使用的词语简直无所不用其极，仿佛我的孩子就是一件稀世珍宝，我真是领略到了英国人的会说话，连学生的一张成绩单，都用大量的甜言蜜语夸你孩子，令家长心里舒服得不得了。我在家里，高兴得跳了起来。我抱起皮皮，也把好消息告诉它，皮皮一听"亦池姐姐"就有寻找和幸福生动的表情，我们高兴得跳了起来。

　　我的大睡懒觉的孩子，我一直不敢多问功课——当然偶尔问问也被亦池轻轻一句话说得无言以对——亦池说："都是英文和英式考试体系，你又不懂！"这下好啦！期末成绩出来，如此优异，我啥都不用问了。然而学费又涨了。我对学校下一年度学费的再一次涨价，只能嘀咕地抱怨一下，然后赶紧去汇款。无奈了。孩子托付给他们，他们把孩子调理得这么好，孩子成绩也这么好，我还有什么可多抱怨的。我只能说英国人真会赚钱，让你没有办法不掏钱。

　　亦池经历了两任校长。老校长莫里斯七十多岁退休。继任是年轻校长霍金,牛津大学毕业,接任之后一家三口就搬进了那幢校长house。他继续秉承C.C中学几十年如一日的教学方式与风格,没有让学生们感到丝毫的不习惯。一段时间过去,亦池也得到了霍金校长的喜欢和信任。霍金校长夫妇有一个九岁的儿子,英国法律规定,监护人不得在夜晚让十二岁以下的孩子单独一人在家。于是,每当霍金校长和太太必须出席晚上的社交活动,亦池则会被霍金校长请去带他们的儿子并依照法律按劳付酬,每小时支付亦池5英镑劳务费。这种打工,亦池太开心了,她说她都不好意思要校长的钱。因为事实上,是小男孩带着亦池玩。小男孩很绅士地带亦池参观他的家——校长府邸,且是历任校长的府邸。带亦池参观他的玩具,教亦池打麻将——小男孩到中国旅行一趟带回了麻将。小男孩很吃惊作为中国人的亦池同学居然不会打麻将!亦池还可以趁机学习更为本土更为民间的英语。亦池觉得自己从霍金校长家赚的钱不应该属于自己,她都捐给了慈善基金会。"好!"我说。我对亦池的善举毫不犹豫地赞赏。用中国社会普遍注重经济注重赚钱的观念来看,亦池这孩子有点在变傻,给钱都不要。我可不这么想。我们家不算有钱人,但是我希望我的孩子学会驾驭钱这个东西,不受钱的奴役。

亦池自从入校,告诉我的,都是趣事,好像他们学校是一个开心游乐场。她在学习踢踏舞了,她们学校举行户外烧烤派对了,举行游泳比赛了,她在学打斯诺克球并且进步神速了。亦池在弹琴,在绘画,在四处摄影,并且还用钢笔绘制了一幅全班同学图,以便我能够直观地看见他们的课堂状态。

亦池唯一没有事先告诉我的事情是:她参加了爱丁堡公爵发起的全英青年自愿者行走计划。我的孩子,怕我担心或者阻止她,干脆把我蒙在鼓里,在行走成功以后我才知道这是怎么回事情。这是一个旨在鼓励年轻人不畏艰难跋山涉水掌握野外生存本领的行动。亦池和她的三个女同学一组,每人肩背一只12公斤的大背囊,里头装的是野外炊具和帐篷,胸前挂一只塑料袋,袋里是一张英国地图与指南针,在没有老师以及任何向导带领的情况之下,从清晨开始,向着陌生和遥远的宿营地积极行进,天黑之前必须到达。亦池已经行走了几次以后,才让我知晓全部状况。她们曾经一口气爬几座山坡,曾经走得拖不动双腿,曾经看不懂地图和摸不着方向,曾经遭遇深林里的坏天气,曾经把午餐料理得一塌糊涂难以吃饱肚子,曾经在小溪边洗手时惊奇地发现英国大蚂蟥,曾经迷路闯入了人家的私人庄园,曾经遭遇牧羊犬,当然又是亦池与牧羊犬打的交道,当它知道姑娘们迷路了,便主动带领她们走上正途。

第一个学年,整整一年,亦池一趟都没有回家。圣诞节的寒假有一个多月,全校师生都放假了,偌大的学校空旷到杳无人烟。我的孩子,没有回家,孤零零住在学校里,她硬是舍不得花钱买往返机票,也不肯让我过去,她认为我过去花钱更多。我一再告诉她,咱们有这个钱,不需要这么抠门。亦池又说她同时还有自己的计划,一是利用假期好好温习一下功课,二是想在学校所在的小城好好地玩玩逛逛。小城叫什鲁斯伯里,是英国最古老的文化古镇之一,英国议会在这里诞生,这里有古老的教堂,有皇家别墅,还是达尔文的家乡,大作家狄更斯也在这里居住和写作过。孩子主动要求用休假时间温习功课,孩子已经充满认识这个世界的激情,那么我这个做妈妈的,只能支持她了。2006年的春节,我第一次度过了没有孩子在身边的新年。除夕夜,我照样封了红包,把压岁钱放在了亦池房间的床头。亦池给我的,是她拍摄的照片,是她在寒假的校园里与松鼠玩,与天鹅玩,与狐狸玩以及与附近人家的狗狗玩;是暮色与清晨中的学校校舍,是校园内的遗产保护建筑;英国最早的议会遗址;是她采摘的一朵硕大艳丽的英格兰玫瑰,用水养在她宿舍的窗台上。

据说一个妈妈带着两个女儿去花园,玫瑰盛开了,非常漂亮,两个女儿都欢喜地扑上去采摘,结果花是摘到了,手却被玫瑰的尖刺刺破了。一个女儿哭着对妈妈说:"手指好痛啊,我再也不会摘玫瑰了,尽管它很漂亮,尽管我也很想要。"另一个女儿笑着对妈妈说:"我摘到了这么漂亮的玫瑰,太开心了,尽管手指刺破了。"同样一件事情,如果善于转换角度看问题,就会是完全不同的效果。完全不同的效果,就决定了自己的幸福或者痛苦。我的孩子亦池,就是被刺破了手指还乐呵呵的女儿,她非常善于转换角度,总是去看事物好的一面。当有些孩子没能回家过年,说起来就哭鼻子,觉得国外虽好总不如家,留学生活太过寂寞清苦。亦池想的却是:尽管寂寞清苦,学到了很多东西,看到了很多东西,走了很多地方,就是件开心的事。

天高任鸟飞　你得有翅膀

英国高考,过程十分漫长。实质上一进入高中,就算进入了高考。高一顺利结业,升入高二,直接的高考试卷就下来了,一波一波的考试,紧锣密鼓。英国排名前十几位的顶尖大学,也就过来人,到C.C中学招兵买马了。

两个寒假都没有回家的亦池,高中毕业考试的成绩很开心地拿到了全A。亦池凭借她的全A成绩,获得了选择顶尖大学的资格。A有多么不容易,仅以他们的副课考试为例,就不难窥见一斑:亦池的副课选择的是美术。这项考试,仅就文字部分,亦池就写了48页纸的论文,论文题目是《论美术艺术中的女性形态》,亦池从古典画家雷阿诺、达·芬奇,一直分析到当代画家大卫·霍克尼、曼瑞以及Roy。而对大量画家的画作鉴赏和资料收集,早在一年半以前就开始了,伦敦美术馆博物馆,美术老师都带她去几趟了。高考除了论文之外,还必须有三组创作画。亦池有一幅画的构思是静物:一块布料。亦池进考场之后,一口气画了五个多小时,中途饿得受不了,只能用巧克力充饥。况且饿了五个多小时作出来的画,也还只是考试成绩的一小部分。分数比例是这样的:论文占30%,创作画占30%,高中两年里所有考试和作业的综合成绩占40%。试想,英国的高考连副课都严格如此,主课就可想而知了。我觉得复杂之极。总之就是让孩子平时的每一次作业与考试都不可以懈怠,都是高考成绩。而且副课的考卷,也同样交由英国全国高考委员会阅卷打分。高考试卷,临考前密封运到学校,考场现场开封。考完封卷,当即运走。全国高考委员会成员高度透明,其资历与德行全国都知道,倘若谁有徇私舞弊之举,必有法律制裁,终身完蛋。

说实话,亦池拿到全A成绩,我简直都不敢相信。当然我从来没有当面问过亦池怎么拿到的,我怕亦池觉得我不信任她,或者觉得我小瞧了她。但是我亲手带大的孩子,我觉得自己很了解她,她不是很善于考试,属于中等偏上一类。亦池的长处,是兴趣广泛,全面开花。用琴棋书画、吃喝玩乐、德智体美,让自己快乐。去英国以后,显然很快乐,也玩乐得更多,显然身体更健康。只要身体更健康,我觉得就值。因此,我对亦池在英国的高考,从来没有提出最高要求:比如牛津剑桥,比如英国在世界排名前十名的顶尖大学。

惊喜的是亦池主课副课一共五门,都拿到了全A。我猜测,这可能就是她放假坚决不回家,在暗中使劲的结果吧?或者还有运气好。英国高考尽管非常漫长繁复严格严谨,但是也更合情合理,比如考试机会,会给你多次,最后取你分数最高的那一次。哪门功课你觉得自己有把握了,可以参加早一些的考试;晚一点有把握了,可以参加晚一点的考试。你一进高中,就知道平时每一次作业和考试,都是高考成绩,你只要认真对待每一次,就有胜算了。亦池高中两年的优异成绩就摆在那里,如果最后的考试没有发生极大的失误,那么她所选择的这些大学,将肯定会满足她的志愿。

亦池知道暗中使劲,能够给妈妈一个惊喜,夫复何求?!

英国高考制度的学生与大学之间,是双向选择。亦池最多可以报考五所大学。不像中国,话语权和选择权都在重点大学一边。牛津、剑桥两所教学体制近似的老牌大学，学生们可以任意选择其一。亦池选择了更符合她专业的牛津大学。亦池选择牛津的理由竟然是为了我。她说：中国家长就知道个牛津、剑桥。因此，她多半是为了满足我这个中国家长的俗见和虚荣，她就报了一个牛津。

亦池让我羞惭地懂得，我们中国家长只是冲着牛、剑的名气而推崇它们，其实英国的顶尖大学还有其他十余所，并且在其专业领域的水平与权威性以及世界范围内的声誉，不仅并不亚于牛、剑，许多大学的专业水准都在牛、剑之上。

我说：是的，承认我有虚荣心，我无法完全脱俗。我很想在将来亦池考上牛津以后，当别人问起你女儿在哪个大学，我就可以骄傲地回答：牛津。然后，我就可以看到别人眼睛一亮，好生羡慕，说声：啊！

轮到亦池开导我了。她要给我做心理铺垫了。她说：妈妈，尽管我选择了牛津，但是我并不觉得非牛津不可，我还同时选择了其他几所大学，其中有我所学专业最顶尖的，有教学力量最雄厚比如诺贝尔奖获得者都上一线教学授课的，有人文意识深厚杰出人才辈出的，还有教学风格新锐并且毕业以后就业率最高的，它们全部都是世界上最好的大学之一。

妈妈，你不知道牛、剑的问题所在吧？我告诉你吧，牛、剑的缺陷是我最不能接受的，那就是人与人之间的阶级等级非常分明，学校充满了豪门子弟，祖辈父辈出身于牛、剑的后代们统统享有优先录取特权，近乎世袭制，这些后代倒真不一定有多么优秀。另外，还有一些五花八门的所谓名人，比如世界政坛名人、奥运冠军、皇家与巨富的子女或者著名作家等。

亦池说：难道你不知道邓亚萍和金庸现在都被剑桥收录门下作为学生吗？他们固然在他们的专业里都很优秀，可我还是不太想和他们做同学。社会名流和贤达的学习与我们青年学生完全不是一回事情。

　　我不得不承认,亦池的观点有她的道理。我的孩子,从小就具有强烈的平等意识,对平民大众充满了感情,博爱使她厌恶等级划分。她不愿意被人歧视也不愿意歧视他人。亦池想要的大学,首先不是社会上流行的名气,首先是要以她的平民身份不会受到压抑的,可以被公平对待的,其次是她所报考专业正是该大学的专长所在。

　　我还是说:好吧。

　　亦池的高考在英国。我既不了解英国大学,又山水远隔,鞭长莫及。我只心里焦急惦记,人还是比较轻松,不用为孩子奔走打听送礼请客求爷爷告奶奶的。就是坐在电话前倾听,亦池在电话里高度简洁地介绍她自己的选择和决定。

　　从最初开始,在亦池选择的五所大学之中,她就最倾向于甘地的母校伦敦大学学院UCL。亦池认为,甘地之所以后来成为印度人民乃至全世界人民所敬仰的圣雄甘地,与他青年时代就读的大学不无关系,而该校前后拥有的18位经济学诺贝尔奖获得者,都曾在一线教学,这一点让亦池颇有好感,也深深吸引了她,她想学习本领和知识,而不想徒有虚名。

　　好吧,我的孩子说服了我。我不会非得让她选择牛津不可了,但是我还是觉得能够读牛津是很好的选择。到底最后亦池选择哪一所大学? 到底哪一所大学最后选择亦池? 谁都不知道。亦池自己也不知道。英国高考的方式,真是让人没脾气,也没门路可走。只能在一个不慌不忙的彼此选择来选择去的烦琐程序里,按部就班,听天由命。

　　从亦池高二的下学期开始,高考一波一波地来,重大考试一场接着一场地考。高考考卷由全英高考委员会出卷子、阅卷和判分。分数出来以后,委员会会同时向学生本人、学生所在中学,以及该学生所选择的五所大学一共七个地方，发出成绩通知。然后有意录取该生的大学，向学生发出面试通知，并预约面试日期。最后的决定权，在学生自己手里。学生可以在有意录取自己的几所大学里，最后决定一所大学。亦池喜欢这样的高考，喜欢自己有选择权。喜欢这个情绪太重要了，它可以让孩子一直是意气风发、斗志昂扬的。亦池在迎战了课堂考试以后，马上迎战大学面试。

让我寝食难安的问题出现了：孩子的人身安全。高考面试，在全英大城市之间跑来跑去，都是学生独自前往。亦池自己一个人，要跑几个不同的城市，要去几所不同的大学。赴英两年来，亦池一直待在英格兰北部的 C.C 中学。十八岁虽说是大姑娘了，但其实也还是一个小女孩。而就在 2005 年 7 月，伦敦突然发生地铁公汽爆炸案，恐怖之感近在眼前，挥之不去。亦池只身单干地去伦敦以及其他城市，真叫我无法放心。我觉得英国中学也有点太逗了：十八周岁的前一天，还当作儿童严格管理和保护，旅行还有校长老师带着出门；十八周岁一到，当天就可以喝酒精饮料，就可以夜不归宿，出门旅行哪怕千万里，也不会再有校长老师带了。其实亦池也就是前不久刚满十八岁，学校立刻当她是大人，根本对她的出门远行不闻不问。这怎么办？如果在国内，一个刚进入十八岁的高中生，从遥远偏僻小镇，要去北京的清华、北大面试，那父母家人还不得都巴巴地陪行？

亦池却傻乎乎笑嘻嘻地说："这有什么？不就是旅行吗？都是早和大学预约好了的。带上地图不就行了?!"

亦池说："啊呀不用担心啦，英国都是这样的，他们本国的学生，一样也没有谁父母陪着跑的。那不是大笑话？十八岁是成年人了，自己的事情自己做嘛。"

"可是中国父母都是要一直陪到大学宿舍去的。"

"妈妈，我这不是在英国吗?! 你尽管放松，学会享受我的高考吧。"

好吧。亦池刚满十八岁的确摇身一变就是大人了,口气里很有几分坚定、强硬和对我的要求。我怕她烦。我得有意识戒掉妈妈们的啰唆和唠叨。我不再多说,按照亦池的要求,通过电话伴随她的面试。

牛津大学的面试通知,来得最早。2006年11月,亦池就收到了来自牛津的面试通知,而她这个专业报考牛津的十几名同学,也就是她一个人收到了牛津的通知。亦池告诉我这个消息的时候再次和我开玩笑,说是:"初步满足了我妈妈的虚荣心吧?"

亦池把我乐得呵呵笑。

当然了,咱们中国就是流行一个牛津、剑桥,家长们就是好个面子。现在毕竟牛津大学有意录取我的孩子了,毕竟牛津大学发出了面试预约了,我当然先满足一下虚荣心再说。学会享受我孩子的高考嘛。

我的孩子亦池,启程奔向牛津大学。背起她的小书包,拉着她的小旅行箱,一路对照英国地图,从学校坐公汽来到镇上,从镇上坐火车中途还要转火车,来到伦敦。在伦敦坐公汽和地铁,来到牛津地区,再从牛津地区找到牛津大学。牛津大学果然有人接站,安排得的确很好。2006年12月5日、6日和7日,牛津大学给前去面试的亦池提供了三天的免费居住和免费进餐,面试之前,还有一场笔试。

由于牛津大学并非唯一选择,由于后面还有四所很好的大学排队等着亦池选择,亦池丝毫没有心理负担。一到宿舍,放下行李,就抱起相机,把宿舍拍了一通,电邮给我,文字说明是:啊,谢谢牛津大学给了我一间很大的宿舍。又跑到拍摄过电影《哈里波特》的教学楼,去浏览餐馆和乱拍一气,再发给我。

翌日的笔试是数学。亦池这个专业的30个学生,来自世界各国,只有亦池一个中国人。笔试只有一节课时间,也是题量极大,考解题能力也考速度。当亦池起身交卷的时候,正好铃声响起,全班也就只有亦池一个人是主动交卷,其他学生都是被动交卷。学生们奔出教室门外,纷纷跑过来追问亦池:"你真的做完了?你真的做完了?"

亦池回答:"是的,是的。"

我的孩子开心地告诉我,说:"妈妈,就是这样一些时刻,我好牛啊!外国学生就是天真,你比他们强,他们立马就很服气。当他们追问我的时候,一副好佩服我的样子啊,简直可爱极了。"

我说:"很快乐吧?"

"很快乐,妈妈!"

我的孩子需要的就是快乐。快乐是她竞技状态最好的安稳剂。我以为,这一下可好了,数学笔试一过,面试应该就没有问题了。谁不喜欢这样一个天真单纯安静的女孩子呢?何况她所有的成绩包括副课,一共五个 A 呢。

但是,意外就是发生了。

面试的时候,亦池感觉到了不对劲。一男一女教授进行面试。问答正顺畅进行着。忽然,其中那位男教授叽里咕噜说了一句话,亦池完全听不懂,孩子一下子就慌神了,因为亦池满以为自己的英语程度已经足够应付面试的。

忽然,教授用亦池能够听懂的英语问道:"你是中国人吗?"

亦池答:"是的。"

教授问:"那你会中文吗?"

亦池忽然明白:原来这位教授刚才说的那句她完全听不懂的话,居然是中国话!

亦池说:"我当然会中文。"亦池解释说:"而且我的中文很好。

除了主考科目之外,我还备考了一门外语,就是中文,我的成绩也是 A。"

教授反问:"那我刚才说的中文你怎么不懂?"

亦池啊亦池,我的孩子,太年轻了,阅历太少了,涉世太浅了,还远远不懂对话的语言技巧,不懂得只要是人,不管中国还是英国,谁都喜欢听好话,谁都不乐意被顶撞。千穿万穿马屁不穿,绝对是放之四海而皆准的真理。情急中,亦池直截了当地说了令人不快的大实话,亦池告诉教授:"因为您的中文说得很不好。完全不像中国话。"

旁边的女教授一听,显然很不高兴。尽管她很不高兴的表情稍纵即逝,亦池还是觉察到了。亦池一觉察到面试官不悦的表情,气就泄了。我了解我的孩子,只要她泄气了,她不会装的,立刻就是一副无精打采、淡漠懒怠、支吾敷衍的模样。面试很快结束,亦池好不沮丧,一屁股坐在牛津大学的花园里,望着蓝天白云的天空与牛津大学建筑的尖顶,大为懊恼,又是一通乱拍。

亦池在电话中的声音让我知道了她的懊恼。亦池给我解释:她认为她自己根本无意顶撞和冒犯教授,仅仅只是直率而已,并且一问一答之间又是那么紧张刻不容缓,实话就脱口而出了。"妈妈,"我的孩子说,"他的中文实在是很差,突然间你真的完全不知道他在说什么。"

我相信我的孩子。我的孩子并非无礼,年轻人无意的直率的确很容易被当作冒犯,我们无法知道每一个成年人是否都有博大和宽容的胸怀,牛津的教授同样也是凡夫俗子——我和亦池在电话里聊着,我得宽慰我的孩子。后面还有其他大学的面试,亦池必须甩掉牛津大学面试笼罩在她心理上的阴影,保持轻松愉快和饱满的情绪。不过我也提醒她:这是一个经验和教训,这说明表述方式以及语气是多么重要,这就是课堂之外的人生功课了,需要更多的修炼——那是以后的事，得慢慢来。眼前发生的事情，就算过去了。没有关系的，大不了咱们不上牛津呗；大不了妈妈就少一点儿虚荣心呗。我说，但是并没有逗笑亦池。亦池是有点受伤了，英格兰玫瑰就是有许多坚硬的刺的。孩子需要溺爱的，尤其是妈妈的溺爱，尤其是当她是对的，当她在外面受了窝囊气，我必须旗帜鲜明地溺爱我的孩子，我绝对不会抱怨和责骂我孩子的。比起我对孩子的心疼，牛津大学算什么？世界上顶尖大学还多得是，条条大路通罗马！地球离开谁不都是照样转动！我孩子不可以在外面受了气，在家里还受气！我把心里想到的狠话都放出来了，我说："亦池，你没有错！你作为中国人，听不懂他的中国话，那就是他的中国话没有学习好。就像你说英语，如果他一句都听不懂的话，他会承认你的英语好吗？牛津作为著名的老牌顶尖大学，如果它的教授连这一点公平都没有，这一点胸怀都没有，说明它还是有许多缺陷的，至少在你的面试中暴露出了他们的缺陷，咱们不上这个学校也罢！"

亦池，我的孩子，被我这么一呵护一宠爱，终于破颜一笑。说："好吧，妈妈算你牛！"

我从电话里都能够感觉到亦池的呼吸变化，我孩子的气息轻快了，一口气呼出来了，我这才放心了。不过，我当然还心存侥幸：牛津大学的教授毕竟是教育界最好的教授之一，哪会在面试中计较一个高中生的态度，说不定人家根本就没有在意，是亦池过于敏感，高考中的学生对自己的面试官，总是这样敏感多疑的，总会估计得悲观一些的。说不定哪一天，牛津大学的录取通知就来了呢？咱们等着瞧吧。

伦敦大学 UCL 的面试，约定的时间是 2007 年 2 月 7 日，这是最合亦池心意的一所大学。亦池从自己的中学，再度拉着小小行李箱，奔赴伦敦。UCL 派了学生会干部接待亦池。亦池被带领参观了漂亮的校园,然后在学生食堂免费进餐,自然也是学校提供免费住宿。UCL首先安排了亦池的面试。有了牛津大学的前车之鉴,亦池对自己的这一次面试,就有了一些经验和教训,她感觉这一次的面试不错。过程如行云流水,师生问答皆自如,情绪也都自然。然后,UCL没有要求亦池笔试。

2月14日,亦池又一次出发,奔赴巴斯大学面试。亦池选择巴斯大学,与我也有很大关系。巴斯城有一个伟大的女作家简·奥斯汀,我非常喜欢她的小说《理智与情感》和《傲慢与偏见》,于是这样也就影响了亦池的选择。我觉得也间接地影响了亦池面试时候的心理。她是饱含欢喜与熟悉情感的,只因为自己的妈妈也是女作家,巴斯城对她即便陌生也熟悉。面试的感觉,亦池的说法是:"很好!"去过巴斯城以后,亦池喜欢上了这个城市,说到处是温泉和浓荫,十分舒适宜人。

在四处奔波的面试期间,2月28日,亦池还赶到曼彻斯特,去听了英国中央银行举行的一场辩论与竞赛,问亦池为什么在这么紧张的面试期间还跑去听辩论?不累吗?亦池说:不累啊。不想错过最好的辩论会啊。曼彻斯特也很好玩啊!我的孩子真的长大了,一点不受妈妈掌控了,高考全是自己做主,事事基本都是先斩后奏。慢慢地,我也习惯了,开始习惯听孩子的了。虽说从亦池很小时候开始,我就提醒自己不要压抑孩子,凡事多征求孩子意见,但那时毕竟我还是权威,还是掌握着最后的拍板权。十八岁的亦池,在漫长的繁复的英式高考中,彻底颠覆了妈妈的权威。我逐渐感觉到了,最后我明白了,孩子太早不再需要妈妈,我还是颇有失落感,不过我愿意。我最怕的是孩子永远长不大。

3月7日,亦池再赴华威大学面试,感觉也挺好。亦池选择的五所大学中,还有一所大学通知她,他们非常乐意直接录取亦池,连面试都免了。

经历了前后长达差不多半年的高考面试以后,在亦池体验和比较了几所大学以后,亦池走出了高中生对大学的盲目仰慕和新鲜惊奇,有了相对成熟的感受和认识。我也跟着她一起成熟。这个时候,我已经心悦诚服地同意亦池的想法。选择在乎自己,同时也是自己又很在乎的大学,是最重要的。两厢情愿、感觉有缘,对未来的大学生活和专业学习,是最重要的。是牛津或者不是牛津,在我这里,已经彻底不是问题了。我只是希望亦池最终能够如愿以偿地进入她觉得最适合她自己的大学。而牛津大学,如果将来是它放走了我的孩子,我坚信那将是牛津大学的损失,而不是我们孩子的损失;世界上没有什么最好的学校,只有最好的学生;一所学校只有先拥有了最好的学生,才能成就为最好的学校——亦池嘲笑我还没有放下牛津大学,还对牛津耿耿于怀。是的,我别的都可以放下,放不下的是最简单、直接的感情:牛津大学面试的教授不能那样让我孩子受窝囊气!我就是一个这样护犊子的妈妈。

我的孩子,沉着应战,完成了在我看来不可思议的复杂的高考之后,要回家了,回家度暑假,回家和妈妈一起,等待大学的录取通知书。

2007年6月28日,是我的一个大日子。我的女儿亦池,两年之前,一个十六岁的瘦弱毛丫头,匹马单枪,负笈英伦;在过去的两年里,仅仅去年暑假回家了一趟;现在,我十八岁的高中毕业生,今天回家。

亦池临行的前一天,还有最后一场考试——我完全被英式高考搅昏了,面试都结束了,还考试什么呢?我也懒得再去弄清楚。只是我不敢打搅孩子,不敢让她考试分心——不管什么考试,坚决克制了给孩子打电话的冲动,其实我只是想问她回家第一天最想吃什么。

我快乐地忙乎起来：跑超市、做清洁、洗涤、晾晒、熏香,将亦池一年没有使用的房间再度打扮得光鲜如新,气息馨香,然后日夜兼程赶往上海浦东机场。

在机场翘首等待的近两个小时里。我就再也无法抑制自己的胡思乱想了,总是民间俗语里说的"儿行千里母担忧",明知连孩子们都会烦妈妈的瞎操心,再怎么我都无法超然。

因为高考结束了,亦池也就是高中毕业了,高中生活也就结束了。当亦池离开C.C中学的时候,必须带走她的全部行李物品。两年多积累起来的个人物品,已经跟一个小家庭似的大包小包,我们在英国又举目无亲,也总不能让孩子都带回来吧？再说她上大学还要继续使用。可是大学又还没有最后的决定。

亦池有能力以及有力气完成这种搬家式的装箱打包吗？她能够不丢三落四吗？护照、机票、银行卡、手提电脑以及各种重要个人文件资料,可都是出不得一点差错的！英国马拉松式的高考,导致高二整个学年都处在一系列的考试之中,一天都还没有休息,孩子的体力真的吃得消吗？真的一切都如她自己所表现的那样吗？在电话里,她总是轻描淡写十分抽象："我挺好啊。很顺利啊。不累啊。""有男朋友吗？""没有。"电邮呢,则更简单,就三言两语几个字。我每每都是长长的信写给她,这孩子往往一个字没有,她用自己拍摄或者手绘的各种图片回答我。当然,图片拍得很机智又艺术,我一看就心领神会,也常常忍俊不禁。然而到底,她还是巧妙回避了我询问的许多具体问题。

亦池现在已经把我划分成全世界最喜欢瞎担心的妈妈类,孩子们把妈妈分为啰唆唠叨类、强加母爱类、霸权欺压类、不由分说类、瞎操心类。她的经典举证就是：暑假后她和她的同学们飞回英国,绝大多数同学在飞机抵达之后,并不急于给家里电话,因为家里正是凌晨,妈妈们正在熟睡;还有不少妈妈事先提醒孩子应该等到她们起床之后再报平安。而我,却在孩子飞行的12个多小时里完全无法入睡;我必须要听到孩子报平安的声音才能够踏实。以至于有几次在飞机着陆之后,出关时间等待过长,亦池怕我担心焦急,不得不向陌生乘客借用电话向我报平安,否则我会坐立不安,胡思乱想。由于她的同学们来自40多个国家,因此亦池将我纳入世界范围做比较,我都算得上典型的瞎操心类。我只能笑笑,一笑了之。然后,一如既往地瞎操心。其实我知道我这样紧张地等待,会导致孩子的慌乱,我也答应了孩子要慢慢纠正自己,我也是在慢慢纠正。可是英国的许多做法,实在太出人意料,我不得不瞎操心:考完就奔伦敦机场飞回家,亦池的行李到底怎么办?

很小的事,就喜欢瞎操心,我也拿自己没办法。

不过瞎操心归瞎操心,却不揪心。我应该承认,与亦池国内同学的父母相比,我这个妈妈是太轻松太幸福了!

就在亦池参加英国最后几场高考的同时,中国正在高温酷暑中经历三天无比严峻的高考,这是一锤定音的高考,不会再有其他任何考试机会的高考,孩子们万万不得有误的高考,是一旦失误就如丧考妣的高考。不说父母家长总动员齐上阵,连全城都为之紧张,警察倾巢出动,考场路段都实行交通管制。路上遇到亦池昔日同学的父母,焦虑不安地守候在考场外面,头顶烈日,脚踩滚烫路面,母亲一开口嘴唇就发抖:因为女儿来例假了,因为吃了传说中的某种药品可还是没有成功推迟例假,反而把孩子的身体搞得很不舒服,这种状态万一出现失误可怎么办啊?其实孩子的成绩平时是不错的啊!如果考不好后果真是不堪设想啊!母亲心慌意乱得说不下去,眼泪就已经在眼眶里打转了。

你们亦池呢?在国外也高考吗?

我回答：也在高考呢。我赶紧安慰几句，结束话题。我不会谈论我女儿的高考，当然更不会冒失地让我的喜悦和自豪流露出来。但是，作为母亲的幸福感，就是这样实实在在地拥有了；就算不与任何人谈论，也觉得幸福。与这些母亲相比，我们家，很简单，我只是接听亦池电话，坐在沙发上，一杯热茶，静静地听或简单聊聊。一切都是亦池自己搞定。英国也更不可能为什么高考出动警察，搞什么交通管制，高中生们都是简单的个人旅行，高考考生随时都在大街的人流中穿行着，是三百六十行中普通的一行。亦池的性格，正是更喜欢与更合适这样的高考方式。

而真正让我从内心感觉轻松的，还不仅仅是孩子的高考过程，更是她驾驭考试的良好心态。比如对于五个多小时忍饥挨饿的美术考试，她就没有一点受苦感和受压抑感。她在电话对我说："没事啊，很好玩啊。"

她说："吃巧克力有什么不好啊？"

她说："我看旁边的同学没有带巧克力，就送他一块，他说他不需要。我们的监考老师大声惊叹道：'天啊！我简直不敢相信我刚才看到有人竟然谢绝了巧克力！'考场哄堂大笑，把我笑坏了。妈妈，我真的好开心啊！"

亦池哪里知道，更开心的是她的妈妈。我的孩子在不断地进步。这进步不是学习上的小聪明，而是人生智慧，是越来越多的幽默感。是英国老师们对亦池人生智慧和幽默感的言传身教。如果亦池如此继续进步，那么她岂止能够驾驭考试呢？人生的考验，谁知道还有多少？一生的平安顺利，才是真正的好。

来自伦敦的维珍航班到达了。在浦东机场国际厅的出口处，我站在隔离带外面，寻找着我的女儿。亦池！终于看见了！在乘客的行列中，我的女儿，推着行李车，从老远的地方，缓缓走过来。就在我看见她的那一瞬间，有一句被人们用滥了的语言，再也没有丝毫新意的语言，猛然冒了出来，让我不由自主，这句话就是：我简直不敢相信自己的眼睛！

去年的6月份，她高一的暑假，我在这里接过她。那时候，她依然一身孩子气，那种憨憨的初中小女生式的孩子气，腮缘圆乎乎的，白胖可爱的婴儿肥还隐约可见。

现在呢？今天呢？此时此刻呢？我的女儿，亦池，居然身材窈窕了，脸蛋清秀了，婴儿肥完全消失了！她的肌肤雪白如玉，粉嫩透亮得炫目耀眼，她将自己那一头浓密的天然栗色长发，挽了一个欧式的纷乱发髻，是这样时尚又雅致娴静。尤其是她容光焕发到让我怎么看，都不敢相信她刚刚经历了一场艰苦奔波的马拉松高考，又长途飞行了11个小时。

这真是太意外了！意外到连相貌都超出了我的想象。当年她五岁，我在《怎么爱你也不够》里，就对她做出了终极评估，那就是：亦池肤白发黄单眼皮，属于富有特色类，但绝非传统意义上的美人儿。

可是，现在，我十八岁的女儿，就在我面前，无论我自己怎么谦虚，她端的就是一个好人家的美丽女孩儿。眼睛已经长开了，大大的，自动变成双眼皮了。不管是传统意义还是现代意义，她都是一个好人家的闺秀！谢天谢地，还有什么比这更好的呢！这孩子，脚上居然还是穿着那双破旧的旅行鞋。这是两年多以前从国内穿出去的那双鞋，已经被无数的体育运动和校园里的奔走磨损了。然而，她完全无所谓，大大方方，神情自然，笑容如太阳一般明亮和高贵。我俭朴的小美女啊！

我的小美女一步步朝我走来。我静静地看着她，甚至有点陌生感，就像看电影里头的女主角；这是一部由我投资，她自编自导自演的电影：就是这么一个苗条、单薄、文静的女孩子，独自在英国，顺利地完成了两年的高中学习和复杂的高考,现在稳操胜券,正稳笃笃地选择着她最中意的大学。同时,她还学会了滑冰刀、踢踏舞、斯诺克球;而篮球、羽毛球、室内壁球、游泳等各项运动的技艺皆获得全面进步。她不仅中式厨艺日益长进,日本寿司已经做得像模像样,还学会烘烤西点蛋糕了。高中一年级,她志愿参加长途行走。第二年时高考,时间不够用了,她就在宿舍坚持练瑜伽,显然她体型的塑造与她坚持的种种运动密切相关。

这个女孩子,还在积极地为艾滋病患者、乳腺癌患者和慈善基金会打工募捐,为此她给老师洗车,她参加舞蹈义演,她还在情人节那天6点就起床做义务邮递员,给情人们递送预订的鲜花和巧克力。无论是从前在家里,还是后来在英国,这个女孩子的性格,一如既往的温良清纯厚道简朴,从来不与人争,于是在这个同学们来自40多个国家的国际学校里,她朋友遍天下,生活得健康而快乐,学习了这么多的知识,又出落得如此美丽。这就是我十月怀胎的女儿吗?就是那个在妈妈肚子里就深感窘迫的胎儿吗?转眼间就过去十八年了吗?这个女孩儿,十八岁就这么能干,独立自主完成了高中学业和大学高考,作为妈妈的我,甚至都没有问过和检查过她的作业,她最麻烦我的事情就只是婴儿时期的换尿布。她的盛开超过了我的期望和梦想。我太有福气了。当她走到我的面前,我觉得呼吸都是困难的。我傻乎乎的。我实在无法谦虚和含蓄。我骄傲自满得一塌糊涂。我一把将她拥在怀里,也不管她是否尴尬,开了一句不是玩笑的玩笑:"亦池,我好崇拜你啊!"

接下来的这个暑假,我和我的女儿,将一起等待大学的录取通知。但是那不再是最重要的了。我们要把这个等待悬念的暑假变成充实的度假。

我们要去旅行,要读自己喜欢的书,看自己喜欢的电影,听自己喜欢的音乐，拍摄和描绘自己喜欢的风景和画面，探讨自己有兴趣的各种问题。我们要吃喝玩乐，开心再开心。

因此，我放弃了出访俄罗斯。当我向有关方面请假的时候，对方说：可以理解，可以理解，不过十八岁大的孩子了，暑假又长达三个多月，为什么一定要每天都守候着她呢？

很简单，因为我是妈妈。我最重要的本职工作首先、并且永远是妈妈。俄罗斯的中国文化年固然很重要，我的作品又有了一个俄罗斯语种的版本固然也很可喜。但是，这一切都没有我的孩子重要。无论国际还是国内，再大的文化活动，缺少一两个嘉宾都是无妨的。可是等待大学录取通知的日日夜夜和分分秒秒，妈妈对于自己十八岁的女儿，是唯一的，绝无仅有，无可替代的。高考以后的等待，不仅仅是一个等待，还是一个最容易总结和吸取经验教训的时机，和她在一起的分享或者分析，对孩子太重要了。很多家长都认为：十八岁孩子唯一的任务，就是继续读书学习！读了大学再读硕士，再读博士，只要有可能，就继续再读博士后。而高考以后，对孩子的奖赏无非就是每餐都去饭店吃最好的菜，带孩子去海南三亚住海景酒店，吃海鲜，逛旅游景点，不逛的时候，就在酒店继续吃海鲜，在豪华房间里打牌或者打麻将；更富有的父母，奖赏会是出国游玩，去马尔代夫看海，吃海鲜，逛旅游景点，不逛的时候，就在酒店继续吃海鲜，在房间打牌或者打麻将，在外国的旅行还会加上一个在房间吃国内带去的方便面，超市买的豆干、榨菜、萝卜干、牛肉干、旺旺仙贝等。我没有采纳朋友的奖赏建议，我只是带孩子一起过好每一天。争取每一天都让孩子在无形中饶有兴趣地学习生活。是学习生活而不是学习课本。十八岁，正是欣欣向荣又还稚嫩的年岁，正是充满对生活的热望和好奇的青春。正是学习生活的最好时刻。好的生活就蕴藏在日常生活之中。日常生活远远重要于课堂。这门课程全凭父母带领孩子。

第一辑 一人一世界

儿时，我多居住在外公外婆家里。我外公会"唰"地在我头顶敲一筷子，只因当年我小小孩儿吃饭把不住碗，冷不丁被他一夺就脱了手，于是外公给我一记当头棒喝，说道："孩儿啊！饭碗一定要把牢啊！每时每刻都得把牢啊！"这样的民间大实话，却有一种警醒如佛禅，我一生一世再也忘不了。因此，我希望我的女儿，首先能够从真实不虚的生活中懂得生命意义。懂得敬重生命是世间最大的物事，懂得专业知识的学习其实就包括在敬重生命之中，它们其实与享受生命并行不悖。孩子自己在英国的两年高中生活以及高考过程，已经让她取得了初步经验。现在进入十八岁了，成年了，就应该及时懂得更多，懂得更复杂的、更智慧的知识，当然蕴含于生活本身。一个人如果游戏玩耍，品酒饮茶，交朋结友，都能如奉大事，庄重潇洒，了若指掌，深获妙趣，那天下还有什么可以为难她的生命呢？如果她慢慢懂得了衣食是一种大事，勤俭是一种美德，心静是一种大气，宽容是一种真爱，知晓是一种最好，那天下还有什么功课她拿不到A的呢？一辈子的幸福和快乐不就随时随地都正在降临她的身心吗？

我已经备好了绿茶、红茶和青茶，备好了法国干红和干白，还有上好花雕和女儿红。我得开始教亦池品茶品酒，谈经博古，诗词歌赋，人情世故，天文地理，格物致知。我的女儿是成年人了，可以和我一起饮茶喝酒了！我们可以进一步把劳累琐碎的日常生活文化文化了。我们要一边等待高考结果一边总结经验教训，我们要把所有的面试都再一次地经过，主要从中学习怎么说话，怎么直率或者婉转表达，怎么富有勇气，怎么富有幽默感以及怎么保持自己的信心。

大学录取消息陆续到来，就像我们家门前的喜鹊，热闹喧腾地喳喳叫：巴斯大学提前刷新了它们的资料，网上公布了录取名单，电邮发来了给亦池的录取通知书。选择不选择巴斯大学呢？

亦池说：再等等看。

华威大学也很快刷新了录取资料,录取亦池了!学校告诉我们:给亦池的录取通知书不仅网上公布,连纸质文件,都朝我们家邮寄过来了!

亦池说:再等等看。

一连串的好消息接踵而至,每天都有喜报临门,真是叫人好生快乐!我成天嘴巴都合不拢了。回想一下,此前我觉得英式高考漫长、烦琐,使劲折腾孩子,现在发现它自有合理之处,且不说孩子们的各种能力都受到了极大锻炼,录取通知来的时候,家里竟是一派丰收景象:果实累累啊!

接二连三被世界上最好的大学纷纷录取,我的孩子,亦池那感觉,想不骄傲都很难,她满面光彩面如芙蓉,神气极了,走路都是兴冲冲昂扬扬的。魄力、决断和脾气,也被激发出来。外面世界的行走与玩耍,自己玩得溜溜转:和同学聚会吃饭,去钱柜唱歌,去打斯洛克球,去外地城市会同学,亦池都是一副见多识广、当家做主的样子,根本不像以前,出去还会问问我,要打听打听一下路怎么走,或者要妈妈陪,现在人家都是自己事先在网上查好,带上城市地图,和同学把时间约好,自己打扮停当,漂漂亮亮,到点就出门了。只是说声"妈妈,拜拜"。家事也同样,总是先很有耐心地听我说完,然后她三下五除二,理顺事情道理和逻辑,最后她就拍板了:"就这样吧!妈妈。"我蒙蒙地看着亦池,先赶紧点头同意了再说:原来大学的接二连三录取就是可以把孩子变牛啊!

去年暑假,亦池还不是这个样子。经过一个整年度的高考尤其是后来的多次面试,亦池成熟的程度,令我吃惊。毕竟她还是十八岁,要到秋季才进入十九岁呢。

再等等,却也来了一个不那么愉快的消息:牛津大学刷新了它的录取资料,果然不出意料,没有亦池的名字。一只脚已经跨进牛津大

第一辑 一人一世界

学的亦池,与牛津大学擦肩而过。亦池不同意我的说法,亦池表面温和,内心倔强,好胜心还是很强的。她说:什么擦肩而过,我的第一志愿根本就不是牛津。

我也觉得没有什么太失落的,只是不免对牛津大学耿耿于怀,这再也无法改变,除非它以后有机会对我孩子示好。我又要说谢天谢地了,英式高考幸亏规定可以选择五所大学,这就完全避免了一旦牛津不录取,孩子就痛失上大学的机会。亦池还有其他大学可以选择呢,人家已经下录取通知了,正等着亦池的决定呢。亦池当初面试时候感觉到的不对劲,果然是对的。她没有选择牛津作为第一志愿,也许是对的。但是毕竟亦池在牛津栽了一个小跟头,一个小失败、一个小挫折也让她大有触动,电脑前,她还是对着牛津的录取资料,发了一会儿呆,噘了一会儿嘴。关机,弹琴,到音乐的广阔天地去散心了。

吃饭时候,我和亦池聊:人生吃亏要趁早。越早越容易学乖,越早越容易恢复。亦池才十八岁,在牛津学了一个教训,也是挺好的。亦池在英国变得性格更加温和,更加善于转换角度朝好处看。她揶揄说:是啊,人家高考完了要感谢我的爸爸妈妈,我高考完了想想还是要先说感谢牛津大学。

不过很快,特大喜讯来了:亦池最喜欢的大学,她的第一志愿——伦敦大学 UCL,刷新了录取名单,亦池名列其中。同时 UCL 也给亦池发来电邮通知:你已经达到本校录取要求,我们已经确定了你在本校的学习名额。

就是它了:伦敦大学 UCL! 亦池太好玩了,狂喜以后,又再看着其他大学的录取通知书,都恋恋不舍的。说:"妈妈,这几个大学都好,各有千秋,我都想去。"我看着我的孩子,直发笑,开玩笑说:"那就拈阄吧。"这就是幸福! 当你被几所大学同时录取,随便你挑,这是多么幸福呢!

当然最后，亦池分身无术，只能读一所大学。她给伦敦大学UCL回信，表示了她同意接受这个录取。亦池说："妈妈有所不知，这个学校太好了。"就亦池所学专业来说，UCL在学术界排名，超过牛津大学。这也是甘地的大学母校。这也是2007年度再次获得诺贝尔经济学奖的英国经济学家的大学母校。UCL的诺奖获得者，已经上升为19名了。无论他们是从前的老师还是现在的老师，他们都是亦池的老师。在这所大学里，亦池都能感受到他们的学风和精神，直接接触和受教于世界上最优秀的人——亦池又笑话我肉麻，说我把话说得好大。但是事实就是这样的，孩子自己是当事人，年纪还小，很难体会到我说的意义。我相信若干年以后，亦池真正长大了，她会明白的。说不定到时候比我说话还肉麻。

UCL在收到亦池的肯定答复以后，立刻就来了学费收缴通知——收钱的效率在英国学校是相当得高——暑假都会有人专门收学费的。英国针对留学生的学费几乎是年年在涨价，顶尖大学的学费还真不便宜，但是，有什么办法呢？是咱们自己愿意购买啊，人家的东西好啊。

亦池也刻不容缓地向学校申请居住大学生宿舍。在UCL，一年级新生是可以申请居住大学生宿舍的，二年级以后就都是自己在社会上租房居住了。申请啊包括已经开始打听以后的租房行情啊，都不用我操心，都是亦池自己一一打理。我曾相当瞎操心过的亦池的几箱子行李，亦池早已稳妥地交给寄存托运公司了，现在只要把开学时间告诉这个公司，他们会在约定的时间，给亦池送去她的行李——当然，收费不菲。不过我认为，收了钱只要把事情办好，我们也是愿意的。亦池显然长大了，她在英国处理事情的方式，都已经是我想都想不出来的。也有不少留学生与我的思维方式一样，习惯找熟人托老乡帮忙，把行李拖过去放在他们那里，结果，欠了人情还不说，还经常有弄丢的。亦池说她一定会选择最简单最保险最科学的方式。妈妈你就少操心吧。

好吧。亦池考上大学了。我就只操心怎么享受这份高兴吧。

我们热烈庆祝。我每天给亦池做她最喜欢吃的菜。我们烧一大锅香味浓、汁厚麻、辣喷香的干锅鸡。喝酒,频频干杯。我买了一条最鲜艳的朱砂红连衣裙送给亦池。亦池高兴地换上。我们去公园拍照。亦池也会自告奋勇为我们做早餐,英式早餐,加了黄油打的松泡泡的煎炒鸡蛋,还做了图案,放在盘子里,非常好看也非常美味。

一场初秋的细雨来了,是9月份了,开学时间到了,我的孩子,又要离开我了。我们一起来到浦东机场,我要送我的孩子上大学了。

亦池两年辛苦不寻常,就要飞向她自己喜爱的伦敦大学UCL了。

想起两年前在这里为亦池送行,一个十六岁的土里土气的黄毛丫头,也不知道此去是否顺利,也不敢想两年后的高考会怎么样,心里七上八下惶惑不安。一转眼就是两年以后了,我又立在安检门外,一动不动,目送着我亭亭玉立、时尚洋派、自信满满的女儿。我甚至连一句关于大学功课的话,一句好好学习的话,都没有嘱咐。嘱咐的只是坚持做瑜伽,坚持运动,坚持吃好睡好,务必重视身体健康,务必注意人身安全,务必注意不要太抠门,务必注意要开始谈恋爱了——马上十九岁了,不小了,因为谈恋爱也是要学习的,务必要从普通朋友开始交往,别上来就谈情说爱,选择对象也是需要时间的——别学习学傻了,学成一个让妈妈发愁嫁不出去的老姑娘了!

"好吧。"亦池同情地看着我瞎操心的毛病又发作,她笑嘻嘻地敷衍我说,"好吧好吧,我一有了男朋友就告诉你。"

就在一个马马虎虎随随便便的拥抱里,亦池伏在我耳边说了一句我们母女之间的私房玩笑话,我忍不住爆出一声大笑,她趁机就溜进了安检门。我这孩子不喜欢告别。

亦池事先就给我打了预防针,说她换票以后就要过安检进候机室,时间留出来她好去逛逛免税商店。她得给英国的同学买一条香烟过去。亦池同时申明:"不是我抽啊妈妈。我没有抽烟啊妈妈。"我也只是笑笑。哪个孩子会完全彻底对父母说真话呢?她生活在英国我怎么知道呢?也许她也会偷偷吸来试试呢?吞云吐雾对哪个少年不曾有过诱惑呢?何况女生吸烟显得那么时尚和酷。我不会追究亦池的。我这个做妈妈的,心里非常明白:孩子在我们眼里,永远是一座冰山;我们永远只能看见浮在水面的一部分,尖尖的小部分;他们更大的部分、更多的内容都掩藏在水面之下;孩子越是长大越是这样,因为她是一个独立的人,她有她自己的生活环境和自己的需要和主意。我告诫自己:做一个该放手时就放手的妈妈吧!仅仅从那冰山尖峰的纹路和肌理上,我就能够知道自己孩子是一个怎样的人——她是一个怎样的人,她就会以怎样的方式处理各种诱惑和问题——我相信我的孩子!俗话说:三岁看老。在亦池三岁的时候,我就对自己孩子有了把握。这就行了。

看着亦池的背影远去,往昔历历在眼前。我的心意,再没有别的语言可以说,还是一如当年,亦池五岁时候我写的《怎么爱你也不够》:"我给女儿生命,只是一种偶然,女儿不用感谢。我希望的是,女儿能够慢慢明白,我倒是深深感谢她给了我另一种生活。我对孩子没有任何要求。如果孩子的盛开需要肥沃的土壤,我情愿腐朽在她的根下。"

飞机起飞了。亦池再赴英伦。亦池上大学了。她是否有慢慢明白我的话呢?不知道,但愿有!

直至完美极限

亦池考研成功，亲朋好友知道了纷纷恭喜和祝贺，都说你女儿太给你长脸了。是的，我的确是满心高兴，的确觉得脸面光彩，自己遭遇中的不顺心不公平，也都顿时无所谓了，出出进进在车马喧嚣烟尘飞扬的城市，也都只觉得是绿水青山带笑颜。我们社会就是这样的习俗文化，自家小孩，似乎唯有书读得越高，考的学校越有名气，才是最耀祖光宗的。是的，我也逃不出世俗，虚荣心也非常满足。然而，最让我由衷喜悦和深感欣慰的，却是亦池的这一把玩票。

文学不是亦池的专业，也算不上她的爱好。她从小跟随我，阅读量倒是不算小，但是并没有表现出对文学写作的酷爱。小说翻译更是新手。亦池一边做大学毕业论文，一边翻译这本美国小说，果真是当作论文之间的思维调剂和休息。后来，亦池快要翻译完毕的时候，我的担心实在忍不住，问她是否需要我亲自做一次她的责任编辑，是否愿意把文稿给我，让我看一看。这个时候的亦池，倒是蛮谦虚的，说："当然要妈妈看看的。"不久我就收到了亦池的翻译文稿，没有想到一读就被流畅而俏皮的文字吸引了，我是一口气读完的。读完之后，久久不能平静。可以说，我阅读了无数外国文学作品，有无数优秀的翻译大家，比如傅雷的"巴尔扎克"等，可惜近年，翻译的外国文学越来越多，质量却江河日下，不忍卒读。翻译行当普遍浮躁，粗浅急就，遍体硬伤，毫无文学意味，更有许多外语学院学生分片包干，最后拼凑在一起，以老师的名字出版。在这种情形下，亦池的翻译文本，是如此惊艳。以至于我怕自己因为母爱糊涂，夸张了，便特意私底下求了一位朋友、文坛公认的文学作品鉴赏大家，请他看看一部翻译书稿，事先我并没有说是亦池的。他很快看完，大加赞赏，问是谁翻译的，把美国一个十六七岁女孩子的心态翻译得如此准确，并且特别能够传达这个年龄女孩子的青春气息，文字也特好。获得佐证，我放心了。我这才告诉她，这是我二十一岁的女儿翻译的。

我清醒地知道，我在夸孩子；我更清醒地知道，夸孩子是自己给自己挠痒痒——自己特舒服，别人看着不雅。但是我在讲孩子的故事，如果孩子真是值得一夸呢？那也要举贤不避亲了。我要举个例子，以供读者自己来判断我的判断。我要推荐亦池翻译的一首诗歌，我的确情不自禁要推荐，因为翻译得太精妙了，超过了我所读到的版本。在这本翻译小说里，原作者引用了一首诗歌，是19世纪英国著名女诗人伊丽莎白·巴雷特·勃朗宁的诗：《伊丽莎白·巴雷特·勃朗宁的情书》之《葡萄牙十四行诗》第43首。勃朗宁夫人的这本诗歌，在中国早有翻译出版，且有多种不同译本。我在网上看到白金汉英语官网上选录了这首诗歌，没有注明翻译者姓名和版本来源，我想它们应该会选择最好的版本在网上呈现。如下：

《伊丽莎白·巴雷特·勃朗宁的情书》之《葡萄牙十四行诗》第43首：

> 我是怎样地爱你，让我细说端详。
> 我从心灵的最深、最广和最高处爱着你，
> 深到口力之极，广到存在的边缘，

高到上苍理想的荣光。
我爱你已成为我每日最平静的渴望,
如太阳和烛光那般轻无声息。
我无拘无束地爱你,像人类追求天生的权利,
我真心地爱着你,像他们一样不需要赞扬。
以我对陈伤旧痛的深情,
以我孩童时的虔诚和信仰,
我爱你,以我对失去圣徒的痴情,
我爱你,以我一生中所有的呼吸,所有欢笑和泪水!
而且。假如上帝的选择英明,
我死后必将更加爱你!

而我的孩子,亦池的翻译如下:
《伊丽莎白·巴雷特·勃朗宁的情书》之《葡萄牙十四行诗》第43首:

让我来细数我对你的爱:
那是我竭尽了自己灵魂所能触及的深度、宽度和高度,
直至视线都到达不了,
直至生命的尽头,
直至完美的极限。
我对你的爱是每一天最基本的需求,
就像我需求太阳和烛光。
我对你的爱不由自主得就像人们对真理的追逐,
我对你的爱纯粹得无须称赞也不求回报。
我对你的爱充满激情,

这份激情只在从前悲痛万分的时刻
与儿时天真的信仰中才有过。

我对你的爱是我以为本已经失去的
和我渐渐流失的时间一起消失的那种爱。
我对你的爱是我生命里的每一次呼吸，
每一个微笑，
每一滴泪水。
如果上帝允许，
在我死后，只会更加爱你！

以上两个版本的翻译，对照比读，我相信读者是可以明鉴的。亦池翻译得太好了！自从亦池这本小说出版之后，网上再出现的这首勃朗宁夫人的情诗，就有许多读者都是使用亦池的版本了。

而诗歌又是最难翻译的，比小说难度更大。一般在小说翻译过程当中遇到引用诗歌，翻译者大多会选用一个现成的版本。亦池也是完全可以按照行业惯例去这么做的，那就省事多了。可是亦池对现有的翻泽版本很不满意。以她在英国读到的《伊丽莎白·巴雷特·勃朗宁的情书》英文原版，她觉得中文现有版本翻译误差太大，韵律也差，损失了许多激情深度。因此，亦池大胆地做了重新翻译。事实证明，只要我们诵读一遍，对比一下，就不难读出，不同的翻译带给我们的是不同水平的诗人。我的孩子，我作为一个热爱好诗的读者，我是如此感谢她。我很快就会背诵亦池翻译的这首诗了，它真美！

为这首诗歌，当时我很感动地给亦池写了一封电邮。现在我有点羞于发表出来，因为现在看来，我显得十分冲动和幼稚，与亦池的关系有点颠倒,像一个高中女生写给成名翻译家的信。不过,我还是再三地鼓起勇气,把这封信真实地拿出来了,否则,不足以证明我当时当刻的激动和喜悦。我写道:"亦池翻译得多好啊!亦池你一定还不知道,勃朗宁的整本诗歌44首已有中文翻译,我看过了不止一次,其中许多首诗歌很遗憾的匠气十足,毫无诗味。而你的翻译是如此传神,其激情充沛、美妙绝伦之感与历来世界上对于勃朗宁诗歌的评价完全吻合。你远远超过了原有的版本!你把妈妈看呆了!"

亦池怎么回我信的呢?我不记得了。也没有留下来。不是特别的信我不会留下来。可以肯定的是,亦池并没有上杆子,没有以同样的冲动和热情应和我,也没有随我的吹捧飘飘然或者感谢我。好像过了许多天,亦池才简单回邮几个字,很平实的那种,比如"知道了,我在忙论文还看了一个狗狗选美赛"。诸如此类,前面没有称呼"妈妈",后面也没有落款"亦池"。这是亦池多年如一日给我写信的基本模式:就事论事体。

就事论事体,我懂的。我喜欢。我是默默喜欢着,理解亦池的风格。只要她给我几个字就好。看她几个字,心里就妥帖了。我知道,孩子这样写信,正是因为妈妈太亲,亲到世上所有甜言蜜语都用不着,用了反而隔阂。甜言蜜语是谈恋爱用的,是朋友同学之间表达友谊用的,小酸词是文青闺蜜用的。唯有至亲骨肉,一个眼神,或者几个字,就够。好比人类与太阳的关系,就三个字——晒太阳,就够。不过,家族里却也有亲戚或前辈或老人,也有背后嘀咕的,以为亦池这孩子嘴巴不甜,不亲热人,不会奉承,觉得冷淡。我也不过多为亦池做辩护和解释,不要求人人都懂你,这一点世情,亦池应该从小就知道。反正有妈妈懂就好,我这个傻妈妈,只管热乎乎写我的信,只管夸我的孩子,随便亦池怎么回信都行。世上从来都是水往下流,我看重和恭维孩子很自然,要我孩子看重和恭维我,那倒是不自然了,我会不自在的。

我之所以如此看重亦池这一次玩票性质的小说翻译：首先是可以检验出她的语言水准，中文和英文的。同时可以考验她的契约精神，是否信守合同；是否按时完成每一道工作程序。再次，可以反映出她的合作能力。出版是一个集体行动，亦池要与责编、美编、发行、宣传等方方面面的人打交道。合作得好不好，全看亦池是否善于沟通协调，是否尊重礼貌但又善于求同存异，一年多的合作过程最终结果是否达到理想目标，这都是课堂知识以外的知识，都是更加重要的知识，都是考试分数。如果这种社会能力考核及格，那么我孩子将来的立锥之地之稳固，立身之本之牢靠，才有可能。我孩子一辈子的健康、快乐和幸福，才有可能得到她自己能力的保证。

有一天，在图书馆尘封已久的资料堆里，我翻到了一些英国的哲学思想书籍，发现英国在16世纪就开始高度重视和研究孩子的教育。比如1511年，英国就出版了《论学习顺序》，该书具体到探讨如何建立圣保罗学校的课程设置模式。1531年《论教育》出版，这是对于孩子们教育目标和方法的思考。同年，一个名叫托马斯·埃利奥特的爵士，出版了《统治者之书》，这本书成为划时代的指导著作，影响了整个16世纪英国的孩子教育。伊丽莎白女王的私人教师阿沙姆，在1548—1550年间，教授未来的一代英豪女王伊丽莎白，后来出版了《教师》一书。他认为：诗歌、历史、哲学和雄辩术，是孩子们必须学习的"素材"类著作。英国要凭借这种教育"挽救和保存古代智慧形成"，而"古代智慧形式比任何现代世界所能够渴望得到的东西更为深厚"。他说："如果通向智慧的小道被严重堵塞，孩子们就无法获得智慧和庄重。"

英国的教育家们的共识是，要"把人文主义教育理论的普遍原则应用到普通文法学校的日常管理中去"，以便"使孩子们成为智慧、庄重、德才兼备、勇敢顽强的文雅之士"。

这就是说：让孩子们成为怎样的人，是教育的第一位！怎样的人才有怎样的智慧和庄重，他才能有怎样的出息！人的因素第一！后来的历史事实证明，英国的教育极其成功。最典型的例子和楷模，就是在后来登上王位的伊丽莎白女王。这个女子，不仅被教育成为淑女，还同时被教育成为智者。正是她，带领英国一崛而起，并在她执政的几十年里，让英国逐步变成了世界强国。

吸收古今中外智者前贤的教导，永远是最好的启迪和帮助。我的孩子，尽管是平凡人家女孩儿，但与伊丽莎白女王同样需要智慧和庄重。或者反过来说，伊丽莎白女王个人也同样是一个女孩儿，她学习的东西首先也是要满足她作为一个女子的立身之本。治大国如烹小鲜，做女王与做自己，若要获得快乐、健康和幸福，需要学习的生存本领是一样的。

在翻译出版的整个过程当中，我看到亦池与译林出版社沟通和合作良好，最后新书出来，双方都是感觉十分圆满，皆大欢喜。这是大学毕业后的暑假了，亦池正好回国。译林出版社为亦池在上海书城举行了新书首发式，也正好与预期的美国出版社在美国同步推出新书。译林出版社非常高兴地看到亦池翻译的书稿超过了他们的预期值。出版社一干人，从南京来到上海，与亦池见面，一起操办新书首发。译林出版社的编辑们，对亦池是人见人爱，好生喜欢她的恬静性格。

新书首发式那天，亦池不让我到现场。我当然要听她的。我也知道我的出现，可能会影响亦池的发挥：亦池要与记者和读者现场问答互动和签名售书。妈妈在场，会让孩子产生孩子感；妈妈不在现场，孩子会更自信地充满大人感。我理解。答应亦池不去现场。

可是，我怎么能够不去现场呢？我的孩子，第一次出书，如此隆重盛大的首发式，我怎么按捺得住自己的喜悦而不去分享呢？我当然还是去了上海书城，在外围闲逛，直到广播里公布亦池的新书首发会开始了，我才悄悄上楼，躲在会议室门外偷看和偷听。我看见著名作家叶兆言的女儿叶子，复旦大学的在读文学博士，是亦池的对谈嘉宾。我看见满场记者和读者，争相提问。我看见亦池不慌不忙，从容不迫，问答自如，还有幽默感，不时引起会场笑声。因为气氛热烈，大家不愿意散去，新书发布会延长了时间，外面天都快黑了。后来，我在网上看到了到会记者深夜发的微博，说：真希望新书发布会再长一点，就可以再多看看亦池，与她再多一点对话的机会，亦池真乃一大家闺秀啊。

有这样的好评，被人这样夸赞，亦池表现如此出色，我心真是甜如蜜，比亦池骄傲多了。发布会结束以后，我进门了。出版社朋友和记者朋友还有读者，纷纷祝贺我，祝贺我有亦池这么好一个女儿。我是太享受了。

晚饭是庆贺。在上海滩一个顶楼露天花园餐厅。这是亦池第一次隆重请客，用她的稿费，请我和朋友们吃饭。大家谈笑风生，频频举杯庆功。我则是百看不厌自己的孩子——我真就是一个溺爱孩子的庸常妈妈。整顿晚饭我只有一个念头，我对亦池教育方式的坚持，居然效果如此良好，我是太幸运了！中国老话说：世事洞明皆学问，人情练达即文章。不完全是传统中国文化，亦池还吸收了英国式的诚信、真诚、宽容和做事注重细节与认真。让我觉得，亦池以后的饭碗是不用我发愁了。年轻人，只要能吃苦，能够把事情做好，能够招人喜欢，怎么都会有好工作。这孩子就算以后做翻译，也是可以糊口的了，我总算把孩子养大了，自立了。尽管还要继续读硕士，还要继续努力拿到硕士毕业证书，但是我不再有什么担心了。亦池不会留级或者论文通不过的，我相信我孩子一定会把握自己要做的事情。

亦池送了我一本她的新书，扉页上题记是："送给从未离家出走的妈妈。"

我只偷偷瞧了一眼，热泪就涌出来了。我觉得孩子是在夸赞我离婚后独自抚养她，坚定不移地与她在一起，经历着严峻的一切。我又觉得孩子的意思是：妈妈就是家。但是又觉得我的理解都不太靠谱。就只是这句题记，就只是写得很漂亮的钢笔字，就只是我体内的一个小小胚胎到如今出版了一部翻译小说，足够让我激动、让我幸福、让我浮想联翩。

或许做母亲的，总是想太多，想太远，想得太务实又太不切实际，而且这份"想"之中，似乎已经开始夹带母亲反过来赖在孩子身上吸取好感觉的感觉了。所以暗暗地，我再三提醒自己：够了。打住。够了。打住。不要太过。不要太过。老话说的有："树大分丫，人大分家。"这是一个古朴的真理，我得信。当一个母亲的孩子，已经顺利度过了十八周岁，她就已经是一个成年人，她已经有自己个人的生活，母亲不要再烦她太多了。孩子也不会再事无巨细都告诉你了。精神脐带正式剪断，以免让孩子反哺母亲。

这次亦池返回伦敦读研。机场的送别，是我跟随孩子了，是我注意别再问东问西的了，是我告诫自己别再感情泛滥了。我想父母子女之间的相处，如果说有完美关系的话，大约父母能够见好就收适可而止，就算是完美极限吧。

再见，我长成了大人的孩子！我希望自己抵达极限，止步于收敛。

奇迹总会有

最重要的话再说一遍

亦池暑假返回英国，进入新的大学伦敦政治经济学院 LSE。果然又是紧紧张张的：去 LSE 报名，交费；又一次从寻找新家开始：租房子、搬家、建设小窝、精打细算、与合租的室友们计划如何对付日常生活一日三餐。

英国的研究生更是不再有学校管理住宿了，除了功课，一切全靠学生自己。这种精神自然也体现在校区建筑上，伦敦政治经济学院高度开放，校区散在于伦敦市区，与金融街融为一体，到处都有进校的标志：醒目的红色"LSE"。在英国使用红色是很少的，因此"LSE"的红色校名缩写，成为伦敦市区一景，亦池也为这标志感到欢喜和自豪。

话说亦池选择的这种本硕连读，硕士研究生学习时间只是一年，一年眨眼就会过去，研究生照样是严进严出，论文没有通过，就不能毕业，就拿不到硕士毕业证书。时间紧，功课重，亦池所报专业，同学都是老外，想用中国话切磋功课，都是不可能的。这一年，亦池连给我来信，都成电报体，类似于"事急速归"，简洁到很需要我的理解能力。这期间，我有机会去英国参加图书展览和类似活动，我都谢绝了。我怕打搅亦池。如果我去了伦敦，是一定克制不住要见见孩子的，亦池知道我去了伦敦，也一定会安排时间来见我。实际上我去伦敦看孩子变成的一定是孩子在伦敦带我玩。我语言不好,交通陌生,肯定都得亦池陪玩和接送什么的,哪怕只是一趟,也会占用孩子很多时间,更何况会分散孩子的精力,打乱孩子的计划。

亦池读硕这一年,多次应邀访英机会,我都放弃了。哪怕让孩子多睡睡懒觉,多放松休息一天,也是我对孩子的支持。亦池在英国念书八年,有八个春节没有回家,我八年都没有去看望她一次。都是我深知亦池的性格,她喜欢和需要彻底放松,她习惯有自己的计划和安排。我孩子的需要,就是我的需要,她不同意我去英国,我就不去。她同意我去,我也还要看看她的情况是否合适。说到底,我对孩子的深爱,怎么才可以达到我想达到的深度呢?钱财物和经常看望,我以为都达不到,唯事事处处设身处地替她着想,才够。

我以为,多年来我内心的执着,感动了上苍或者说上帝。一年过去,亦池论文顺利通过,获得硕士毕业。正好在亦池的毕业典礼要举行的时间段,我收到了一个英国文学活动的邀请。

我问亦池:妈妈可以去伦敦了吗?

亦池说:当然当然!

我说:妈妈申请参加你们 LSE 的硕士毕业典礼。

亦池说:欢迎妈妈!我已经给你报了申请并拿到名额了!

原来学生家长参加 LSE 的毕业典礼,也是需要事先向学校报名申请获得名额的,名额有限是因为大礼堂座位有限。且是收费的——英国真是生财有道,还让你付钱付得心甘情愿,积极主动交纳——当然,最后会让你感觉物有所值——毕业典礼完毕之后还有自助酒会,提供香槟美酒和新鲜制作的精美点心,尽你吃饱喝足。

八年了,我的孩子亦池,从一个高中一年级的毛丫头,去英国念高中,到八年后硕士毕业。我第一次,去英国看孩子,一看就是孩子的硕士毕业典礼!梦幻一般!是美的梦幻!

桃红，柳绿，都好看，是因它们各有千秋。天下父母心，对孩子都是爱。只是我和亦池之间，我们并不说"爱"。我们的爱，更适合写爱的繁体字，正是我们母女内心情状：是放在心里头的。西人惯说"Love"。西人的"I Love you"是家常便饭，易于言说，流畅悦耳。而我们说"我爱你"，就十分拗口费劲了，还总是感到几分羞，觉得太露。我和亦池，我们有自己十分贴切的一个口头禅："讨厌！"

一句"讨厌"，抑扬顿挫，意味深长，唯当事人能够心领神会。

我和女儿亦池之间，从小到大，喜说"讨厌"。最记得亦池三四岁时，经常是走着走着，突然扭住我的腿，娇声稚气说"妈妈抱抱"。我一边抱起她来，一边说："亦池讨厌！"亦池也会一边搂我脖子一边回应："妈妈讨厌！"时至今日，积习不改，我去伦敦参加亦池硕士毕业典礼。在亦池家，硕士毕业生以及已经找到工作马上就要上班的大姑娘，照样冷不丁把腿伸进我怀里，嘟囔："妈妈摸摸！"我还是会说："讨厌！"可是一摸到那青春的白嫩的结实健康的腿，心里是热潮涌动，舌尖上都会冒出一股股甜来。

转眼到了2011年12月15日，是亦池的硕士毕业典礼。在伦敦LSE古典雍容的大礼堂，对世界所知甚少的我，从电子屏的滚动播放中，我目瞪口呆地认出了LSE历届著名校友中的克林顿、布莱尔、安南、曼德拉和索罗斯，而26位其他国家曾任或现任政府首脑人物，几十位英国国会议员和贵族院议员，15位诺贝尔奖获得者，以及许多以政治体系、经济思想和社会发展的种种重大研究深刻影响了全球的校友，我一概有眼不识泰山。亦池这孩子从来都没有对我提起过。她报考研究生的时候只简单告诉我："LSE真的是一个非常好的学校。"我信她。我埋头自己的写作，甚至还没有来得及从网上详细考察和了解LSE，亦池的硕士论文已经通过，我的孩子已经获得毕业证书。坐在欢声雷动的大礼堂,看着我的女儿亦池,头戴方形帽,身穿紫领袍,健康漂亮,文静大方,从容镇定,缓缓登台,我无法不陶醉,无法不满足。我的孩子,在她生命的每一个阶段,都及时地让我获得了很大的满足。作为一个做母亲的女人,我还需要什么?够了!

够了!我总是要不断地说:够了!我已经获得太多!尽管我清醒地知道:LSE再多风云人物也并不等于我孩子是风云人物。但是我孩子能够考上LSE并顺利获得硕士学位,已经是我的莫大满足了。无须她做什么大人物,我没有要求也并不希冀我的孩子去做什么大人物。继续这样,做自己就好。继续这样,选择自己喜欢的目标,顺利到这个目标,在整个过程中感到快乐,孩子啊,这就够了!

原来,生命里,能有孩子就是有福气!能够独立地亲自抚养孩子就是福气!能够扛住压力用合适孩子的方式教育他就是福气!原来,福气点点滴滴在我们的生活中,在我们的磨难中,在我们与至亲骨肉的一次次相聚和一次次万不得已的分离中,都要靠自己去悉心品味和领受。原来,正如法国著名作家蒙田的深切体会:"世上最难学懂学透的学问,就是如何享受生命。在我们所有缺点中,最严重的就是轻视生命。"当我年过半百,回首往事,我体会到了蒙田的体会,不幸的是这觉悟来得迟了一些。然而不幸中的万幸是,在孕育和抚养孩子这件事情上,我撞上了真理,虽说年轻时候一知半解,摇摇不定,终归坚持下来了,如今种豆得豆。

你怎么对待孩子,孩子就会怎么对待你;你怎么教育孩子,孩子就会成为什么样的人——今天,面对我已经硕士毕业的大姑娘亦池,这句话,就是妈妈最贵重的礼物了。亦池要工作了、要谈恋爱了,或许还要读博,肯定还要谈婚论嫁,一个光闪闪的成熟了的人生徐徐展开,希望亦池记住妈妈的话。我深信我的孩子亦池,会比妈妈更早领略什么叫作生命享受,会更努力地去争取,会让咱们以及子孙后代,青山常在,绿水长流,健康快乐,福田无际。

最重要的话,只说一遍,肯定不够。更加上,如今正在高度膨胀的现实生活中,有太多谬误冒泡,诸如狼爸虎妈之类,还是深信棍棒出分数。诸如返祖好古之类,会强迫三岁孩子背诵《弟子规》,时时处处服从孔孟之道见人打招呼不得说"嗨"必须得说"叔叔阿姨好!"最恐怖的是,凡此种种,还在社会上大行其道。怎么这样一些父母就不明白自己是在消费自己的孩子呢?

因此,最重要的话,只说一遍,肯定不够。我必须再说一遍:所谓教育,首先是能够让孩子从真实不虚的日常生活中,了解和体味生命意义。慢慢懂得敬重生命是世间最大的物事,懂得专业知识的学习其实就包括在敬重生命之中,它们其实与享受生命是并行不悖的。孩子何以慢慢懂起来?全靠父母以身示范。父母最需要做的事情就是,首先懂得敬重你孩子的生命,当你想打你孩子的时候,你不如抽自己。父母一举一动就是生命教育课。当孩子年满十八,进入成年,父母就得当孩子是兄弟姐妹了,孩子升格了,孩子就能够并应该了解更多,懂更多,学习更复杂的、更智慧的知识。当然更复杂更智慧的知识,一定不仅仅只是在课堂上,更多蕴含在生活本身,所以孩子得进入生活,在游泳中学会游泳。一个人如果游戏玩耍,品酒饮茶,交朋结友,都能如奉大事,庄重潇洒,了若指掌,深获妙趣,那天下还有什么可以为难她的生命呢?如果她慢慢懂得了衣食是一种大事,勤俭是一种美德,心静是一种大气,宽容是一种真爱,知晓是一种最好,那天下还有什么功课与事业她拿不到 A 的呢?作为人一辈子的幸福和快乐,不就随时随地都正在降临她的身心吗?

教育二字,除此之外,还有什么别的意义?!

第二辑 一颗自己的心

第二辑 一颗自己的心

一颗自己的心

暖晴的午后,斜阳照进我家廊子里头。我靠着一只旧藤椅,拿一本书,纸片与钢笔散漫木桌上。一杯新沏的绿茶,是淡淡的龙井,有浅浅的碧绿,杯口一柱热气,袅袅腾腾。这是我吗?

我有这样的老实,这样的安分,这样的悠闲,这样的疲惫,这样的慵懒,这样的无心事,这样的无斗志吗?是什么时候?我的生命忽然进入了现在?现在我仿佛是一个头一次遭遇换牙的孩童,在经历了惊愕,疼痛,流血以后,终于知道了换牙的代价与换牙的必然,于是踏实了。我还仿佛是一只受伤的成年狗,被最后的一场恶战结束了少年意气,太阳出来以后,找到一块土地,躺下,为自己接地气,于是也踏实了。

真的这是现在的我吗?

此前的我,人生几十年,何曾有一刻这样稳稳地坐过?我的童年,劈面遭遇"文化大革命",这场大革命将父母的黑色涂抹到我的身上,并且把一个黑色的人生前景摆放在我的脚下。这种极端侮辱人格的涂抹和摆放,激起了我强烈的斗志。我是决不屈服的,我是精力充沛野心勃勃的。且那野心又是这样空旷浩渺:唯一就是要洗净自己的黑色显露自己的红色。我不懂这种证明之艰难,更不懂这种证明之荒诞,我宏大的野心纯粹是出于效法,当时社会上有一大批我的同类,他们坚信出身不由己道路可选择,便以自己全部的生命力量进行搏击。我以孩子的懵懂和无所畏惧,拼命地行动,劳动中抢最累的干,生活上拣最苦的吃,积极参与各项政治活动,在这样一些活动中真诚地请罪和赎罪,终于,我得以在高中毕业之前被批准加入了共产主义共青团——这个时候,学生时代已经结束,全班同学差不多都是共青团员了。而下放农村以后,贫下中农对共青团员这个称号没有任何反应,他们对于知青的认可与判断,完全是另外的标准。

于是,我又一次重新开始行动。我才十七岁,单薄瘦弱,但是我赤脚跳进早春寒冷的秧田里去插秧,我不戴口罩不采取任何防护措施,日夜奔忙在灰尘弥漫的打谷场上。我当了小学教师以后也从来不享受星期天和寒暑假,只要在课堂之外,我总是投身于农田的劳作。最终,我又是以自己优秀的表现,被贫下中农推荐选拔到医学院,成为一名光荣的工农兵大学生——然而,历史的翻脸又快又无情,我的自豪感仅仅持续了几个月,一个时代就过去了。因毛泽东的去世和"文化大革命"的结束,新的时代开始了。中国的高考制度即将恢复,我立刻就变成了中国最后一届工农兵大学生。在门第森严的医学界,工农兵大学生因其生源素质和教学质量,公然地遭到了冷眼。此前,我以为,以自己数年的卧薪尝胆,已经改写了自己黑色的前途——不再是无休止的劳改与欺侮,而将是一个受人尊重的医生。事实上我们还没有毕业,就听说了将来最多只会有十个名额分配在武汉市,其余的全部下放到最基层的工厂和矿山。

立刻又是一场马不停蹄的奔跑。我一定要把自己证明到底:我是最好的!我把自己所有的时间,精力和经费——国家提供给工农兵大学生的基本生活费压缩到每顿只买一角钱以内的菜肴:买书!读书!背书!考试!一个星期又一个星期地,就这样循环。我要自己任何科目都考出最好成绩,我要让各科老师都目瞪口呆!我要在毕业分配的时候,他们不得不把我留在武汉市,否则他们的良心就要受到谴责。尸体、鲜血、死亡、排泄物,几乎没有过程地被我接受,在我眼里,它们完全超越它们的客观具象而成为我的医学文本。第一次的外科和妇产科实习,连男同学都有看见鲜血就要晕倒的,我把风油精递给他们涂抹太阳穴,自己却可以牢牢站在手术台上,聚精会神,手脚麻利,令许多德高望重的资深老大夫对我刮目相看。最后果然,我当之无愧地成为被留在武汉市的十个学生之一。可是再也想不到的是:中国文学的春天却忽然到来了!

我惊愕地发现,我与自己真正的理想与目标失之交臂。本来,从小对于文学的酷爱应该理所当然地支配我所有的奋斗,我的每一个行为应该都是为作家这个职业而发生的,而我,居然一直傻乎乎地流俗于时代。忽然间,这么多作家突然出现了,人家怎么就懂得在冰封雪盖之中蛰伏呢?那时候,中国的职业选择只能绝对服从组织分配,就算做梦都不可能出现择业自由的幻景。毕业分配一旦公布,个人档案,城市户口,单身宿舍,福利待遇以及专业工资级别,都被所在单位确认与管理,此生此世,掉换专业就比登天还难了。

我的九个同学,他们是这样的高兴,都穿着崭新的硬邦邦的白大褂,就像过年的小孩子穿上了新棉袄。大家欢喜雀跃,在医院大门口拍照留念,唯独我怏怏不乐,满心怅然,任人摆布,欲哭无泪:一个应该成为作家的女人却成为医生——一个刚刚报到就已经后悔当初学医的初级医士。

也就是从这个悲伤的时刻开始,我以对新时期所有作家的佩服与羡慕,意识到了自己的幼稚和糊涂。我怎么就如此自作聪明地随波逐流呢?假如我不进行徒劳的红色证明,我的学生时代就不会是一个自取其辱的时代;假如我做一个疏远主题的知青,我不仅不会付出健康受损的沉重代价，还有许多时间进行写作训练，还可以在高考恢复的时候，名正言顺地报考自己喜欢的文学专业，而不是作为在校大学生被严禁报考。我这个人，怎么就没有一颗自己的心呢？

我很羞愧我没有自己的心。

我的人生，如果不是这样地缺乏自己的心，肯定会是另外的一种。至少在后来，我不会因为需要一间自己的房间，而在头脑发热的时候把自己轻易地嫁人。这是我更加羞愧直至恼怒自己之所在：我没有自己的心到了愚顽不灵的程度。

我总是要等到榜样出现之后，才会有意识上的清醒。而且，一方面的清醒还不能唤起另一方面的清醒，因此我的人生错误总是此起彼伏，因此我总是自己人生里一个急急忙忙的消防队员，不停地来回奔波，累都要把自己累死。

因婚姻是没有榜样的，故而我好比"始终一幅香罗帕，成也萧何败也萧何"，我又被自己热爱的文学误导了。英国女作家弗吉尼亚·伍尔芙，她的思想一进入中国，立刻就俘虏和震撼了我。她的女人需要"一间自己的房间"，对于我的威力，几乎相当于当年的毛泽东思想之于中国人民。一场思想革命，在我的灵魂深处爆发：是啊！姑娘，你苦苦奋斗了，你把自己从出身论中提拔出来了，你获得了终身有饭吃的职业了，但是，姑娘，作为女性，你有一间自己的房吗？没有！国家不给你，政府不给你，社会不给你，单位不给你，任何人都不肯给你！

中国的住房制度是以男性为主的分配制度。也就是说，一个女子，如果没有男人娶她，她就得一辈子在集体宿舍当众换内衣内裤！这是多么残忍多么可悲的事情啊！尽管我从小就希望拥有自己个人的房间，但这种希望仅仅只是作为美梦存在，仅供观赏，而对于未婚者居住集体宿舍，我从来以为这就是一种天经地义的生活方式。然而一夜之间，伍尔芙让我觉悟了。可怕的是，一旦觉醒，我就再也不能忍受集体宿舍了。我的书看不下去了。我的笔也写不下去了。我狂热地行动起来,用各种理由,通过各种渠道,找到方方面面的朋友,为的就是寻求一间单独的住房,所有的朋友都万分不理解,吃惊地问:为什么?

为了写作和健康——朋友们更加诧异于这种不着边际的理由。不过出于友谊,还是有朋友把房子借给了我。我每一次的独居完全等于一次次起义,很快都因为镇压而夭折。一个年轻姑娘单独居住,总是要引起邻居的高度怀疑和警惕,他们的检举揭发,不仅惊动了单位,甚至连警方都被惊动了。我唯有落荒而逃。返回集体宿舍之后,姑娘们个个视我为异类,我是愈发不能待下去。一个女子往哪儿走呢?唯有婚姻这一条小路了。

从表面上看,我当年的婚姻似乎还是出于爱情,那是因为当事双方都很主观地用爱情色彩去笼罩事物。年轻的时候谁能够逃脱爱情的幻想与幻觉呢?不过有一点我始终非常清楚,这就是:我一定要尽快逃离集体宿舍!我需要一间自己的房!尽管婚姻是两个人的房间,不完全符合伍尔芙思想,但是在中国只能这样退而求其次了。我相信在两个人的房间里,很容易分割出自己的空间。最重要的是,婚姻是女人的保护伞。进入婚姻之后,再也不会有革命群众的怀疑与举报了。就这样,我把自己嫁给了两个人的房间。因为是一个男人用他的房间娶了我,很自然地,崭新的宽大的书桌属于男人,我则很知趣地在床沿上安营扎寨。一只小板凳,一方床沿,稿纸下面垫一块木板,四周安安静静无人打搅,我觉得幸福备至,文思泉涌,小说就一篇一篇地写出来了。亲爱的伍尔芙使得我一步一步接近着自己的理想,使得我在短期内丝毫没有怀疑自己对伍氏思想的肤浅实用的理解。婚姻本身的问题很快就显露了出来,我竟然还以为那是婚姻固有的问题,并以"有所得必然有所失"的理论说服自己继续维持婚姻生活。忙忙碌碌的十几年过去,有一天我发现自己不仅拥有了一间书房,还拥有了自己的一间卧室——这是我一个人的卧室了——我在这个婚姻中找不到男人了。直到这个时候,我才恍然大悟:原来伍尔芙并不是"房间"的意思!而这个时候,女人已经是不知明镜里,何日染秋霜了。不是怕老,只是遗憾老得不值。我怎么就没有一颗自己的心呢!女人是需要自己的房间,女人是需要男人,可女人更需要一颗自己的心,乃至这颗心的纯粹性应该完全超越具象,与房子婚姻男人一律无涉。

中国对于孩子的教育,从小都是强调一个"乖"字,尤其是女孩子,说你乖就是对你的最高赞誉。乖孩子就比较容易丧失自己的心了。我就是这样的一个乖女孩。从小听父母的,听老师的,听社会潮流的,从来都没有一颗自己独立的完整的心。我的盲从狂热争强好胜,那是一颗少年心;我的焚膏继晷钻研终身,那是一颗文人心;我的出嫁为妇,那是一颗妻子心;我的生儿育女,那是一颗母亲心;我的孝顺父母,那是一颗女儿心。几十年来,我为我所有的心分裂着、焦虑着、奔忙着、顾此失彼着,直至精疲力竭。

某一天,在只有命运事先知道的某一个时刻,透澈明净的阳光照耀着我家廊子,悠蓝的天空高远平和,我安坐在我的旧藤椅上,命运之神翩然光顾,让我了解了自己四分五裂的心——这种自我了解令人醍醐灌顶,又欢欣鼓舞,所谓明白之日就是重生之日了。现在我能够肯定,这副模样的我就是现在的我了。因此我的确是一个刚刚换牙的孩子,也的确是一只正在接地气的狗呢。

到这里,我定睛再看:面前绿茶已凉,院子里银杏黄透,书本闲搁膝头却一字未读,夕阳渐渐归山,晚霞万朵波澜壮阔,各种车辆扎扎作响,狗在雀跃欢叫,远近响起呼儿唤母之声,晚饭香了——天地人间就是这样气象大方百川归海——还需要什么证明呢?

苏 醒
——摘自《熬至滴水成珠》

有一种春,是无法守候的。这就是人生的春。人生的春往往与年龄没有关系,却只是一种苏醒。这样的苏醒,如偏僻乡村篱笆上的野玫瑰,花朵开得烂漫,意象上却单单只有光明,简单,敦厚与宁静。

不要以为意象上的光明,简单,敦厚与宁静容易得到。更不要以为有了偏僻乡村,目的就八九不离十了。不是的。这种意象不是浅显的看图说话。能够形成这种意象的,要木篱笆,要野玫瑰,要好阳光,要一道碎石小路,从篱笆下面蜿蜒伸出,远远地,远远地深入到了起伏的山坡,要山坡上有茂密的针叶林,要林子里淡淡地散发着松香。

说的是人呢,说的是人生的春呢,因此这样的比喻也就是说:人生的春,天衣无缝,浑然大气,是先天的天地精华与后天的着意磨砺融会贯通了。

用一种更加日常的话来说,人生的春便是一种懂事。

有一句成语,叫作"少不更事",可见懂事需要经历,经历需要时间,用漫长的时间去经历,这就是熬了。这个"熬"的意思相当于中草药制作汤药的那个"熬":煎熬。于是,可以说,意象是煎熬出来的,苏醒是煎熬出来的，人生的春是煎熬出来的。

玄妙的是，需要多少的煎熬呢？又需要多久的煎熬呢？所谓的漫长，那应该是多长呢？法海和尚，老得白胡子一大把，也还是无法彻底圆通，喜欢纠缠白娘子和许仙的家庭婚姻之事。六祖慧能，三岁丧父，自小卖柴养母，连文字都不认识，偶然得闻佛语，心即开悟，于刹那间便明心见性，立刻出家，然后修成正果。像我这样，写作半辈子，也算受了不短的煎熬，且不谈自己的写作，单说艺术鉴赏方面，在十余年前，我就觉得自己也算是知春了。不少著名作家的作品，看上去或巍峨，或工整，或灵动，或俊秀，诠释一个什么道理，都披挂在作品的形式上，十分易于让评论家一眼就看出好了。这些艺术家和评论家都在玩可爱，装童稚气，于大庭广众之下，一个人假装很复杂地把玩具藏起来，而另一个人假装很深刻地找到了它。这种把戏非常容易迷惑具有发言能力，并且乐于表现发言能力的泛知识阶层，大家一热闹一追捧，一伙子人都可以轻而易举获得名利。于此，我会马上露出不屑甚至公开厌恶。我要求文如其人，要求格物致知，要求道德文章真而不伪，要求艺术家首先具备天赐的直接感受人类情感的强大能力，又在后天能够使用这种能力遨游历史现实与人类心灵，然后剥茧抽丝，去繁就简，将他获得的核心理念完全融化在作品的血肉之中。也就是十余年前，我的态度是坚决的激烈的，我会忍不住要与人争论，乃至一言不合便会拂袖而去。我坚信自己看得懂作品也看得出人品。我坚信自己是正确的。

大约是在五年前吧，我的坚信开始动摇。我开始强烈地怀疑自己。后来我想明白了，便知道自己最多也就只有一部分的知春。我可以肯定自己的，只有两点，一是有了一些阅读经验，二是有了自己阶段性的艺术标准。别的，就不能被肯定了。我道行再深也就是一个法海和尚，远远不是六祖慧能。

还是要说人。还是人比什么都重要。

还是要把知春放在人的范畴检验，哪怕仅仅是鉴赏艺术作品。正如烧秋一般，若是一把大火烧尽所有季节带来的芜杂繁复，深秋的田野袒露出来的，就是单纯的田野。就这一个道理，一个极其简单明确的道理，足可启我愚蒙，教我知春。这就是：我可以拥有自己的鉴赏经验与艺术标准，但是我却不可以拿自己的经验与标准当作正确本身，当作正派本身，当作美德乃至真理本身。

事实上，偏偏我们太容易把自己当作正确本身，当作正派本身，当作美德乃至真理本身。我们一不小心就会疾恶如仇，因为那是我们从小就被教育被灌输到血液中的美德标准，我们会非常自然地去苛责、要求和打击别的艺术家。尤其在现实生活中，觉得看在眼里的分明是庸俗的，虚伪的，拉帮结派的，学阀作风的，沽名钓誉的，并且还会遇上他人对于自己个人和自己作品的恶意挑衅、谩骂和故意颠倒是非，在这些情况之下，要自己否定自己的真理立场，没有敌意，没有激烈的情绪，不反抗，不鄙视，不出言不逊，实在是很困难。

原来我要说的，还就是我自己，是我自己的渴望知春。

那一天，上午我在阅读以赛亚·柏林的书，下午我在菜地里干农活。当家家户户炊烟升起的时候，我倚靠在篱笆上休息，目光散漫地随着炊烟望到了灰蓝色的天空。武汉深秋与初冬的晴空是这样的好，颜色是很贵族气的灰蓝，温润又傲慢，空间却有着童话一般的神秘高远和无尽辽阔，万里无云又似一个能干俏女人晾晒出来的洁白床单，有说不出的洗练与明亮。好东西往往就是有气魄，就是要这样地打动人心。我心一动，便有了心得：世界上最重要的还是人！我得先于一切地承认：人的观念、喜好、志趣与理想都是没有通约性的！

比如我不看电视，可我不能否定电视，因我的父母就看。我受不了商家大放流行歌曲，可许多顾客就是被这"热闹"吸引过来的。我厌恶打麻将,我的亲朋好友大多喜欢麻将。这就是说,观念的不同并非恶,价值的不同也并非恶,个人本性的不同更不是恶。因此,我何以动辄"疾恶如仇"呢?

别的艺术家追求什么理想或者什么名利,其作品使用什么形式,在我这里,可以不喜欢,可以进行学术评品,也可以置之不理掉头走开。但是,我应该怀有善意的尊重。不是说一定要尊重我不喜欢的作品与做派,而是尊重人,尊重人的选择的权力,尊重人类的通约性。我以为,这才是知春的了。那一种光明,简单,敦厚与宁静的境界,在现实生活里,大约就是要修养出一种善意的豁达与宽容来吧。

修养善意的豁达与宽容,这么简单的一句话,以我愚钝的资质,悟也用了十余年,想要修养成为人生的态度,还不知道需要经历多少年煎熬了。还敢比法海呢,充其量也就是一个善男子善女人罢了。

原来,人生的春是这样的难得啊。

第二辑 一颗自己的心

生命是用来挥霍的

大约是在三年前？或者四年前？或者五年前？我记不清楚了。自从离开学校的数学考试之后，我再也不去记忆任何数字。岁月、金钱、年龄——所有阿拉伯数字，在我这里，一律都是含糊不清的符号。对于我来说，所有数字都没有重要意义，数字记载积累，提醒囤积，而我的生命就是用来挥霍的。

文字才是我的钟情，是我自童年以来唯一属于自己的玩具，因此，文字对我的意义远远不只是表达，更是我自身的一种生命性质。比如，早在不知道从什么时候开始，我就喜欢上了"挥霍"这个词语。我以为"挥"是世界上最漂亮的动作，这动作简直就是洒脱轻盈果断大方的化身，例如大笔一挥，挥金如土，挥汗如雨，挥泪，挥师，都是这样的绝顶豪放。而"霍"，又是这样的迅捷，闪电一般，还掷地有声。我相信，如果与人有缘，许多文字还会是一种神秘的昭示，一旦相逢，你就会如盲人开眼，突然看见你自己的生命状态。正是一个不知道是什么时候的某一天，我翻开词典，劈头看见"挥霍"一词，耳朵里就响了一记金石之音，我便会意地微笑了。我相信，我的生命性质正如我的故乡和命运一样，先于我的存在而存在，早就隐藏在文字里。而我对于它的认识与服从，也一如认同我的故乡和命运，面善得无法陌生,亦无法选择。有一些古人于某些文字的特殊敏感,让我也觉得这可能就是一种人类经验的传承。郑板桥的文字大约就是"难得糊涂",苏轼可能就是"一蓑烟雨任平生",而李白也就是一个"酒"字了。

我是怎样挥霍生命的呢?

最典型的例子要慢慢说起:大约是四年或者五年前吧,看过的一部电影。美国片,中文译名叫作《海上钢琴师》,英文片名是《1900的传奇》。故事说的是1900年的某一天,一个新生男婴,被遗弃在了一艘往返欧美之间的大型客轮上,船上的一个锅炉工收养了他,并用年份为他取名。在客轮无数次的往返之中,1900慢慢长大并无师自通地成为轮船上的钢琴师。在三十多年的人生里,1900从来没有离开过这艘客轮。仅有一次,因为爱情,他终于决心在纽约下船登陆,去寻找那位年轻姑娘以及寻找属于一个天才钢琴师的世俗名利。全体船员集中在甲板上,为1900隆重送行。这个名叫1900的男人,缓缓地走下长长的跳板,然而,他却缓缓地停留在跳板的中间了。面对纽约的高楼大厦,他把崭新的礼帽毅然抛向大海,反身回到了船上,多年之后选择了与被淘汰的客轮一同炸毁的人生结局。

十分记得,我第一次观看的时候,影片深深吸引了我。那个夜晚,成为我生命中少有的不眠之夜,我放弃了我一向认为非常重要的睡眠,还放弃了工作。目如寒星的消瘦男子1900,在影片的最后,用这样一段话夺走了我的理智:"我不是害怕我的所见(纽约的高楼大厦),而是害怕我的所不见!这城市太大了,大得似乎没有尽头!我怎么可以在没有尽头的键盘上演奏我的音乐呢?"立刻我的泪水夺眶而出。之后,想也不想就把整个夜晚的时间全部消耗在回味、体会与联想之中。

几年以后的前日,很偶然地,我女儿在钢琴上随手弹奏起《海上钢琴师》的一支钢琴曲,蓦然勾起我重温这部影片的念头。这一重温不打紧,我却发现,看电影的人已经不是曾经的我了。现在的我,面对影片,根本看不下去。怎么是这样做作和矫情的一部电影呢?首先它纠合了太多好看的因素,因此失去了合情合理的生活逻辑,露出了明显的编造痕迹。曾经让我潸然泪下的那一段台词,具有典型的大话哲学的肤浅与煽情,尤其还配上了拙劣的镜头:1900毅然抛开礼帽以后,镜头以夸张的特写,将礼帽一次次多角度地抛向大海。这不还是美国好莱坞电影的简单套路吗?我是那么惊讶与惭愧。我自嘲地笑笑,然后连眼睛都不眨地抛弃了这部电影,同时,也把自己被感动的那一个夜晚抛弃了,还把此后的许多生命经历——推荐、联想、回味——统统否定并完全抛弃。

就是这样,我就是这样无情。我经常否定自己的生命经过,从不寻求任何理由保存往日不再美好的"美好"记忆。我是自己生命里一个没有负担的记忆者。我不相信时间,不相信青春,不相信历史,不相信传言,乐于相信的是自己的醒悟与亲睹,我是一张连自己都深感淡漠的脸。

前一段时间,我在法国,因出版事务要去一趟南方的阿尔勒小镇。事先的行程计划,是在阿尔勒停留一天,居住一个夜晚。但是到了法国看到行程表上的"阿尔勒小镇",不由得想起了凡高,想起了凡高著名的油画《向日葵》以及许多油画的光和色,于是我决定在阿尔勒多待一天。而后来真正到达阿尔勒小镇之后,我立刻背弃了自己的初衷,旅行又发生了另外的故事。阿尔勒小镇的阳光就是与众不同,格外灼亮又光照时间极长,气候在一日之内,由凉爽至温暖至寒冷,各色植物因此都格外鲜艳。原来,凡高画的向日葵就是阿尔勒的向日葵,凡高油画的光与色,就是阿尔勒的光与色,一个有天赋的画家怎么能够不接受大自然的馈赠和生活的秘授呢?顿时,凡高不再是我的神秘,不再是我的名胜古迹,而是一种切实的理解了。我甚至连大街上的"向日葵"明信片和旅游 T 恤衫,都没有走近看看。我毫不犹豫地走上了古罗马的断壁残墙,在小镇的最高处久久留连,坐看日出日落之下的阿尔勒。晚饭时候,我去一家北非餐厅,吃一种叫作 CousCous 的北非饭,慢慢地吃到很晚很晚,一边观赏着阿尔勒小镇的人们,一个姑娘,低胸丝绸连衣裙,外套的却是皮大衣,长长的,是冷峻的黑色;硕大的耳环在她颈项侧畔摇曳不停,与她的多条镶流苏的长围巾交相辉映;脚却是赤脚,足登艳丽的高跟拖鞋,染葡萄紫的指甲油,这就是难忘的阿尔勒小镇风情了。

多待一天的时间,依然与凡高以及其他著名画家无关。无论是在大街小巷漫步还是静静坐在旅馆喝咖啡,都是因为阿尔勒本身。原来,阿尔勒小镇从古罗马时代就阳光格外灿烂,就颜色格外鲜艳,就人与物都具有格外的风情。我居住的旅馆,是阿尔勒最古老最优雅的旅馆之一,旅馆的好几段墙壁,依旧还是古罗马的城墙。约百年前,法国一个著名女歌唱家,退隐来到阿尔勒,创办了这家旅馆,把它变成了全欧洲的艺术博物馆和艺术沙龙。度假的艺术家们纷纷下榻这里,喝酒,歌唱,吟诗,看斗牛,他们顺便带来了自己的绘画和摄影作品。而每年,在斗牛节获胜的斗牛士,也把自己五彩斑斓金光耀眼的斗牛服挂上了旅馆咖啡厅的墙壁。阿尔勒明艳的夕阳,一直到晚上十点才变成夜幕,几乎每一个黄昏,都是纵情的享受。在纵情的享受中,女歌唱家慢慢地衰老了,她丈夫去世了,她再也打理不动生意了,终于有一天她咬牙卖掉了旅馆,在卖掉旅馆的两天之后,女歌唱家悄然离世。这不是写在旅游指南上的故事,是我下榻旅馆的历史由来,以及沿袭到今天的装饰风格。我老老实实地坐在陈旧的老沙发上,背靠一段古罗马的墙壁,长久地注视一张 30 年代的摄影作品:北非的一个夜晚,一名裸体的非洲女子,伸出她的手臂,喂食一只生活在他们村庄的长颈鹿。裸女与长颈鹿是如此惊人的和谐与美丽，把我看得无言以对，我的心一刻一刻地变成一个幽深幽深的潭——平静的水面其实在颤动密密麻麻的涟漪。

原来阿尔勒最著名的是斗牛。它是全法国唯一保持了西班牙式斗牛的小镇。每年斗牛节来到的时候，人们从四面八方涌进阿尔勒，与葡萄酒、咖啡、CousCous一起，与吟唱一般的聊天和神奇的阳光一起，度过美好的生命。

一切都与中国制造的凡高神话没有太大关系，可我并不后悔以前花了多少时间在凡高身上，时间并不是我生命的唯一价值，我时时刻刻都乐意成为新生婴儿，让世界在我眼中重新诞生。

一再地删除，一再地重新开始，决不美化和流连于过去的一切，耗费了多少生命时间都无所谓。许多个深夜，有月光，我到户外散步。我心静如水，听得到万籁的悄吟。每当这种时刻，我几乎看得见自己对于自己经历的否定、覆盖、删除和抛弃。我反反复复，无法停止，以至于我的生命直到现在为止，都没有过任何一个完美的故事。连一个完美的人生故事都不曾发生，也许对于一个女人来说，听起来比较残忍。因为今天女人正在老去，因为明天女人还将老去，因为时间是一个恒定物，它使得老去的生命无法反复。问题的实质在于：那又怎么样！

那又怎么样？老去又怎么样？老去最是人生可以忽略不计的数字，因人人如此，岁岁如此。

我是这样欣喜于自己的善变。欣喜于新印象新思想如野草般丛生。我的否定与变化越多，我感觉自己生命的本质越有生机。我的感恩正是在这里：生命有限但可以无限挥霍。而每一次挥霍都是一次裂变，都可以发生巨大的能量转换，甚至无事生非到让你喜极而泣，总之世界上所有的良辰美景，比比皆是你的意思。如此，我的人生还需要什么完美故事呢？我还需要什么数字来说明生命的丰富抑或贫瘠呢？曾经读到过一段吉卜赛人的歌谣，真是很好，他们唱道：时间是用来流浪的，肉体是用来享乐的，生命是用来遗忘的，心灵是用来歌唱的。而我的歌谣，只有一句：生命是用来挥霍的。这一句可以反复咏叹，直到永远。

奇迹总会有

2003年去法国，主要在布列塔尼地区行走，一个精力充沛，热情洋溢，时尚妩媚的法国女人开车，奔走了多个城市，每个城市观看书店为我布置的漂亮橱窗，与书友们见面，接受勤恳敬业的法国记者采访，听法国读者们在那里饶有兴趣地朗诵和讨论我的小说：这不算奇迹，应该说这算一个奇怪。自从1995年我独自一人乘坐列车从德国来到巴黎，与法国一家出版社签署下第一份出版合同之后，我们合作关系一直良好，他们每年都在出版我的新书，读者反响也比较热烈。对此，我很开心，有许多感动，也对法国越来越有亲近感。可是此外，我始终还有一种奇怪感。面对另一种文字将我的作品翻译出版，面对那些布满字母的书籍，面对那些热烈阅读并热烈讨论的黄头发读者，我无法不感觉奇怪。他们读到了什么呢？我总是禁不住这么猜想。我想是否因为他们很喜爱我的翻译家呢？

由于这种奇怪感，我容易把大家当作法国熟人，很难把他们都当作知心朋友。十多年来，尽管我与许多法国人喝过咖啡吃过饭，也应邀去人家里做客，通讯本上也记录了一大把电话，然而我的法国朋友却总是没有多起来。在我这里，熟人多，朋友少。

我永远都无法广交朋友。

奇迹总会有

不过奇迹总会有的。2003年那次，游历法国西部之后返回巴黎，接飞机的是一个这样的女人。一般人都是在出口处举牌接人，而她，从远离出口的地方，醒目地奔跑过来，头发花白，扎一小辫，手里挥舞着我的一本法语小说。这样的接人方式完全出乎意料，印象一下子就深刻起来。她叫盖塔，一个喜爱中国文化的法国籍的委内瑞拉女人。那天巴黎塞车。她的先生马赫克，一个大学教授，车开得实在不怎么好，三下两下就要急刹车，很快就令我晕车了。我一直紧闭双目强忍恶心，只求尽快到达盖塔家，让我马上躺下。盖塔说：当然！哦，当然！盖塔努力学习中文已经几年了，程度尚在幼儿园中班水平，不过有时候她也会蹦出特别贴切的单词。

这是我第一次近距离接触南美女人。她年近六十岁，精神状态三十岁，动作敏捷，热情奔放，夸张的首饰，大花的睡袍，满脸女学生神态，只因为喜欢我的小说，便天真单纯到毫无隐晦的地步。她请我喝她珍藏的委内瑞拉咖啡，轻蔑地说：法国有什么咖啡啊！她告诉我：她和马赫克2002年才结婚。她二十岁就与法国教师马赫克相爱，二人共同生活了将近四十年，生儿育女，子孙满堂。他们结婚的原因纯粹是他们的孙子想进教堂参加婚礼。盖塔扯着她和马赫克的白头发，开玩笑说："头发白了，该结婚了。"他们坐在我的对面聊天，彼此依然还是含情脉脉。看来，南美人比法国人更浪漫更奔放更坦率。一下子我就很喜欢他们，但是我并没有说出口，我是中国女人，我疯不起来。

分别之际，盖塔把她弟弟从委内瑞拉带来的咖啡，用一个小小的瓶子，送了一点点给我。我则买了一瓶二十八欧的波尔多葡萄酒送给了他们。他们接过酒，一看就傻了，神态是如此之凝重，凝重之中还有难以消受的尴尬：这礼物太昂贵了！盖塔严肃地对我说："其实一般我们只喝五欧的酒。五欧的酒就很好啊。"

我说:"对不起!我不是有意的。"

我的道歉发自内心,是我冒昧了。

他们让我进一步懂得:人与人之间,最要紧的就是恰如其分。

转眼就是2005年了,我再去巴黎,观看由我小说《云破处》改编的话剧。这次主要就住在巴黎。我的出版社用心良苦,一是体恤我少有机会观光,二是我的新书《太阳出世》首发,因此给了我一个惊喜,特意请我下榻订一个名叫"太阳出世"(日出)的古典旅馆,就坐落在巴黎著名的圣米歇尔广场,隔着塞纳河就是巴黎圣母院,卢浮宫也遥遥在望,二十多分钟就走到。

在巴黎的日子,多少次,我想起了盖塔夫妇。我知道他们就居住在附近。但是我始终都没有打过他们的电话,我觉得就这样默默想念比打搅人家要好。一天傍晚,我沿着塞纳河散步,过了桥,到对岸,大街小巷随便走走看看。忽然,一种感觉袭来:盖塔和马赫克近在咫尺。可是我又不敢相信自己,因为我的方向感一塌糊涂。我在武汉都经常迷路,何况在巴黎?无奈感觉这个东西,就是要固执地主宰我。我只好停住脚步,微微闭目,竭力地抓住这感觉,让它带着我的脚步自由行走。走着走着,一条石板小街出现了,接着是一幢古老的楼房。但是,这片街区的楼房都在修葺,一律笼罩着施工防护布。我静静立在那里,悄而没声的呼唤,从我心里发出:盖塔,马赫克,盖塔,马赫克。

奇迹出现了!就在我无声呼唤的时候,面前的一户人家,大门忽然打开了!盖塔,这个与众不同的南美女人,还是穿着两年前的那件大花图案睡袍,还是扎一小辫,从大门走了出来!

我简直不敢相信这是事实!难道盖塔果然听见了我无声的呼唤?!我生怕吓着了她,便轻轻叫道:盖塔。

盖塔定睛一看,大惊大喜,猛扑上来,紧紧抱住我,叫唤我的名字：chili！chili！

她又朝屋里大声叫喊："马赫克！马赫克！"

马赫克闻声跑出来，看见了我。他首先就是揉眼睛，不敢相信，接着是拥抱，用他那法式亲吻，在我脸颊两边亲得啧啧作响。

我们赶紧进屋，大家手牵手，几乎是载歌载舞地爬上他家古老的楼梯，他们径直把我带到了2003年我居住过的房间。房间一切照旧，只是床上躺着他们的儿子。我与这个初次见面的年轻男子开玩笑说："对不起，你怎么睡在我的床上了？"大家哄然大笑。

原来这一天是他们一个孙女十八岁的生日，亲朋好友几十人聚集在爷爷奶奶家，为漂亮的黑肤色女孩举行成人仪式。我们喝啤酒，品咖啡，我和盖塔默契调侃："法国有什么咖啡？还是委内瑞拉的咖啡香啊！"

盖塔喋喋不休地告诉我，她已经购买了我的新书，他们还知道巴黎正在上演我的话剧《云破处》，事实上他们已经预订了戏票。他们说他们这几天也经常想起我。而盖塔为什么要在这个时刻出门呢？其实她不是正在厨房忙碌吗？盖塔歪着脑袋回想了很久，发现：什么原因都没有，就是她忽然有一种感觉，觉得非得出门一下不可，于是她就放下手中的事情，走出了大门。

原来，就是我，他们喜爱的作家，仿佛从天而降，站在他们家门口，心里呼唤着他们：这难道不是一个奇迹吗？这真的是一个奇迹！

这个奇迹让我们心里充满了非比寻常的感动和亲密。就在奇迹发生的一刻，我们已经超越了熟人而成为好朋友，这是缘分和天意，谁都无法抗拒。我们不仅再一次认真地留下了彼此的电话和电邮。我们拥抱着，看着对方的眼睛，认真地嘱咐对方：要真的保持联络。真的！盖塔饱含热泪，用十分幼稚的中国话艰难地说："我爱你！爱你的小说！马赫克也一样！"我们向对方发出了真诚的邀请，希望对方将来能够安排假日,彼此串门,走亲戚,小住做客。而盖塔,热切地希望我能够去委内瑞拉她的家乡,她说:"我的家乡很漂亮啊!不要钱!"

世界上谁能把欧洲人和南美人逼得说出"不要钱"来?世界上什么才能让欧洲人和南美人主动说出"不要钱"?唯有深厚的、值得信任的、感动了他们内心的真情。他们只为自己的真情付出。

在这一点上,中国人最大方,即便为面子,也会付出。遗憾的却是:即便付出再多,却是常常没有真情。

我不在乎付出不付出,我在乎真情,还在乎感觉和分寸,更在乎天意和缘分——我是过于苛求了,毛病大了,恐怕天生就是孤僻的命了。像盖塔和马赫克这样的奇迹,生活中又能有几桩呢?而我们,又真的能够再次相见吗?不去想了不去想了!不去探究了不去探究了!单单就让这奇迹温暖我们的心吧!

四个人的千年美丽

有一份世间的美丽,或者说是社会性的美丽,是一朵缓缓,缓缓,缓缓开放的花朵,需要一定乃至漫长的人生经历作为养分,它才可以长盛不衰于你的生命之中。

我是在大约1994年前后,收到一位法国汉学教授的来信。仅仅根据来信的文字,我连教授的性别都无法判断。通信中无非就胡乱照着对方的尊称习惯,写一个"亲爱的某某"而已了。教授是我的读者和研究者,他请我允许他翻译我的一篇小说并与出版社进行接洽。很快,法国阿克苏出版社出现,成为我和教授的合作者。1997年冬天,当时我正在德国几所大学做讲座,阿克苏出版社邀请我去一趟巴黎,大家见面并签订新的出版合同。圣诞节前夕,我从德国乘坐火车来到了巴黎。不料,在巴黎中央火车站迎接我的教授,却原来是一个柔弱秀气的法国女人。虽然我们语言不通,但是我们一见面就笑了,一个关于性别的小小误会成为友谊的开始。

那是我第一次去法国,我像全世界许多人一样慕名巴黎。善意的女教授和出版社让我做了一次游客,带我在巴黎一些著名景点走马观花,请我品尝了巴黎最美味的鹅肝酱。结果我还是没有被款待冲昏头脑,在签约的时候,我坚持了自己惯有的认真。我要求长达十几页的法文合同应有中文文本向我提供主要条款。我要求按照国际出版惯例支付预付金。我还要求了版税的标准。出版社很是吃惊。据说在我之前的中国作家少有我这样的认真与要求。我知道，不少国外出版社与中国作家的合作普遍草率和低廉。中国文坛也有自己的一种风气：在国外只要能够出书就好。在国外出书主要是证明自己的国际影响，至于正式合同与稿费，任其可有可无。问题在于，我是我，我不是任何别的作家。我的愿望仅仅是受到应有的尊重。而尊重只能出于双方的平等、信任与互利，否则我宁愿不出版，我很明白多那么几百几千几万洋人读者，并没有多少实质意义，我的意义永远存在于我母语的读者。

我再也忘不了那个法国男人用他淡灰色的眼睛久久地无辜地望着我。难道我的态度不好理解吗？——我也用我的黑眼睛看着他，平静地友善地无所求地看着他。最后，他终于点了头。我笑了。我们成功签约。我和阿克苏的合作一直持续到今天。他们每一年都要出版我的新书，至今已经有十五本了。我在法国的读者也越来越多。2005年，我在蒙彼利埃一家咖啡馆与读者见面。我看见一个小个子法国女郎好像抢不到说话的机会，只能在人群后面远远注视我。我就走过去把话筒递给她，可是她说："不，我不说话。我愿意这样看着你。我愿意用今天所有的时间看着你，因为这个机会太珍贵了。"就是她这一句话，让世间的又一种美丽在我面前徐徐展开。我，翻译家，出版社和读者。我们四个人，应该说是四个方面，或者说是众人，我们合作翻译出版了我的小说，我们共同做着一件事情，使得我们大家天长日久地受惠于此。于是就会出现，在蒙特利埃的一个咖啡馆里，两个语言不通，不同种族，文化背景完全不一样的人，发生凝视与感动。这就超越了翻译出版乃至获奖这类具体事物，成为人类精神生活的积极意义。

二十多年来，我在国内的出版不也是一样吗？不仅是出版，影视改编或者其他事情，不也都是如此吗？只要合作各方都遵循规矩，认真努力去做的事情，几乎无有不好，这就是一种集体力量的合作之美，这种美丽是哪怕再能干的一个人也无可替代的。想想我的所来之路，我的生涯是一个人的写作，我的独行已成习惯，我常常都是孤独的；皆因不断有着与各方的良好合作，我即便孤独也不孤立。孤独因此也成为自由与潇洒。

当年巴黎签约之后，我怀揣预付金，立刻跑上大街，购买了我的第一支法国香水：香奈儿5号。傻的我！把好不容易挣来的钱立刻流水一样花出去，其实就是因为梦露那句举世闻名的广告词："睡觉之前我只穿一滴香奈儿5号！"不过，真的，这钱浪费得我很快乐。在巴黎在香水店我孤独且快乐。天下所有人，谁没有孤独的时刻呢？古人俞伯牙钟子期互为唯一知音，可是人生连再次相逢的机缘也没有。最关键的在于，不管你是什么性格的人，你都需要在与他人的共处之中，学会平等，学会理解，学会包容，学会讲究规则，以及学会对良好合作关系的尊重和赞赏。于是慢慢地你就会发现，不断地有人成为你的合作伙伴，不是朋友也胜似朋友，正如许多颗露珠都是一花朵的知己。该相聚就相聚，该分离就分离。无须浓烈稠密，只要合适相宜。

这样的人际关系正如四季的春，会在我们的一生中周而复始，这就是众人也永远只有众人才能够给予我们的一种美丽。

第二辑　一颗自己的心

不仅仅是左手

十七岁那年秋天,我下放农村做知青,几个月之后,被选拔到大队小学教书。第一天上课,学生就不怕我。三年级的学生就有与我同年出生的。五年级毕业班的唱歌课体育课美术课,我都没有办法顺利进行,两三个完全无组织无纪律的男生,个子比我大,下巴上都长了胡子,这个冬季就要娶亲了。

校长鼓励我不必怕学生。他说:"怕什么怕?他们再大,你总是老师,他们总是学生,天下还有学生大得过老师去不成!"校长从打扫操场的大扫帚上抽出一根最长的竹条子,交给我,号召我向王老师学习。

我们学校的王老师,男,中年人,大个子,宽肩膀,胡子拉碴,少言寡语,非常威严。王老师走路总是甩开膀子迈大步,模样好生坦然潇洒,好像条条道路都是为他开的。我们大队的广大贫下中农,凡路上遇见王老师,都要抢先问候,都要为他让路,还要夸他教书教得好。王老师的书,就是教得好,他班里毕业的学生,珠算打得风流水转,出了校门就可以当一个小队会计。对付最顽皮的男生,王老师一向只用一只手,左手。王老师不是左手力气大,偏偏是力气不大,主要是轻重感觉好。王老师用左手把调皮学生的后颈脖子拎起来,从窗口轻轻扔出去，从来没有把学生摔出事情来。偶尔也有意外，也会发生一点皮肉伤，后来总是被时间证明没有大碍。贫下中农谁家有一个甚至多个不爱念书的调皮小子，爷娘老子也都是不怕的，大家便都是指望王老师整治。据说从前也有小子哭回家，把皮破血流的地方举给家长看，只要说是被王老师从教室窗户扔出来的，家长立刻就会教训自己儿子说："扔得好！"只这一扔，王老师多年的威信就建立起来了。当然，作为教师，仅有武力是不够的，在乡村学校，尤其不够。最终人人都是要看你有没有本事。有本事的人，随你打骂，那是替爹娘管教孩子；没有本事的人，你弹他孩子一个指头，那就是欺负孩子的爹娘了。

最初，我以为王老师的威信就是来自他的左手和珠算。后来，我慢慢发现，王老师还写得一手漂亮的板书，语文、数学、体育、美术，他可以一个人包班，门门功课都教得好，除了唱歌——贫下中农不认为唱歌是一门功课，因此非常认可王老师的班级不唱歌。同时，王老师还会修雨伞，做木工，打草鞋，箍水桶，烧锡补焊。王老师有一只工具箱，那简直就是百宝箱，他想要钉子就可以掏出钉子，他想要铁皮就可以掏出铁皮，任何困难都难不住他。要过春节了，村里家家户户请王老师写对联。也总有一些人家会贴别人写的对联，这就更是为王老师提供了比较，贫下中农过春节有的就是时间，又没有什么娱乐，大家成群结伙到处闲逛，挨家挨户比较对联。这一比较，显然还是王老师的字好。四村八里的人家婚丧嫁娶，也都要请王老师去做司仪，王老师平时没有话说，做起司仪来，行话一套一套的，还有抑扬顿挫。如果发生了什么意外，厨子来不了，王老师也被人家当厨子请，王老师从打豆腐到红案，都做得得心应手。一般凡有人请，王老师是有求必应。但凡王老师应了的事情，一概都做得利索漂亮。而他自己呢，则又有一条人生的座右铭，便是：万事不求人。就我在这个乡村小学的近两年时间里,王老师果然是从来不去麻烦任何人的。他自己什么都会做。他俨然就是自己生活的创造者。于是,王老师的威信怎么能够不高?谁家的孩子他不敢打?打了家长还要感谢,因为他们认为这就表示王老师重视了他们的孩子。

我还真不是太傻的。没有一进学校就盲目学习王老师。我得了校长授权的一根竹条子,也未曾滥用武力。后来把王老师这个人一见识,便颇觉侥幸。我幸亏没有滥开杀戒。邻村小学有一个男知青,也被推荐去当老师,一去就使下马威:扰乱课堂纪律者一律受他三栗果——用指头关节敲学生的脑袋。结果不久,贫下中农偷偷给他的房子放了一把火。

我十七岁的时候,见识了王老师,也是十分佩服的,觉得他做人做得好生响亮和牛气啊!但是,真正认识到王老师的价值,却是在多年之后。那是在我大学毕业了,工作了,成家了,在扑面而来的现实生活面前常常捉襟见肘,便一次又一次地想起了我那乡村小学的王老师。在琢磨中,我终于明白,一个人想要掌握自己的生活,想要骄傲,又淡定,是何等不容易啊!在那赤贫的年代,王老师仅凭一只小小工具箱,就能够创造与修补他自己的生活,学校的生活和乡亲们的生活,他该要付出多少智慧,勇气,精力与辛劳!

三十年过去了,王老师依然是我迄今为止见到过的,唯一一个有气魄有能力掌握自己全部生活的人,唯一一个最贫穷却最有志气的人。有志才可以帅气,有气才可以帅体。因此,一个贫穷的乡村小学教师,才是那么的神气,那么的体面,那么的受人尊重。一年四季中有三个季节王老师都是打赤脚或者穿草鞋,但是条条道路好像都是为他开的。王老师一走路,条条道路都要恭候昂首挺胸的他。

从王老师身上理解和领会到的道理,成了生活对我最重要的教诲之一。由此我懂得,一个人,无论穷与富,都应该做一个有志气的人。有志气才有体面与高尚。有体面与高尚才有真正的美丽。这美丽是那种大美丽,仿佛太阳,月亮,森林与鲜花,天然大方,超凡脱俗。使自己怡然自得,还让懂得它的人赏心悦目,这就是一种无价的富有。一个人能够这么活一辈子,便够了。

一个人的火车

数九寒冬,要去哈尔滨。据说哈尔滨今年冷,常有零下三十摄氏度,可以把眼睫毛冻成小冰棍。冻成了小冰棍的眼睛一眨巴,就会发出一种玲珑剔透的响;有了一只挂在身体上的风铃,灵魂便很活泼了。冷也是一种童话,我想。人是应该冻透一次的,我想。热透一次,冷透一次,爱透一次,恨透一次,苦透一次,甜透一次,梦透一次,醒透一次,笑透一次,哭透一次,于是乎,人生也就不那么平庸了。

这次去哈尔滨,我决定坐火车。大家都非常惊讶,说:你独自一人坐三十个小时的火车,怎么受得了!我说:怎么就受不了?大家说:飞机又快又舒服呀!我只是笑了笑。时间和舒适固然都很重要,但是有许多的时候,人不要时间和舒适,要别的东西。别的东西说不出来,只能够笑笑。我还是坚持坐了火车,独自一个人。在寒冬季节,新年的前夕,没有多少人去那零下三十摄氏度的地方。火车里果然没有多少人。我独自一人一间软卧包厢。三十个小时里,我有许多的时间久久坐在窗前,久久看着无边的土地和天空,没有电话,没有熟人,没有俗事,没有家务,没有急件,没有电脑,没有出版社,没有电视机,没有一丝人间烟火。我静静地坐着,慵懒地坐着,不成体统地坐着,心无旁骛地展开着我的梦幻与思念。对于梦幻与思念,三十个小时真是不算漫长。

这三十个小时的梦幻与思念，是属于朋友的。我有一个朋友，名叫郎瑜琳，吉林珲春人，毕业于哈尔滨军事工业大学，从军队转业到地方。当年，他从东北到武汉，走的就是这条路。这条哐当哐当的铁路线，曾经摇晃过我的朋友郎瑜琳。认识郎瑜琳是在80年代初。那一年的春天是我这半辈子过得最糟糕的一个春天。那个春天我绯闻缠身，官司压头，被媒体舆论打得遍体鳞伤。那个时候我太年轻，远远不懂得什么叫作不在乎，更远远做不到不在乎。傻乎乎的姑娘很是堂吉诃德地与整个社会搏斗，有朋友便给我介绍了郎瑜琳，是作为侠客推荐的。朋友说："你一定得去见见郎瑜琳！这个人非常神！东北汉子，能写会说，性格侠义，神通广大，如果他愿意帮助你，你就一定能够洗冤昭雪。"于是，在那个春天的某一天，我走进了郎瑜琳的办公室。东北汉子郎瑜琳没有我想象的高大，一张满族人的瘦条脸，皱着眉头抽烟。他正在筹办一份体育报纸，醉心于报纸的文艺副刊，他认为他编辑的副刊至少要体现武汉市的最高文学水平。郎瑜琳听我讲述了我的悲惨境遇之后，对我说的第一句话却是约稿："你能够给我的副刊写一篇散文吗？"真是活见鬼！当时我觉得冷水浇头，绝望至极，原来我遇上了一个文学痴迷者。我气愤地回答他说："不能！"郎瑜琳却对我的态度很是不以为然。他轻蔑地说："遇上这么点儿事情就不能写作了？这都是一些俗不可耐的小事啊。俗世的破事哪能抵消文学的伟大呢？"我面临着牢狱之灾，郎瑜琳居然说这是俗不可耐的小事，我还能够指望这个人帮我什么！我只得沮丧地告辞。然而，郎瑜琳非常诚恳地挽留了我。

郎瑜琳的严肃与认真震慑了我。他用酷似鲁迅的姿态与表情狠狠吸烟，同时目光炯炯地逼视着我，用吉林普通话铿锵有力地说了一番话。他说："池莉同志，如果你能够在目前这种恶劣的情况下还坚持正常写作的话,那就证明你将是一个了不起的作家。那样的话我一定会拍案而起,竭尽全力,哪怕倾家荡产,也要为你打赢这场官司!你想想,我又不认识你,我为什么要帮助你呢?就是因为我爱才惜才呀!通过你的文学作品,我看好你,我觉得你是有才气有天赋的,是我的同类。我要帮助的,绝对不是一个普通的女孩子,而是一个作家!一个在将来可以轰动全省乃至全国的作家!一个可以在文学史上留名的作家!否则,这个社会上的琐事多得去了,我哪里有精力管这种闲事?"

郎瑜琳的道理太大了,我被噎在那里,哭笑不得。我很感谢他的态度,但是我更加沮丧了。我迫切需要的是一个清醒务实并且在法律系统有关系的人。这一切都与文学无关,更是与将来我的文学运气无关。罢了。我也只好严肃而坦率地告诉郎瑜琳说:"老郎,那就算了吧!尽管我的确热爱文学,我也会坚持写作,但是我不热爱文学史,我不为文学史写作。至于将来我是否能够成为全国知名的作家,我不知道。我不能等到将来再打官司——现在最可怕的事情是官司找上我了!有人诬陷我了!并且法院有人在徇私枉法!"

郎瑜琳冷冷地瞅了我半晌,似乎在琢磨我的话。最后,他说:"一个年纪轻轻的无名之辈,还很傲气啊!"

就是那一天,郎瑜琳最终还是把我带回了他的家,向我隆重推出了他的妻子。原来,神通广大的是他的妻子。他妻子是一位好人缘的高干病房主治医生,她几乎认识本市所有的高级干部。

后来的过程漫长而曲折,官司一打就是两年。不过最后的结果还是令人欣慰的:在郎瑜琳夫妇的帮助之下,人大参与了监督,我终于打赢了那场该死的官司。更为重要的是,在这个过程中,我和郎瑜琳夫妇结成了最好的朋友。在我最孤立无助的时候,他们的家成了我的家。他们的一双儿女,也喜欢上了我。当他们的妈妈出差的时候,孩子们就由我来照料,因为郎瑜琳是属于文学的,他无法属于家庭俗务。郎瑜琳始终沉浸在文学之中,孜孜不倦地写作,一心一意想当作家。有郎瑜琳在家里的夜晚,他必须谈文学,而我和他的妻子必须做他忠实的听众。同时,我个人还是他批评和抱怨的对象。郎瑜琳对我姜太公钓鱼的写作态度,简直是恨铁不成钢,对于我成名成家的期盼,绝对比我自己还要着急。谈得晚了,郎瑜琳必须喝酒,下酒菜除了东北泡菜,依旧还是文学。我和他的妻子,时常也主动喝上几口酒,我们心领神会地让自己头脑发晕,以便忍受郎瑜琳的文学说教。尽管我几乎每天下班以后都要回到他们的家里,郎瑜琳还是会给我写信,因为他实在不满意我孤僻乖张的写作姿态。郎瑜琳的信写得非常好。那真格的是字迹隽秀,满纸珠玑,思想深刻,才智横溢。他的妻子之所以嫁给他正因为他们当初是用信件谈的恋爱。我喜欢郎瑜琳的信,可是我对他的信永远停留在艺术欣赏的程度,丝毫不会受到他的蛊惑。我的文学态度与他完全不同,我是纯粹和傲慢的,我宁可一辈子不出书,一辈子无声无息,也不会到处联络出版社和杂志社,并俯首帖耳地听从编辑的意见。

那时候,写作之路还是比较狭窄的,出版小说也比较地不容易,出版界拉广告拉赞助吃吃喝喝的风气盛行。老郎东北人,书生本色,当兵出身,性情耿直,其实他也根本没有能力应付这种局面。但是他咬牙把这样违心的做法当作文学奋斗。他对于我的批评其实也就是对于他自己的批评,对于我的劝说也就是对于他自己的劝说。郎瑜琳的一本长篇小说迟迟不能出版,他又苦又恼,又气又恨,渐渐地遁入了一个虚幻的世界。后来,郎瑜琳索性不上班了,只嗜烟酒和写作,大白天也躺在沙发上两眼望天,天天都等待着他的小说出版。我们以为他生病了,强行地带他去医院检查身体,倒是没检查出来任何器质性的病变。但他就是打不起精神来。

慢慢地，郎瑜琳开始对我说这样一类的话："池莉啊，也许你是对的，也许你这样傲骨铮铮，将来反而可以赢得自己的读者和自己的文学天地。我肯定是不行的了。我只有把希望寄托在你的身上了。如果将来有那么一天，你真的成了全国知名的作家，我九泉之下也就瞑目了。"当时的我，还有老郎的妻子，我们对郎瑜琳的话完全不以为意。他这么一说，我们俩就嘻嘻发笑。谁知道不久之后，噩耗突降，正当壮年的郎瑜琳猝死家中。那是90年代初，一个酷热的夏季，大清早，我被一个朋友从睡梦中叫醒，朋友劈面就说："老郎死了！"

我夺门而出，一路狂奔到他们家。进门之前我胆怯了，我这才意识到我不敢面对我已经去世的朋友，更不敢面对文学。文学怎么可以这样呢！怎么可以真的耗尽一个人的心血呢！真的可以，原来文学是这样可怕的一种疾病啊。

郎瑜琳埋葬在他的家乡吉林珲春。多少次，我把中国地图铺开，沿着铁轨，从武汉走向珲春，去探望我的朋友郎瑜琳：一个被文学之爱耗尽了生命之火的人，一个热爱生活却被生活戕害了的人。我要告诉我的朋友郎瑜琳。我一直在写作，我的每一部作品都是对他的致意。我要告诉他，在一定的范围内，我也许算是成名了，我希望这个事实可以使他感到欣慰。我还要告诉他，成名不成名其实并不重要，有意义的是我们那份对于文学的热爱在我的写作中从来没有间断。我还要告诉他，我活着，因此我的朋友他就活着。年轻的时候不懂事，许多表示友谊的话语都放在心里不好意思说出来，也还有许多想聊的话题，根本就没有来得及聊，然而，面对面的机会突然就失去了。我从来都没有想过，我与好朋友之间，竟会突然失去面对面的机会的！生活残酷地教训了我！所以现在，我宁愿坐上三十个小时的火车，把朋友郎瑜琳的来路走上一遍。我要让空旷的火车满载我对朋友的敬意与谢意，呼啸着接近埋葬朋友的土地。

奇迹总会有

　　机会是我现在最珍惜的东西,我要借这一次独自坐三十个小时火车的机会,屏蔽红尘,让三十个小时充满最纯真的怀念,幻想和祈祷,我要为我的好友郎瑜琳祝福。为他的妻子儿女祝福。还要为所有真心爱我的人祝福。还要为真心热爱生活热爱机会的人祝福。默默的想念与祝福需要一种全心全意,而这种情怀,是繁忙拥挤庸碌俗气的城市无论如何都承担不起的,我只能选择我一个人的火车和三十个小时的静默来承担。

女人与花事

情人节那天,我在北京。我没有会意那天是这么一个节日。我生下来就没有这个节日,现在便不容易认同。这一天不管天下女人都盼望玫瑰与巧克力,我无盼望。假如我要与情人过节,那一定仅仅只是我们俩自己的节日。现在的中国很滥情,过自己国家的所有节日,还过欧美国家的所有节日,也并非文化传统与个人感情的需要,而是利润那只无形的手在操纵,现在商家恨不得把每天都编造成一个节日,节日总比非节日好赚钱,于是大家都上当。上当无所谓。其实中国人喜欢上这个当:集体癔症几乎是我们的民族特性。不过我们不乐意直面"集体癔症"这个词语,从前我们称为"群众运动",现在我们称为"潮流"或者"时尚"。

说得深了令人伤感,不说也罢。只说情人节这一天,一女记者预约了我的采访。女记者迟到了。夜色中,女记者小跑过来,跌跌撞撞,包里露出半个巧克力盒子,手里握了一束不怎么精神的红玫瑰。于是我这才忽然明白:今天是情人节,女记者过情人节去了。

对不起对不起对不起!女记者连声道歉,赶紧从包里掏出录音机,立马进入工作状态,不知轻重地将玫瑰巧克力扔在一边。采访完毕。女记者临走忘记了玫瑰巧克力。我提醒她,女记者却斜着肩,匆匆离去,大声应答:"不要了不要了!花不要了巧克力太甜也不要了就麻烦你送人吧。"也不知哪位多情人的红玫瑰和巧克力,就轻薄地落在了我的手里。我却不忍就这样把鲜花巧克力扔掉。情人节的玫瑰与巧克力都贵得没有理由,都无情得很。不似中国的七巧节,有女儿心思与童话色彩,过得心里小鹿直跳,充满憧憬,而天上的银河与花间的絮语,都不要钱,是彻底的浪漫。这情人节既然浪漫不起来,咱就务实吧。我把巧克力递给饭店大堂的门童由他处理。我整理了玫瑰的枝叶,找大厅副理讨了一只玻璃花瓶,用水养好,就摆在饭店副理阔大的工作台上了。第二天,玫瑰精神十足,在饭店迎来送往,是一副比情人节还要得其所的姿态。我出入饭店大门,都要看它一眼,大堂副理也与我会意,眼睛笑盈盈,好像花与人,都是我的邻居或亲戚。

想想这位女记者,生得还算标致,可是对待玫瑰的草率和马虎,透出焦躁与干巴之气,成了她容貌的败笔。我朋友的女儿,博士学位,做一家外企财务总监,衣柜里的名牌服装,茂密如原始森林。她找我讨一盆茉莉,讨的时候夸张地喜欢了一番,不多久便任其枯萎在窗台上了。女孩子身上也是有一股焦躁与干巴之气,便是什么名牌衣服也遮盖不住的。前日晚饭,忽然上了广东的霸王花煲汤,汤一入口,心念一动,想起了我武汉大学的老师陈美兰。当年我做穷学生,陈老师怜惜我,请我到她家里吃饭。生平第一次喝到霸王花汤,就是陈美兰老师煲的,香得没有文字可以描述。在我的印象中,陈老师家是一幅静物画,画面上是许多的书、霸王花汤和几盆葱郁的花草。因此我的陈老师,当年便富有沉静女态之美好。后来因学问与人品愈好,被尊称了先生,鬓角有了白发,端地还是一位美人先生。我常默默想念她。我的想念是用记忆一次一次去认识与理解陈先生的美好之所在。对于女人,小到一盆掌上植物,也可算得花事。女人于花事是不可以忽略潦草的。是否养花弄草,那还是太具体的情节,自便便罢。只是说于花草的知觉、敏感、亲近、怜惜与护爱,那就见得女子性情了。天然如乡间的灵性女子,清早出门,经过篱笆,随手采一朵栀子花戴在身上,顿时便娇俏可爱起来。观音菩萨手里,时常也是要拈一枝柳枝的。寺庙里焚香,必定是阿兰若香最幽静典雅。花事不仅仅是一种形式,它与有没有时间无关,与有没有金钱无关,它是物质,却不属于物质世界,它只是与美有关,那是一种生命本源之美,是大自然与女人的密语,永远的密语。

第三辑　大厦脚边的豆豆店

一条大河波浪宽

有一首歌,曾家喻户晓,开头第一句是"一条大河波浪宽,风吹稻花香两岸"。很小时候,我就听熟了这首歌。多年来我一直以为歌名就叫《一条大河》,也一直以为这"一条大河"就是长江。

然而,今天,当我动笔写来,我忽然凝住。我发现,其实我从来不知道这个"一条大河"指的是哪一条大河,而原唱歌手郭兰英分明一口浓郁的山西梆子腔。要知道,五十多年前的歌手五十多年前的歌,绝对老实,是哪里人就唱哪块地界的曲。难道是黄河?不!黄河两岸只有高粱,哪见过稻花?唯万里长江,两岸处处丰饶秀美满布鱼米之乡以及姑娘好像花一样,我敢说世界上还真是没有哪一条大河可以与之媲美?好了。就从今天开始,我会继续糊涂下去。我不要弄清楚谁是"一条大河"。我宁愿,在这充满亲和力的大众的甜而不腻的旋律里,在这朴实的简单的大白话夸耀里,流淌的是长江。

长江是我的!

长江的颂歌是从古唱到今了。是精致美丽得后人再难填写新词了。我可以信手拈来。那是"两岸猿声啼不住,轻舟已过万重山",那是"山随平野尽,江入大荒流",那是"故人西辞黄鹤楼,烟花三月下扬州",那是"黄鹤一去不复返,白云千载空悠悠",那是"姑苏城外寒山寺,夜半钟声到客船",那是"大江东去浪淘尽,千古风流人物"。再或者,索性就是彻底的原始粗犷,裸体纤夫直接用生命气力呼喊川江号子,那是再也没有的激越雄壮,是再也没有的真实英雄。

长江是我的。在我感性世界的一片私心里,长江真就是我的。我从小到大,走亲戚,会朋友,看姑妈,找舅舅,来来往往,无非都是上重庆,停奉节,过三峡,走巴东,留秭归,到南京,去扬州,下上海。我仿佛生来就是一条长江的鱼,总归是在长江里游来游去。好玩不过的,还是常熟听古琴,苏州逛园林,武汉看东湖,杭州看西湖,爬爬黄鹤楼,坐坐寒山寺。好吃不过的,还是武汉莲藕排骨汤,菜薹炒腊肉,四川的鱼香肉丝,张家港一带的长江三鲜。家中的常备小菜,还是湖北本地的各种豆豉与酱菜,四川涪陵榨菜和泡仔姜,萧山萝卜干和绍兴霉干菜。

我当然承认,世界到处都有美景与美食,它们会召唤我们去猎奇。只有长江,不是我的猎奇,是我朝朝暮暮亲亲昵昵的生活习惯。猎奇是艳遇,而习惯是真爱。艳遇可有可无,真爱却是自家性命了。

同时,我也是长江的。我在俗世中讨生活,常有一颗动荡不安的心。在文学里、在音乐里、在诗歌里、在某个度假小城、在某片宁静海滩、在某个陌生或者熟悉的微笑里,我心亦可暂时栖息乃至起舞。但是,相对人生漫长的磨难,片刻的栖息与起舞都是客居。只有回到长江流域,回到江边,回到我的家,推开我的柴门,踏踏实实坐下,我的心,才妥帖。这种感觉,是每一夜与千万年,都会有;是长江给我的承诺与誓言,从来不曾落空。

长江的所有涛声,都是我的神秘絮语,是我的血缘遗传,是我的命中注定。从来,我都不敢想象,在我的人生中,没有浩荡江水,没有大小轮船,没有汽笛的滚滚长啸。当我把赤脚垂落江水,会没有细密波浪的舔舐?我会不曾经历滔天洪峰的震慑?不曾经历洪水泛滥时刻江面漂浮无数生物尸体的莫大无奈与深深哀伤？

是的我简直无法想象，假如我不曾在汉口的大街小巷多次迷路，我怎么能够得知城市的广袤与通达？假如我不熟谙湖北话和武汉腔，我怎么可以凭空虚构我的文学与文字？我的一年三百六十天，如果没有分明的四季，我怎么可以热烈地盛开与丰硕地结果？如若不是凭借江汉平原千百年积蓄的巫风与灵气，我那一次又一次的绝望将如何攀援、超脱、升华？我的长江，就是这样一个巨大的原生状态与具体存在。它不仅仅是历史，不仅仅是风景，它远远不止于哺养了我的生命。

一个人从事什么职业？在社会上如何安身立命？性情怎样？德行如何？会爱什么样的人？建立什么样的家庭？最终是何归宿？想必都有各自的原因，多数人的原因都是复杂故事，都有各种各样的机遇巧合。而我，只有一个原因，一个机遇巧合，那就是长江。

是长江，赠予我无数的现实感与无数的象征启迪。无数次与正在，对我进行浇灌与淹没，创造与毁灭，恩与威，同时并举，让我在备尝艰辛中寻找并认识最适合自己的生活态度与生活方式，逼迫我慢慢学会真实，良善，宽容；还有耐心与忍让，热爱与珍惜；还有勇敢，浪漫，自尊以及倔强。长江调教我，塑造我，让我成为有别于其他任何人的我自己——楚地的作家以及楚地的女人。

在我走过了世界上越来越多的地方，见过了越来越多的人，经历了越来越多的挫折，我越来越清晰地认识到：能够生长在长江流域，是我的万幸和运气。我的家族至今还拥有的记忆与可以追溯的往事，事无巨细，荣辱兴衰，所有渊源无不紧紧系于长江，这是我们家族的荣幸和福气。曾在我祖辈的江边客栈里住宿的纤夫们，早在陈年历史里便与我失之交臂，但是他们黝黑脊背上闪耀的阳光与踏遍千山万壑的铁脚板，凝结出一种大无畏的英雄气概，已潜移默化在武汉的大街小巷。当大街小巷的那些顽皮少年,在夏季骄阳下,爬上高高的长江大桥桥墩,往江水里纵身一跃,他们黝黑脊梁上的那道光芒,正与所有勇士一模一样。而我自己,也许背脊上没有光芒,我心里有,我自己知道。

  追随英雄的光芒,我已神游长江无数次。尤其近年,我借用谷歌搜索引擎,可以在瞬间身轻如燕地到达青藏高原。长江源头有几个我默念了千万次的名字:唐古拉山,沱沱河,格拉丹东雪峰,姜根迪如冰川。这些名字念起来是如此顺口与好听。于是,我随着长江跨越中国地势的三个阶梯。我到达海洋。我无数次被蒸发。我变成云朵。我一次又一次转化为雨,降落地面,滋润万物,汇入长江,一再转世,从无数美丽的名字里再生:还是做一个作家和女人,还是做长江的作家和长江的女人。

咸安坊的树和法国式的傻

只因武汉是我的家,居住越久感情越深;还因武汉是我写作的载体,那大街小巷的转悠和走访,便是我多年的生活习惯。

这个夏天,偶尔得了一个机会,我又去汉口咸安坊看了看。尽管就在江汉路步行街的背后,尽管四周日益矗立起高楼大厦,咸安坊依旧还是咸安坊,还是里弄式的石库门民居,还是20世纪初叶汉口大兴里弄建筑的纪念与缩影,只是现今已然尘满面鬓如霜了。咸安坊不仅仅是衰老了,更是多年来的破坏性居住严重戕害了它。一次次走进咸安坊,一次次发现这里越发拥挤臃肿,越发乱搭乱盖,越发凌乱不堪。这里随意牵扯电线,随意安装防盗门窗,随意在墙上钉上牛奶箱和信报箱,衣物也是随意晾晒。污水沟也许早已经堵塞,大热天的里弄一股酸腐污浊之气。假如有人具有特别的胆识,投入巨资,咸安坊还是有可能焕发青春的,就像上海的新世界一样。毕竟,武汉三镇,唯有汉口才有这种典型的石库门里弄。毕竟,汉口老城区曾经拥有的两百多条里弄,三千多栋房屋,皆已纷纷败落和残缺,也就数咸安坊还算比较完整了。毕竟,石库门里弄还是具有高度历史审美价值的,它是本世纪初的一次史无前例的辉煌,它的出现,横扫此前的板壁房民居,把武汉尤其是汉口推上了城市化的高峰。如今,中国又出现了新一轮的现代城市建设高潮,那么,石库门里弄的建筑完全就可以成为历史之美了。新旧的辉煌交相辉映,这会使一个城市的文明深度增添无限的层次感与厚重感。建筑是立体的诉说,这是别种诉说不可替代的。当然,秀才遇上兵,有理说不清。作为一介书生,我也只能是发发感慨而已了。咸安坊并不会因为我的感慨而得救,我呢,也只能是经常过来走走看看,默默目送它在岁月的周而复始中被慢慢凌迟处死。

这次来到咸安坊,有机会走进了咸安坊最大的一栋楼房,也是唯一一家独门独院,据说就是当年的房地产老板的住宅。他为自己,在这条里弄的最深处建造了家园。

果然是好房子啊!完全是西洋式的,高高的空间,厚实的砖石墙体,厚实的木质地板,转角楼梯直达顶楼,顶楼有宽敞的晒台。起居室、卧室、卫生间、厨房样样齐备。格子玻璃的大窗户,空花玻璃的大房门,房门把手,皆是精致的黄铜浇铸雕花。直到几年前,家里还有年轻人在这里结婚,花几天的工夫,将门把手擦拭出来了,依旧是富贵华丽的金色,依旧是那样明净耀眼。

可是,那又怎么样呢?

年轻人还是离开老屋,搬迁到新建的生活小区去了。年轻人谁能忍受咸安坊的老朽、拥挤与破败呢?

然而,搬迁到新区了,对咸安坊的怀念却是无法消弭的。汉口人,对于汉口市区的居住,对于出门就可以享受汉口的繁荣,那是永远的自豪、自得、习惯与向往。不过,遗憾也还是那样的沉重,原来咸安坊里弄,房屋毗连而生,地面水泥铺就,里弄里几乎是寸草不长的。窗台与阶前的盆花,是这些正宗的城市人,与大自然唯一的沟通和慰藉。这一次,我进入了这个独院,才发现,在这个巴掌大的院落里,居然保留下来了一棵大树。就这一棵树,也还是主人家费尽苦心,奋力抗争，好不容易让它得以存活到今天。可怜一棵大树，被围困在高墙之内，孤零零地守护在主人的窗前。可以见得，主人家还是喜欢花草树木的，还是憧憬大自然环境的。这棵大树的迎风摆动，也好比是对遗憾与委屈的一种诉说了。想必主人家再自豪也还是有遗憾的，让一棵孤独的树去说吧，自己不说也罢。

居住的自然环境，实在太重要了。甚至其重要性，超过了住房本身。因为自然环境是居住内容的延伸。因为户外的大自然，永远是动物最好的活动场所，因为我们归根结底是动物。我早年的几次搬迁，尤其奖励分配的住房搬迁，必然受到许多限制，基本是政府给你什么样的房子，你就得居住什么样的房子。可是，我就是不甘心。我就是想要户外的自然环境。我不顾人家的脸色，请求房地局让我多看几处房子。尽管都是很差的房子，楼层要么顶天，要么立地，几乎无一例外，我累死累活地奔走，一处一处地看，不是不明白自己的被敷衍与糊弄，就是想要选择一个相对好一点的户外环境。为了户外环境，最后我居然选择了汉西的常码头小区，那时候连马路和公共交通都没有，我骑自行车上班往返得两个小时。仅仅因为那是一个新的生活小区，有绿化，还有小小的街心花园。当时，我被同事们评价为傻子。

是的，我知道我傻。中国人很少有我这么傻的。不过法国人比我更傻，因此我还是可以得到一些宽慰。

不过也许法国人的傻，人家不叫傻，叫浪漫。一个国家傻子多了，就形成了浪漫主义。

我有一个法国读者雷娜其弟，一个奶酪工程师。一周三去城市中心上班，其他时间回到十分偏僻的"十个人的村庄"。"十个人的村庄"的村庄其实连十个人都没有。我们去玩的那天，全村就看见了其弟一个人，还看见了他的五头黑羊。其弟在这里购买了一群颓败的老房子。什么叫作一群呢？就是一群：一幢小楼，一栋面包房，一座大仓库，一栋拥有巨大厅堂的大屋子。这是一群古建筑，荒芜在那里多少年？时间不确切。法国政府很聪明，对于这些不具有特别文物价值的古老建筑，他们廉价出售给个人，唯一条件是：你必须修复原貌。雷娜的弟弟，我的同龄人，就把这一群破房子买了。此后，除了每星期开车进城上班三天，其他时间，全部用于修复这群老屋。

我们迷路几次，终于来到"十个人村庄"。雷娜其弟，一个朝气蓬勃又带着浓厚稚气的法国男子，高兴极了。不厌其烦带领我们参观他的领地。他已经把小楼修筑为木屋，外貌古朴，室内现代化。屋子里到处是书籍，包括卫生间也设立书架。他喜欢的非洲丛林鼓，洞箫和其他乐器都挂在这里。其弟用结结巴巴的中国话，非常认真地许诺：说是如果我觉得在这里有写作灵感，那么他乐意将整个二楼提供给我居住。他不吝啬居住空间，他的居住空间太富裕了。他的空间都是由他一个人修复创建，一切都是他自己慢慢地做。他的建筑工具已经装满了整整一个大仓库，包括起重机，吊车，车床和拖拉机。他开辟了菜地，自己种菜自己吃。他当场采摘西红柿款待我们。他养的五头黑羊不是用来吃肉的，是专门用于啃院子里的草皮，因此他就省略了机械打草——这是我头一次看见的最新颖的打草方式。我觉得只有法国人才想得出来和做得出来。

原来，这个村庄平时根本没有十个人，只有寥寥几栋房屋，寂静的森林和满地的鲜花野草。春天还不是度假的季节，只有到大夏天了，度假的日子到了，其他的几户人家，才会来到这里。他们一边享受海边的假日，一边修缮他们陈旧的老屋。说到这一切，其弟简直乐得合不拢嘴巴：就是没有人才好啊好啊好啊！如此傻乎乎，我们中国人肯定是望尘莫及的了。

我的另一读者，我为她取名方素娃。是根据她法国姓氏"弗朗索瓦"的谐音取的。方素娃居住在市中心,一栋祖传的小洋楼。地面两层,地下有一个地下室。房子的居住面积并不大,一楼是客厅,饭厅,过道和卫生间,楼上也只有两间卧室和一间卫生间。当她的孩子们幼小的时候,家里还是比较拥挤的,地下室也要当卧室使用。城市的扩大,使得他们家的屋后院子变成了大街人行道。作为补偿,政府允许他们家改建房屋,可以在自家院子里扩展。可是方素娃他们夫妇坚决不扩展。他们宁可要那片不算大的院落,也不要政策优惠的私房扩建。他们宁可长期拥挤居住,等待孩子们长到十八岁离开家庭。这个时候,他们头发都斑白了。他们一点不后悔,一点不抱怨,他们认为最美好的是:他们的院落保留下来了,他们那些生长了多年的植物依然在蓬勃生长,他们在院落里享受了多年的阳光、雨露和新鲜空气,提供了无数次安坐饮茶、凝神静思,他们家好动的大黑狗,也得以有一片土地尽情玩耍,因而延年益寿。法国人真傻得可爱,照中国人的聪明,那还能不抓紧扩建点房子日后好卖钱?!

在法国,在友人家里,一次次聊起居住,一次次想起汉口咸安坊和咸安坊的那棵大树,不免黯然神伤,唯有一声声叹气。我总在想:我们中国人,太聪明了,什么时候,能够变傻一点呢?武汉的城市人,打小就生长在咸安坊这样一些大街小巷里,按说现代文明程度要高一点,为什么,不能够,适当地变傻一点呢?

奇迹总会有

盛夏之妖

武汉这个城市,最好是从空中接近它。武汉的地理位置最优越的一点,在我看来,正是因为它在中国的中部。所以,无论你从世界的哪个方向飞来,在此之前,你肯定已经厌倦或者说熟视无睹了这样一些地面景色:连绵的山川,连绵的沙漠,连绵的黄土,连绵的大海,连绵的平原,连绵的现代化棚式厂房与连绵的高楼大厦。好了。武汉到了。土地开始波浪一般起伏,植被的绿色在光照之下深浅不一,错落有致。道路从空中看上去不是道路,是丝带,丝带委婉舒展,好似被微风轻吹而成,原来它们是因水系纵横而婀娜逶迤。在绿色的土地和委婉的道路之间,全部都是水。大大小小的湖泊,长长短短的河流,安安静静的水——在天空的视线里,雄浑的长江也是安静的。再近一点,水面闪光了,绿色植被具体到大树或者芦苇了。再近一点,看见湖畔的老牛和远处不太显眼的楼群了。这是一个得天独厚的决不呆板决不枯燥的城市,一个具有散漫之美的城市,一个颇有野趣意境的城市,一个侥幸没有完全变成暴发户嘴脸的城市。不过,不要忘记了我的前提,我说的是从空中接近与俯瞰。我有点抽象。抽象与距离产生美感,这对于我与我生活的城市之间,是一条非常重要的审美原则。当我从空中接近又还没有降落之前,武汉是世界上最美好的城市。

武汉的季节,是又一个奇迹。我以前的文字,对于武汉的气候,似乎都带了一些憎恶,曾经说这是一个水深火热的城市。但是,人的感觉是非常复杂的。憎恶与喜爱,会随着人的经历而此消彼长。人渐渐地有了年岁,走的地方渐渐地多起来,看的事物也渐渐多了起来,比较也就自然地多了起来,这个时候,方才知道自己真正的喜欢与憎恶是什么。武汉最著名的,大约是夏天的热。是的,武汉的夏天的确是非常炎热。热得没有道理,没有规律,非常任性,又不屈不挠,热得跟妖精一样。以前一到夏天,我就会选择一个北方或者海边的笔会去避暑。近年来,我不再特意寻求避暑了。因为,其实哪里的夏天都热,海边不仅热还咸湿,整日里皮肤上沾满黏糊糊的盐,让人很不清爽。如果到完全不热的地方,又不像在夏季里,过久了日子便很失落,好像被小偷窃走了人生的一个季节。那么就待在武汉的夏天里吧。待在武汉的夏天里,该流多少汗就流多少汗,也是一种痛快。单凭一支雪糕就可以生出对生活的感恩之情,我觉得这一点尤其好。人是要知道好歹的。知道好歹首先就要懂得什么是感恩之情。感恩之情是别人教不会的,全靠生活本身给予。武汉的盛夏真是有点妖精,正因为有了它,其他的季节就分外鲜明了。一立秋,后半夜就凉了,虫鸣就细了,桂花就香了。冬天就格外寒冷了。春节也就可以围炉喝酒了。白雪之后的春天也就来得格外喜人了。春往秋来,寒暑易节,四季鲜明,感受不仅总是强烈的,还总是常新的,这对于喜新厌旧的我辈之人,就很有一点诱人了。

我与武汉,其实没有更具体更深入的交往。我的朋友中武汉土著也非常稀少。全国人民传说的关于武汉的各种人文特点,都似是而非,我从来不往心里去。我觉得现在全中国的城市都一模样,几十年来,一种教育,一种制度,一种口径,大家关键的优点和缺点都差不多。哪里都有小市民和自以为是大市民的小市民,每个城市一般都习惯欺生,都爱好恃强凌弱,说搞经济都搞经济,说建广场都建广场,说学习三个代表都学习三个代表。一个人无论生活在哪个城市,都不会完全满意和完全不满意。我的小说,只写自己塑造虚构的个人形象。种种感受和描述,也许是从天空中得来,也许是从季节中得来,也许从非常遥远的记忆中得来。比如短篇小说《金盏菊与兰花指》,几乎是从睡梦中得来。至于小说中出现的地理背景,有许多时候,仅仅是一个载体而已。如果仅仅就小说载体而言,我以为武汉是最单纯也是最丰富的城市了。它没有北京那么政治,那么先锋,那么霸道,也没有上海那么时尚,那么经济,那么自恋。更不像江南那一片土地,千百年积淀下来的江南文化,阴魂不散,谁走了进去,出来的都还是那副绵软的腔调,辛辛苦苦挣扎出一些文字来,却还是倚靠着江南文化在撒娇。武汉这个地方有趣,其实中国古典的传统文化在这里是最悠久的,高山流水今还在,黄鹤楼也是稳稳矗立在那儿。但是这地方也特别容易忘记过去,把琴台不当回事情;把龟蛇二山也不当回事情;把租界那么多漂亮洋楼,也不当回事情;连把汉口这个举世闻名的地区称号,也不当回事情;"汉口"居然被现政府的地名办,莫名其妙地丢失了。丢失了也不打紧,全市人民都知道照样这么叫。武汉这地方就是这么江湖、散漫、任性、侠义、火气大、兵气重,五湖四海,千人千面,萝卜白菜,各有所爱,的确是一个写小说的好地方。

在武汉写小说,可以不写武汉。我的这篇小说,在武汉写成,主角却是一个四岁的小姑娘。无数次对于孩子的注视,无数次羞煞了我的成年人的流俗,懒惰与丑陋——我指精神上的流俗,懒惰与丑陋。生命之美,被孩子们创造与挖掘着,细腻,精密与顽强,十分动人。我会长久长久地注视孩子。我时常梦见一个小姑娘偷摘鲜花的过程。她用偷摘的行为为自己制造幸福的感觉。我觉得我受到了极大的震撼。而我的震撼,迟早都是会用小说表达出来的。因此,我写了一个四岁的小姑娘,可它绝对不是儿童文学。就我自己的感受来说,这是一篇美丽的小说,当我感觉它是一篇美丽小说的时候,我就想把它作为一个礼物,纪念一个值得纪念的日子或者岁月。

我在秋天的风雨中写作,在我生活的汉阳写作,没有人可以进入我的城市,我很自由。当我写完了这篇我喜爱的小说,走到户外,侧耳谛听江轮的汽笛声,我就再一次喜爱了我居住的环境。让我想想我与武汉这个城市的关系,我想我与这个城市,酷似狗与狗窝的关系。这是我的一个老窝了,多年来,我在这窝里扒拉,嗅嗅,转圈,睡觉,做梦和哭泣。我习惯了。我与它气场匀和了。光凭气息和声音,我就知道自己不是陌生人,于是就容易安心。

不过,谁又不心存流浪的幻想呢?明天我就启程去远方了。

水是不能忘记的

武汉这个城市,对于我来说,更重要的意义是,它是我的小说。我小说里头的武汉,是虚构的,不能完全与现实等同的。因为我总不能够飘浮在空中写作,我必须有一个立足点,站在那里,放出我漫长的视线;我总得有一个熟悉的地域载体,用以展示我对于人类的种种感知。有些读者,阅读了我的小说,来到武汉,大呼上当。这就别怪我了,就连我自己,在武汉生活了半辈子,许多时候都还想大呼上当。当然,我不是因为阅读谁的小说来到武汉的,是我的命运决定我生活在武汉的,我没有地方去喊冤。

然而,随着年齿的增长,我逐渐明白了一个道理:没有不好的地方,只有不好的生活;没有不好的风景,只有不好的心情。加拿大的温哥华,气候温和,植被充足,有最理想的海湾和阳光,据说是最适合人类居住的城市,然而,我在温哥华访问的一天深夜,我的一个温哥华朋友,独自坐在客厅里,绝望地啜泣。连温哥华都有人恨呢!

于是,我经常地逃离武汉,又更经常地回到了这里。我发现了武汉之于我,有一种隐秘的迷人因素:这就是水。

武汉的水,那真是最好的了,是别的任何城市都没有的,它同时拥有雄浑的长江和浩淼的湖泊。武汉的湖泊,可不仅仅是作为风景区的东湖,它还有许多许多的湖泊,有名的,莫名的,大的,小的,走不远就可以遇上一个。一个人活着,也许连自己都没有意识到,他会经常地需要一种精神意义。他可以随时随地去江边;他可以随时随地去湖边;他可以在车里边,路过有水的地方,就那么瞥了一眼,心就一动;他可以枯坐在家里,眼睛和心情却在长江奔涌或者在湖水里荡漾;他可以在呼吸的时候,感觉到充沛的水分在滋润自己;被滋润的感觉,当然是最好的感觉了。

就是这样,喜欢上水了。长期没有水,人就非常枯燥。有了水,人的聪明劲儿就敏感和勃发。武汉有这么好的水,这是没有办法的。它因为好水而迷人,这也是没有办法的。这样的城市,有再多的缺点,可足一个优点就可以迷住你,这也是没有办法的。

上海的现实主义

清明将至,细雨霏霏,我来上海,为故去的亲人上坟扫墓。我来上海多少次了?不记得了。因是喝长江水长大的,长江沿岸的城市,都有稔知感。尤其是上海,有骨肉至亲生活在这里,从小到大,来来往往,积累起来,也是许多个日子,仿佛上海,也就是我的一个远房亲戚了。

上坟扫墓,在上海,是每年的一桩大事。清明前后,公共交通公司都要为此开辟公共汽车专线,远到苏杭,嘉定都算是近的了。清明节的扫墓,上海也还有自己的许多说法和专用名词,外地人一般是闹不懂的。比如扫墓供品中,最基本和最常用的是青团。麦青草与糯米和豆沙制作的一种糕点。这是新春的时令点心,人爱吃,鬼也爱吃,大家都爱吃,什么道理?却不知道。我在一家大超市买青团,六只一盒,三元钱。回来路过好德便利店,青团却是一盒六元了。我就不明白为什么同一天,同等大小数量的青团,价格可以相差一倍。好德便利店是上海人自己开的,是开在家门口的杂货铺,它的服务员是阿姨型的,四十多岁五十出头,胖或者微胖,性格温和,一口上海话,上海的人情世故,无有不懂。上海不像其他许多城市,一味地好年轻姑娘。这些姑娘,脸面也许年轻好看,问她什么,却瞪了无知的白眼,一问三摇头,如此,这个城市给人的感觉,就是薄薄的不牢靠,不厚实,不亲和人,可要可不要的东西,就不想买了。上海却不,只要它愿意,它会设法让你把口袋里的最后一分钱,都乖乖掏出来。阿姨好脾气,耐心教我道理,说:"这青团是好的呀,那青团是摆摆样子的呀。要是自己吃嘛,一定要买这青团。那青团呢,大家都是拿去做事的呀。"做事就是上坟。上坟的供果,因最终都是给看墓人拿走,上海人便会选择一些便宜的瓜果糕点,摆摆样子,让仪式得以完成。如此看来,上海人就显得薄情寡义了;可是要说上海人不讲感情,那也不对,年年的清明,家家都出动,大举地做事,其态度与规模,其他任何城市都难以匹敌。一旁忖度忖度,才明白,上海人是实在与理智,怎么也不肯花冤枉钱。清明是一定要上坟的,悼念也是一定不要忘记省钱的。细雨蒙蒙的上海,满大街奔波着扫墓人,昂贵的鲜花与糕点,照样还是消费不了多少。眼里是要噙着泪水的,东西还是要寻找便宜的。上海人把事情做得哀而不伤,有节有度,感情上再难过,心地里总是有把守;钞票花费到什么程度,手指缝都还是捏得出分寸来,绝对不会恣肆汪洋。这便是上海式的现实主义了。

上海的现实主义很是难得,冰冻三尺,非一日之寒;树大根深地密布在生活的纹理之中。你进入了上海人的日常生活以后,有一天,他们就会告诉你:"法国葡萄酒是好的呀!在麦德龙和家乐福,三四十元,也可以买到很不错的波尔多红葡或者白葡;中国的王朝和长城,那是难喝得来!还要七八十元,千万不好随便买的了。"

关于职业的选择,上海人也是要告诫亲朋好友的,他们说:"现在最好是去做教授。做生意嘛,好是好的来,不过风险大,又辛苦,还要运气好;大多数人,运气都有定数,哪里有那么多的好运等着你呀?做生意嘛一般人还是吃不消。现在在大学做教授,动动嘴皮子,一个月收入上万元还是毛毛雨,又受人尊重,又有派头,现在国家把教育当产业抓,做教授肯定是最好的呀。"

奇迹总会有

近年来上海人生活中最重要的大事，要数买房。街道上最多的门脸，也是房地产中介公司，三五步就一家。也许是中国经济发展的玄乎劲，让上海人嗅出了一种难以把握的不安稳，只有不动产才是最牢靠的。于是家家户户都在盘算并行动着：如何小房换大房、如何大房换别墅、如何买头期开盘房、如何按揭买房出租还贷；今后任你风雨飘摇，房子总归屹立在上海的大地上，上海总归是中国最繁华的大城市，人人都想来上海，上海的土地总归越来越少，因此今后房子的保值升值绝无问题。上海人坚信：上海的住房是一个硬道理。

若以为上海是一个香风温软的城市，那你就大错特错了。首先，上海总是有十分强劲的风，动不动在窗外呜呜响得怕人，到底是海边的城市，难得中原城市的风和日丽。上海的行事作风同样很硬派，满大街都是硬道理。你在别的城市买机票，都可以谈折扣，五折票也是经常会有的事情，在上海你就休想。在上海你想安装一部电话，你不往电信局跑几次并耐心排队并提前交足预付款，期望像许多城市那样给电信局打个电话就来人装机，那你也休想。上海大街上的标语，一味都是灌输上海的硬道理，如"电动自行车一定要入库，不然几秒钟就会失窃"，"不存放电动自行车，省了小钱失了大钱"，等等，都是特别露骨头露鲜血的危险与警告。按说缓缓步入餐厅，应该是有一点诗情画意的事情，而你步入上海的某些餐厅，不当心就看见了餐椅背靠上的广告词：进餐带套　一防污染　二防被盗！进餐还要带什么"套"吗？这是很突兀很吓人的话，如果对上海的现实主义没有足够的了解，多半要被"进餐带套"吓得诗情画意全无。其实这广告词也就是说：进餐的时候，顾客将外衣和随身小包挂在餐椅椅背上，那么就应该使用一只椅背套子。一般说来，凡诉诸文字的口号标语广告词之类，人们写出来的时候，自然就会考虑一点对称与押韵，含蓄与艺术感染力什么的，上海却不管这些，上海的文字个个都砸到实处,要叫你懂得害怕,要叫你明白人人都在觊觎你的钱,这就是上海的习惯做法和春夏秋冬,是日复一日的上海日常生活了。

上海人生活得是如此本位,对于国家政治与社会体制与贪污腐败等问题,就是不像其他城市的人群那么关注与激烈。上海人清醒客观得很,根本懒得怨天尤人,要的只是自己兢兢业业地操持自己的日子,所有的日子串连起来即是自己的命运。可以想见,物价再涨,世道再乱,上海人的日子,也会过得稳妥,很难发生饔飧不继的事情。一日三餐是安定团结的最基本保证,既然都可以把握在自己手中,上海人自是心平气和的了。于是乎,上海的温然怡和之气,也就由大街小巷千家万户,不谋而合地,点点滴滴地发生与散发出来,弥漫在这个长江入海口的城市上空,弥漫在百年来的发展历史里,成为上海这个城市的文化基调。

上海的文化基调,走马观花的人大都有误解,似乎上海就是中国的灯红酒绿,花花世界,人人都在享受生命,贵夫人娇小姐小白脸的公子哥儿都在极尽奢靡。世面流传的一些文字,大都也是写写上海的旧时洋楼,今日的酒吧;起死回生于新旧时代之间的爵士乐,美酒加咖啡,一杯又一杯;老洋房里头的绅士,江边外滩的水兵;昔日名媛与歌女的香氛丽影,浦江两岸的异国建筑与不夜城的激光灯。这是上海,的确是上海,却不仅仅是上海。这些物质生活与精神性状,在上海在着有着,在巴黎,在纽约,在阿拉伯世界,在非洲,一样也都在着有着。人类的物质生活与精神形态,在本质上,不以地域空间划分,而以阶层等级划分,富有阶层都拥有同样的物质,因此形成了他们同样的生活形态。这个生活形态一律都是豪华的,精致的,奢靡的,艺术的,享乐的,这是一个以物质文明的最好为原则的形态,绝不独独是上海。

上海是上海人民的,人民是指一个绝大多数的群体,上海人民才是上海文化的代表。是他们创造并发展着上海这个城市最本质的东西:血肉,面貌,语言,思维方式与生活方式。上海人民最善于为个体生命营造安身立命之所;安稳与实惠,是支配他们行为的根本宗旨。上海人民理智面对现实的态度,无疑形成了上海的生存哲学与主义,在当今中国独树一帜。

也许你会嫌上海人说话行事太严谨,太精明,太实在,太清楚,也太啰唆和太绵长,密密匝匝,嘀里嘟噜,没完没了,不留空隙,缺少飞白;那你就得去武汉这样的城市。到湖北去,到四川去,到东北去,到西北去,到山更高水更远的地方去。武汉大街上的标语,长的是:明日拆迁实无奈,今日挥泪大出血。短的只有两个字:瞎卖!更有多情博爱的:本店一律跳楼价!朋友,只要你来,我就为你跳楼。无论是瞎卖,还是挥泪,还是跳楼,文字里都透出疯癫痴狂,写字人的骨子里头,都是激情荡漾的,完全是一种不顾现实的态度,都可笑,可恨,也可爱,看了叫人牙痒痒。却原来,上海才是关怀人生的冷暖温饱的,上海才是一个温情的市民城市;武汉这种江水奔流的城市,到底总是江湖的,动不动就是雅兴一来诗下酒,豪情一去剑赠人;动不动就是人生在世不称意,明朝散发弄扁舟;动不动就是革命自有后来人,砍头只当风吹帽。激情过后呢?剩下的漫长时日呢?武汉人没辙了,搞不好就容易自暴自弃了。却原来,还是依靠上海的现实主义,才可以支撑漫长的日子;支撑得好,也才会有国富民强的可能性。对于现今的中国,对于现今许多烦躁不安、心气不顺的中国人,对于那些时时刻刻有可能变成亡命之徒的迷乱者,上海的现实主义的确是好的呀——"好的呀"是上海人的口头语。

从中国医学的角度来分析,上海的现实主义不是鹿茸,不大补;不是大黄,不大泻;不是吗啡,不麻醉;不是罂粟,不痴狂。上海的现实主义是冬虫夏草,性味平和,是中国的温补,既补内虚,也补外燥,还固本生精,提高免疫力。这是我学过医的毛病,喜欢乱开处方,不过是一个玩笑罢了。

大厦脚边的豆豆店

气派的永远是高楼大厦。

高楼大厦炫目耀眼,结构复杂,进去之后,人便要挺胸,不挺胸你就会觉得自己矮小和猥琐。高楼大厦有一点店大欺客,绝对需要金钱撑腰。

豆豆店就不同了。豆豆店是那些坐落在大厦旁边的小店铺。它们还有各自的名字。它们会叫"热点""心动""互动地带",等等。豆豆是它们最精确的形象代表,它们不仅小而且巧。豆豆店绝对表现自己的个性,它们都是色彩的审美大师,有的以粉色为基调,于是这个店子便轻盈如粉色云霞,货架上的布娃娃、餐巾纸盒,文具,窗帘,闹钟,全都是粉色的,真个玲珑剔透,温馨浪漫,看哪儿都舒服,摸哪儿都温柔。有的豆豆店取海水蓝,连售货的女孩子都扎蓝色的头巾和浪花边围裙。还有的店子只要酷:手表埋在黑沙里,黑沙装在银杯里,仿真手枪挂满了墙壁,瑞士军刀拉开勇猛的架势。豆豆店全部都是开架售货,货架设计都颇具匠心,好多货物只为匠心而存在,如小拇指大的玻璃瓶,用精致的花边扎口,里面装着半瓶五彩豆;再如螺丝焊接的抽象小雕塑;它们有什么实际用途呢?完全没有!

某一天早上醒来,我突然吓了一跳,怎么我会更喜欢逛豆豆店呢？老夫聊发少年狂是潇洒，老妇聊发少女狂就是愚蠢了。中国女人就是中国女人，你想解放自己，上下五千年都不允许，别说年龄的差距了，就是模样生得不漂亮，胸口发疼了也是不让捧心的，捧了便要被人讥笑为东施效颦。话说远了。就算话不说远我也不会自己突然走进豆豆店的。豆豆店是我随着女儿走进去的。我的小女孩儿不知不觉将我带进了返老还童的仙境。你有一个小女孩儿，你就不会老，永远！女儿拉着我的手，我们时常要去逛豆豆店。我们母女跟随彼此的感觉走，她会喜欢上阅读，我会喜欢上豆豆店。我们渐渐发生着互相的喜欢与欣赏。

女儿还不会写文章，我已经会写。于是我要把自己现在的感受写出来，将来好给她看；将来我写不动了，想必她会有文章给我看了。现在我喜欢豆豆店的原因是：豆豆店没有成人商品的实用主义，没有豪华商厦那么拜金，它们是各种式样奇特的背包，是背包和牛仔裤裤襻上的挂件，是奇思异想的手机套子，是顽皮的钥匙圈，是廉价的夸张首饰，是带锁的美少女日记本，金灿灿的锁头，小巧得惹人爱怜，锁住的一定是甜蜜梦想。它们是一些无法拒绝的小可爱，一点点的聪明与唯美，到处透露，毛茸茸的，还有线头刺毛毛的，远远算不得精细，恰恰也就显得不成熟不陈腐，不功利不虚伪。这些相状与品质，都正是被成年人遗漏和丢弃的东西。

晒月亮

  常熟有一座山,叫作虞山。虞山有一座寺,叫作兴福寺。兴福寺有一把年纪了,大约一千五百来岁。寺内山坡上有一片竹林。山坡上有竹林不稀罕,稀罕的是竹林里面有一条曲径,竹林里面有一条小径也不稀罕,稀罕的是这条小径被一个唐人写进了诗歌。稀罕的是这首诗歌到现在依然非常动人和广泛流行。我曾经好几次听见父母们教导幼儿背诵这首唐诗。有一次居然是在麦当劳快餐厅。这首诗歌我也记得。便是唐人常建的:清晨入古寺,初日照高林。曲径通幽处,禅房花木深。山光悦鸟性,潭影空人心。万籁此皆寂,唯闻钟磬音。更为稀罕的是,兴福寺的诗是好诗,字还是好字。字是宋人米芾写的。米芾湖北人,出了名的任性和疯狂。有洁癖,好奇装异服。性情渗透了笔墨,字是又诡异又憨厚,漂亮得出奇。这样,兴福寺就不是一座等闲的寺庙了。

  今年四月的一天,我就住在这首美丽的诗歌里面。清早起床,推开房门就是竹林。走在竹林的曲径上,梳着头发,根根发丝都飘向远方:唐朝和宋朝。忽然发现,美丽的东西是横截面,一旦美丽便永远美丽。真正的美丽决不随着时间线性移动。美丽是不老的。

  兴福寺的茶也是兴福寺自己的。茶树就生长在兴福寺后面的山坡上。沏茶的水也是兴福寺的,是一眼天然的泉水。水杯是最普通不过的玻璃杯。水瓶也是一般常见的塑料外壳的水瓶。水瓶上用油漆写了号码。油漆已经斑驳,暗中透着沧桑。不知沏了多少杯茶了!也不知有多少人喝了兴福寺的茶了!我成了其中的一个。我平日不怎么喝茶。为了睡眠,下午是尤其不喝茶的。来到兴福寺的下午,我破例喝茶了,一杯接着一杯。没有别的原因,就是因为茶香。无须精致茶具的烘托,没有礼仪仪式的引导,这是一种明明白白的清澈和香甜。能够享受一次这种清澈和香甜,还管睡眠做什么。

入夜,听慧云法师讲经。古老的寺庙,偏偏有年轻的小当家。二十来岁的慧云法师,相貌还没有彻底脱去男孩子的虎气,谈吐却已经非常圆熟老到,可以举重若轻地引领我们前行。很自然的,人在这种时候就有了要求进步的愿望,就有了坦坦然然地说话。不过我不知道自己进步了没有,这是需要时间才能够证明的。可以肯定的是,要求进步总比不思进取的好,努力了总比不努力的好。努力至少是一种健康的姿态。

夜深深,在寺内缓缓散步。看风中低语的古树。看树叶滑落潭水。看青苔暗侵石阶。看夜鸟梦呓巢穴。看回廊结构出种种复杂的故事。看老藤椅凝思深夜的含蓄。看时间失去嘀嗒嘀嗒的声音。看僧人们的睡眠呈现一种寺庙独有的静寂。

看细细的茸毛在皮肤上悄悄生长,皮肤的质感因此变得柔和而华丽。看身体的条条曲线向着灵魂蜿蜒,欲念因此变得清晰。看你的眼睛里面有我的眼睛。看你的笑意包含着我的笑意。看你心情覆盖了我的心情。什么都看得见。朋友们和我自己,在这一段时间里,都变得很透明和很简单。不思不想,无忧无虑。所有的牙齿,都曾经被烟垢污染,不记得何时有过今夜的灿烂。一笑,就有月光闪烁。这月光注定会温暖日后漫长的生活。这就是兴福寺的月亮!

兴福寺的月亮是世界上唯一的月亮。因为它有兴福寺。它有兴福寺生长了千年的自然环境和人文环境。还有兴福寺的院墙作为我们获得某种特定感受的保障。兴福寺的月亮不是单纯的月亮,是成了精的月亮。是我们的月亮。因为我们已经是成年人了。

我在新疆旅行的时候,遇见过又大又圆清澈如水的月亮,可它的背景是沙漠。那种月亮活像假的。真实到你无法把它当真。点了篝火,吃手抓羊肉,大碗喝酒,然后在马头琴的伴奏下舞蹈,一夕狂欢。最狠狈的是天明之后的灰烬、垃圾和残酒。因此那种月亮更适合失恋少女,行吟诗人,偷香窃玉者,野外科技工作者和深受声名富贵所累的成功者,不是我这样的人。而我,还真就是喜欢兴福寺的月亮。从离开兴福寺的那一刻起,我的等待就已经在悄悄蔓延。我会耐心地等待再一次的缘分和机会,能够再去兴福寺挂单住上几日。白天喝茶,到了晚上,就出来晒月亮。

聆听万籁

聆听万籁,是我的一捧还魂土。

近四年来,我和爱人,常常自己旅行。我喜欢坐火车。我选择火车的主要原因之一是:可以听到许多人说话。

一旦进入火车站,你就可以听见许多人在说话,而每一句话,都是人间故事。更有意义的是:由于大家都是陌生人,人人意识里都有一种由陌生感带来的坦然与平等,且微妙地形成一种默契:在一声汽笛开车之后和到达目的地顿作鸟兽散之前,大家都是萍水相逢同舟共济的临时好友,谁都无须戒备,谁都无须谨小慎微,谁都无须说假话空话套话,因此,一份无意的真率就从人们的声音中自然流淌出来。于嗡嗡众声里感受与判断出人心的喜怒哀乐,对于我,无疑就是他山之石,可以为错。

一次又一次,我在候车室,坐在众生之间,默默无语,只是聆听。我默默行走在站台上,于人流之中,只是聆听。火车用它的车厢把人们的声音集中在一道狭长的甬道里,我只需静静立于某处,川流不息的生活之声,就会源源不断地汇聚于我的聆听。聆听,感受,分析,判断,直至写下笔记,这样的过程,我可以感觉自己正在丰厚的生活之中深深地进入。况且人类也是有天籁的,真率之声就是天籁,蒙童的声音就是天籁。永远忘不了那一次,我对面的铺位,有一个三岁的小女孩。上车以后,她身子扭扭地依偎在母亲怀里,咿咿呀呀,奶声奶气,说个不停,在我听来,她的声音好比玉帛钟鼓一般悦耳。突然,火车一头闯入隧道,车厢顿时漆黑。

小女孩失声尖叫:"光呢?"

"妈妈,光呢?谁把我们的光拿走了?"话音刚落,火车冲出隧道,车厢忽然大明,小女孩立刻又欢叫起来:"光有了!光有了!"她是如此惊喜,如此激动,雀跃蹦跳,手舞足蹈。闻此天籁,我心里一动,眼睛就潮了。可不是吗?光是何等大物事啊!是什么时候,我失去了对光的感动能力?

我时常聆听夜的声音。最初,并不是我特意要去聆听,甚至,在此前漫长的年月里,夜的声音没有惊醒我的意识。绝大多数夜晚,我总是在劳碌一天的疲乏中浑然入睡。记得那是某一个并不特别的深夜,我正在翻阅一本什么书,忽然,我感觉到有东西接近了我:一种轻盈与庞大的亲昵,一种蹑手蹑脚的低声细语,一种熟稔又新鲜的天然乐声。这是夜的声音!我放下书,来到阳台上,推开所有的窗,开始凝神谛听。原来,夜并不是寂静无声的,夜是一首率性的大合唱。青蛙和蟋蟀最响亮,它们的响亮是那么理所当然,因为它们与人类最熟悉。各种小虫热闹而顽皮,要么一呼百应,要么争先恐后,要么不约而同收声敛气,单单显出几个冒失鬼叫到忘情的滑稽。这些小虫是谁呢?那个与所有鸣叫都绝然不同的丝竹之音,是谁在弹拨呢?大概这是我永远都无法知道的大自然的秘密。不过我只管把它们联想成蚯蚓、蚂蚁、蜜蜂、黄蜂、蝴蝶、蝙蝠、蟾蜍、蛾子、金龟子、铁牛,还有挂吊在柳树梢头的一种蛹。我认定蜘蛛和最小的瓢虫都是有声音的。鸟在睡眠中也有梦呓。鲜花的开放也不会无声无息,毕竟是一片花瓣与另一片花瓣的亲密摩擦呢。就这样,我用心地聆听着,我发现自己的呼吸和情绪都在发生变化。紧张与焦虑被悄然改变，一些愉快的事物来到眼前。白天发生过的苦闷与绝望或者刺痛，愧疚地承认它们过于情绪化而静静蛰伏下来，接受我冷静的注视与思考，逐渐化作绵绵云烟消散于夜的广宇。这真是太奇妙了！就是这样，此后许多的夜深人静之时，我常常会进入夜声之中，只为聆听。

只为聆听，只为聆听。

夜只是人世的寂静，却是万籁的繁华。大地上所有洞穴与缝隙发出的生命之声，其实是一首生命的颂歌和献给人类的摇篮曲。在聆听中，我不仅可以获得安心与安稳，还会获得文学的灵感。我会在聆听中冒出诗句就像山涧涌出泉水。还有那么一次，我从深夜的睡眠中突然被什么惊醒，侧耳细听，发现四周一片死寂。原来正是这死寂之音惊醒了我！是夜的噤声在惊醒我！是摇篮曲的突然中断在提醒我！我立刻警惕起来。少顷，一声轰隆巨响，我家一面墙壁遭到了异常的猛烈的撞击，原来是隔壁邻居家中央空调那巨大的立式外机，劈面朝我家墙壁倒了过来。正是小虫虫们首先有了预感，正是它们用屏息静气向我发出了警告，突然的静音是这样强烈的动静，使我有了一个感觉上的缓冲，不至于在沉睡中猝然受惊。

聆听夜的声音，逐渐成为我日常的习惯。习惯成为自然以后，给我带来了一次认识上的正本清源：原来我以为一切声音是我自己刻意听取的，是我自己为自己营造的，其实不不不！夜的声音并非是我聆听而来，也并非人为的诗情画意的虚构与塑造，更不是来自自然主义、环保主义或者任何主义。它的存在是大自然规律，是巧不可阶，是天经地义，是万事万物在共生共荣之中必然的繁殖、代谢、呵护、提醒、钟爱与夜的永恒温情——只需，而且唯有，我们善于聆听。

善于聆听的还包括对于人为声响。社会活动与各种会议也是有声音的。我也学习着聆听。我聆听各个城市大同小异互相模仿争相攀比的商业步行街,经济开发区,雕塑广场,美食风情街,豪华金融街,酒吧,夹杂着英语的流行歌曲和楼盘名称。也聆听老的旧的棚户建筑和路边小店,这里大多是热火朝天的大排档和卖弄风情的休闲屋。我聆听:漫天飞舞的手机短信,草率伪劣的仿古建筑,农药化肥残毒量超标的食品。我夹杂在一行人之间,去豪华餐厅吃饭,一层层通过敬礼的保安和媚笑的迎宾小姐。筵席永远过于丰盛,现在除了豪华大菜,还兼上西菜了:牛排,香煎鹅肝,奶酪焗蜗牛。觥筹交错,纸醉金迷,卡拉OK,人们在往死里吃。凡此种种,都会发出声音。声音就是述说。我吃得极少,我聆听。在聆听中,我日渐成熟,虽心灰意冷,黯然神伤,却也懂得声色不动,面对现实,顽强坚持。持之以恒,必有收获。因为,自然存在与现世存在都是现实,同时也都是象征;都是世俗,也都是彼岸。

　　解听犹如解风情,是一个人进入自由思想王国的标志。一旦解了风情,对表浅的一切就不满足了。就会想要更深厚的,更宏大的,更本质的,更智慧的,并希望运用这种深厚、宏大、本质和智慧于现实。当然,个人希望也许永远只是个人希望,然而无疑地,在聆听中可以获得教益和进步,就像大地可以生长麦子那样真实。

晤 雨

酷暑季节,三伏天,一连多日的太阳都是炽热白亮,路上冒烟,土地龟裂,我开始祈求福佑。一天的工作,一天的奔波,无论何时何地,无论在做什么,心里始终都不肯放松一个默诵:来吧雨,来吧雨。日复一日,这种默默的祈祷好似生命的节奏与歌吟,一遍遍重复与循环。

这一天下午,工作告一段落,我出门收回晾晒的衣物,高举双手,从晾晒绳子上取衣物的同时,我的祈求依然在无声地重复。忽然,一滴雨,一滴明晰的,圆圆的,大大的雨珠子,不偏不倚滴在了我的指头上。雨的凉意,从我的指尖,闪电一般掠过我的身体,顿时掠走了多日的炎热,答复了我内心的祈求,我真是惊喜万分。穹隆如此高远,天空如此广袤,这第一滴雨,是怎么从飘动的雨云里,准确落上我的指尖呢?这是一个奇迹。或者说,我宁愿把这第一滴雨当作一个奇迹。尽管只要有电,只要空调没有坏掉,我们按下开关,空调也可以给予我们凉爽,但是空调的凉爽不是大自然的奇迹,它只是与开关有关系,与我的内心呼应没有关系,它无法激起我刹那间异常的激动和格外的快乐。我赶紧跑回家,进门就满脸喜色地向家人宣布:"下雨了!"

没有人相信真的下雨了。大家似乎不太在意我喜滋滋的宣称，似乎也理解和体谅一个人在连日的炎热干燥中产生对雨的憧憬与幻觉。我自己依然喜滋滋的。我立在门口，望着外面，心里的祈求继续悄悄歌吟。静静的一刻过去了。雨的声音来了，十分响亮和明确地来了。凉爽的雨幕就像是我召唤而来的精灵，真实地由远及近，终于全面展现。

你怎么知道下雨了？大家看我一眼的神态，分明是这样问我，致使我十分得意。我笑而不答。我要为那第一滴敲醒我的雨珠保密，为我自己对雨的祈求与呼应保密。我和家人跑到雨中，尽情淋雨，踩水，顽皮孩童一般，是难得的调皮和兴奋。

我想科学家的初衷一定很好，人类一定是希望通过科技进步物质发达来幸福人类自己。可是人类的复杂性却太容易让幸福表浅化、模式化和机械化。巨大的利润带来恶性的推销，恶性的推销带来强烈的物质虚荣，物质虚荣支配着时尚文化与社会风气。反过来，时尚文化与社会风气又刺激着机械和简单物质欲望。总之人们现在是越来越依赖机器了。冬夏是空调机的。眼睛是电视机的。双手是电脑的。双腿是小车的。报栏里经常有征婚广告，许多广告宣称自己富有得"以车代步"。我真是从心里倍感悲哀，一个人连走路都不会了，还敢自我标榜过着美好生活！过多地依赖机器使得人类是这样懒惰，苍白乏力，无聊和无趣，大街上浮肿虚胖的胖子越来越多。我的耳边，朋友们几乎无人不在喊累。许许多多的人都因为情绪低沉难以开怀。我深信，普天之下，一定不会是我一个人接受了上天的恩赐，第一滴雨一定不仅仅只给我一个人。然而，我也深信，更重要的还有个人情怀，你得对于大自然保持你的敏感与呼应，你得怀有一份眷恋与共生的真心，去接受与发现那第一滴雨，才会获得真真的清凉与感激。

同样还是雨,也有下得山呼海啸,泛滥成灾的。武汉夏季的雨,的确是我这半辈子在其他地方没有见过的暴烈。那是一种没日没夜没头没脑的猛抽,膂力惊人,打得天下万物东倒西歪千疮百孔。乌云压城,闪电霹雳,飞机停飞,高速公路关闭,道路沉没,漩涡翻滚,大树小树连根拔了,竹林成片倒下,户外成了无人的世界。电也忽然停了。意想不到惊雷会横空出世,偏偏滚到你脚下炸响,同时一道耀眼强光吞噬你的全部视觉。我胆战心惊。每次在这样的雨中,我都是胆战心惊。我关紧门窗,坐在昏暗阴晦的屋子里,透过窗户玻璃与大雨面对,脑子一片空茫,唯有肃穆的敬畏。我总是觉得这样的暴雨完全是脱缰野马,似乎正在带来更可怕的事物。什么更可怕的事物呢?我却不知。我无法知道,无法猜度,甚至无法想象,我只有敬畏。正是这神秘莫测的暴雨,让我一再地经历害怕和敬畏:作为一个人,不管你是谁,都不要没有畏惧,都不要过分嚣张,你不过就是一个大有局限的肉身凡胎而已!

雨就是这样的一种自然的奇迹:一边灌溉我们,一边淹没我们;一面润物无声,一面雷霆万钧;有时候是天堂,有时候是地狱。多少次,面对雨,我直接地经历着升华与坠落,愉悦与恐惧,安详与躁动,感恩与畏惧。

第四辑

怀着夏日母性的心肠成为一棵树

第四辑 怀着夏日母性的心肠成为一棵树

霍华德庄园

老片了。出品于1992年的英国。特意寻来,看中的就是它的出品时间——我信任90年代前后。那时候,现代感已经比较成熟,而由电脑带来的搞怪与聒噪还没有泛滥。

这天晚上,忽然想念欧洲女人,便看该片。欧洲女人是我无限接近美的一个视角。她们无论姿色如何,都可以恰如一部优秀小说,其形式与内容协调得水乳交融。最养眼的,还是她们的妩媚性感,这一点可是女孩子们无法企及的,妩媚性感是一种精神情态,必须养自阅历,阅历又必须养自时间。因此,在欧洲,少男少女是没戏的,主宰人们审美意识的永远是成熟男女。如果说仅凭电影太容易以偏概全,可喜的是在现实中,我在欧洲的女翻译家以及女熟人们,一个个还真是不亚于电影中的女主角。于是欧洲女人,成为我收藏的一只花瓶,只要看了好电影,那花瓶里的鲜花,就可以一次又一次地盛开。

因此,这天晚上的主要观赏对象,就是女主角埃玛·汤普森。一个瘦削得略显干瘪的中年女子。她以母亲般的甘愿、宽柔和细腻,与弟弟妹妹生活在一起。位于伦敦的古老房子里头,散发着一种温馨明亮的混合气息,混合的是烛光、甜点、下午茶、书籍、地毯、沙发、窗帘、油画、鲜花以及大量的丝绸织物、曳地长裙、俏皮话乃至随口即诵的散文诗歌名篇名句。在这样的家庭氛围里,他们非议富豪,同情穷人,愤世嫉俗,充满爱心,是世界上最典型的小资生活和小资情怀。若要寻觅典型的小资,真还没有别的去处,唯一就是阅读20世纪初的小说以及观看由这样一些小说改编的电影,便如该片,说的是1910年的故事了。

这样一个夜里,一个想要放松休息的夜里,经由欣赏欧洲小资女子汤普森的生活却还意外获得了更多视角:历史的视角,阶级斗争与阶级关系的视角,社会发展模式的视角。观看这部电影,好比我们坐在高高的谷堆上面,听妈妈讲那过去的故事。在近百年前的资本主义社会里,有着大资的穷奢极欲与冷酷,小资的洁身自好与人文情怀,穷人的清贫窘困和满腔悲愤,那是一个充满了危险关系的资本主义社会。资本主义的蓬勃发展,使得小资成为一个庞大的中间阶级,他们最复杂最活跃最悲悯最积极,他们暗暗羡慕与向往大资,决不放过与他们交朋结友甚至联姻的机会;同时出于人道主义的良心原则,他们又憎恨大资的唯利是图和对穷人的无情剥削,并且从审美心理上也反感大资缺乏优雅的暴发户嘴脸。然而,他们也绝对不愿意沦落为穷人,哪怕账户上的积累已经不足以支付大屋的房租,他们也要执着地穿着洁白淡雅、质地优良、制作精美的服饰,提着沙沙作响的裙裾,用温婉可人的慢声细语,热情地奔走周旋于各阶级之间,和风细雨地把大资作为固定资产的别墅慢慢变成日常的大众广厦。

当我远在一百年以后的今天,坐在自己家里,看着历史的风云画卷,忽然颇有感慨:资本主义社会的危险关系怎么就被有效调整与化解了呢?小资的历史力量到底有多大呢?我真是希望在马克思以后接着出现下一位马克思,继续为人类续写《新资本论》,让我们人类有一个建设和谐社会的借鉴与启示。

果然,当代资本主义又出现了严峻的社会问题。最近读到一个世界著名的社会学家的文章,他不无担忧地批评了以美国为首的资本主义高福利制度。他说资本主义通过近百年的修正,已经建立了普适大众的社会保障体系。问题在于,不工作坐享救济已经成为一部分人的生活方式,使得他们成为社会建设的懒汉和个人生活的富翁。而真正的富翁,变成了社会的勤奋劳动者却少有时间享受个人生活,并且他们所有的财富实际上都成为社会财富。例如比尔·盖茨,他几乎把他赚的所有钱都捐献出去了。因此,资本主义又该认真思考了:怎样的体制才能让人类获得真正的公平?我想,这应该是另外一部电影了。

看一部影片,获得多种视角,从每一种视角无限接近人类的悠远与昏暗之处,这种自由散漫的思想探索非常有劲。一杯淡茶,懒散着,忘掉时间,耐心观看汤普森的小资女人生活,历史与现实便可以活色生香了。

牛肉之香

在人类食用的肉类里,牛肉的品质、营养与口味大概是最具有普适性的了。不过对于以前的中国来说,牛肉太贵重,贵重就稀罕。我小的时候,家里吃牛肉,主要是在过春节的时候。春节的牛肉,也不是当家菜,主要是卤一点点,作为一种珍稀佳肴摆在大年初一吃早茶的八仙桌上。开卤锅的日子,讲究腊月二十九。大人们挽起衣袖,从腌缸里一件一件拧出牛肉、野兔、大雁、鸭子等,放进卤锅,炉火通红,家里要香整整一夜。童年的我总是在逐渐浓郁的香气中,熬着瞌睡期待,但是深夜的瞌睡,又总是魔力十足地诱惑我,终于使我在无能为力之中垂下脑袋,突然睡去。大人凌晨就起床了,卤好的菜一一捞出来,放进了吊篮里,挂在高高的屋梁上,等我醒来,只能眼巴巴地望一望,就被大人拽去,要准备在冬季的最后一天里,洗个大大的热水澡,换上春节的新衣服了。初一早上,全家都是新衣服,围着八仙桌坐下来,开始吃早茶,卤牛肉这才千呼万唤始出来。我们家的卤牛肉,切成薄薄的大片,深深的红色间有透明花纹。这一天,大人总是喜欢怂恿小孩子欢闹,总是要我把一片牛肉举起来,对着电灯照照,观赏它的花纹,然后放在牙齿上轻轻一咬,断了,极嫩,一股馥郁的牛肉之香随之洋溢。这道卤牛肉叫作灯影牛肉,在早茶的九个烘腊碟里,最是好吃。

我的儿时记忆很有意思,从来不是实录性记忆,而是审美性或者审丑性记忆。关于灯影牛肉的记忆,便是超越了吃的本身,作为一幅极其美丽的油画,悬挂于我的人生。并且在对于这幅油画的一再欣赏之中,我已经无师自通地学会了烹调灯影牛肉。许多次,我父母品尝之后,都不免要惊讶一番并感叹一番:因为我的灯影牛肉之色香味肯定超过了我的祖辈。而我的祖辈在我念高中的时候都已经去世,在那漫长的十年"文化大革命"中,任何个人享受都意味着腐朽没落的资产阶级思想和作风,他们当然不会向任何一个晚辈传授任何烹调技术。我的灯影牛肉是从哪里学来的呢? 只能从我自己儿时的一段美好记忆得来。

美好记忆是学习生活和建设生活的无穷动力。1997年冬天,我在德国的几所大学做讲座。其中有一个星期住在马克思的故居特里尔市。一家传统的家庭式小旅馆,自由又温馨。几乎每天早晨,我都是被一楼餐厅袅袅升起的咖啡香熏醒。而晚饭,有巨大的牛排,老粗的肉肠和自制的苹果酒——要用大啤酒杯畅饮。我立刻就被这种乡土气息的德国家庭式牛排深深吸引,自费邀请特里尔大学的一位老教授与我共享晚餐。老教授非常高兴,以为我们可以在一个漫长的晚餐时间里,深入畅谈中德文学。当他发现我的唯一兴趣就是该旅馆的牛排,老教授大感意外。不过他还是非常绅士地满足了我的要求,带着微微的伤感,向旅馆老板细致地讨教烹调方法,并为我进行了忠实的翻译。最后,我把我的兴趣之源——儿时的灯影牛肉之香告诉了老教授。老教授的伤感转为感叹,一边与我大喝苹果酒,一边用儿时的美好记忆浇灌成年的生活。我们喝到凌晨,老教授大醉而归,生活的快乐就是这样被创造出来了。

后来,几次去法国,皆是为文学而去,可我从来不会忽略探究牛肉之香。而每一次的探究，都会为我自己和朋友带来或多或少的美好回忆和开心时刻——哪怕是并不爱好烹调的人。许多年来，屡屡到菜市场买菜，凡清真牛肉铺子，我都会成为他们的好顾客。我坚持购买他们的牛肉，并且虚心向他们请教牛肉之香的奥秘，自然，我同时还会由此及彼地获得另外一个民族的生活奥秘。

不久之前的一天，在超市，我忽然发现有特别合适的牛肉，烹调的创作欲望油然而生。一切都在灵感的指引之下，我以学贯中西的心得和多次烹调获得的经验，精心掌握着牛肉的厚薄和纹路，掌握着刀背的力度和频率，掌握着文火的程度与时间，并且大胆启用高压锅为烤箱。当通透的橙色晚霞照亮我们家厨房的时候，我们的小餐桌上，摆上了两杯法国干红，两只洁净的瓷盘，盛着色泽红润的牛排，牛排与辅佐它的几枚小西红柿、几片洋葱和少许土豆条皆热气腾腾，明艳动人，之松软鲜嫩，之口齿留香，让爱人惊喜万分，也让我自己惊喜万分。原本平常的晚餐，顿时变得光彩夺目；许多的话题纷纷涌现；各种想法精彩纷呈；创造的欲望喷薄而出。这是多么快乐又多么难得的时光！

这些个时候，儿时的记忆已然在那遥远的地平线一端，食用本身也已经隐去了它口腹之欲的本能意义。一切都超越了烹调与吃本身。生命由食物之香唤醒与激励。人类的所谓抚养孩子，看来也并不是简单的喂饱食物。大人亲手烹调美味喂食孩子是非常必要的，在孩子身体成长的同时，便埋藏了美的记忆，催生了美的感受能力，将来会开出令人惊异的花朵。我便是儿时的美味记忆里放飞的一只风筝，一再地朝美味飞翔，从牛肉扩展到所有人间美味。

第四辑　怀着夏日母性的心肠成为一棵树

永远的天鹅湖

芭蕾是人类历史上的一个奇迹。女人的脚,因其包裹最严实,成为最敬业的好色者奋力挖掘和文化的对象。理想主义的女人脚,大约都是一样的,那便是:轻盈,纤细,小巧。人类经过漫长的追求,最后在东西方出现了不一样的结果。中国女人的脚,被裹成了三寸金莲,藏于闺闱与青楼,满足一种私密淫乐。法国女人的脚,却被竖立了起来,用脚尖舞蹈,叫作芭蕾,在舞台上展现,成为公众艺术。在这一点上,我不爱民族文化。我不喜欢三寸金莲而非常喜欢芭蕾。用脚尖的舞蹈表现与阐释女性的轻盈之美,非芭蕾莫属了。因此芭蕾舞获得迅速传播,后来在俄罗斯登峰造极。

世界的事物,并不都是无止境的。有许多事物无止境,还有许多事物有止境。人们往往乐于无止境地追求与探索,而不能明智地止步于止境之前。因为人们常常以为前者是积极的人生态度,而后者是消极甚至是落后的。我的认识则完全相反,我以为后者恰恰是更高级的成熟与更高级的智慧。芭蕾是女人之脚的极致与止境。而芭蕾舞剧《天鹅湖》则是芭蕾之舞的止境。

《天鹅湖》是多种天才的偶遇和巧合,在它诞生的同时便空前绝后了。再也没有比柴科夫斯基的音乐更适合剧情的,再也没有比超短羽毛裙更适合芭蕾舞造型的。一切都相得益彰，出神入化，天衣无缝，丝毫的多余都画蛇添足。我看过不算太少的芭蕾舞剧，从《天鹅湖》到《胡桃夹子》，从中国的《白毛女》《红色娘子军》到苏联的一系列新编芭蕾舞剧。不管剧情如何，女性的轻盈总还是芭蕾要表达的宗旨，哪怕是女革命者喜儿与吴清华也不能免俗。只要事关这一宗旨，任何芭蕾舞的表达都无法超越《天鹅湖》。峰顶就是峰顶，山坡就是山坡。在《天鹅湖》之后，任何人再编排新的芭蕾舞，都应该懂得放弃竞争与超越。只有明智地止步于止境之前，彻底放松自己，才能无限接近自己本来的命运。

也许弗拉门戈舞、肚皮舞、草裙舞、指尖舞乃至脱衣舞，都是明智者的创造，他们都懂得放弃芭蕾舞，还懂得芭蕾是最好的舞蹈，却不是唯一的舞蹈，他们醉心于自己独特的舞蹈，并使之炉火纯青。

还魂香

健康的馨香气息是我的一捧还魂土；香与土同属自然之物，直接进入生命本根，说是还魂香一点也不错。

当衣物洗涤之后，一个大太阳晒干，傍晚，把它们收回家来，折叠的时候，一抖一抖，那种扑面的气息，会让我情不自禁，要把脸埋在这些织物上，吮吸它们的馨香。气息虽无形，意识中都感觉得出太阳与水的一股股波光，笼罩荡漾于身，是这样洁净和吉祥。有时候，连衣物上沾了蜘蛛小虫，也丝毫不惊，倒要讨个彩头，忙念一句"喜珠（洗蛛）喜珠"，只是把它轻轻抖到外面去就可以了。馨香的气味就是有这样一种恢宏的力量，无来无由，也不挑剔人与物，只是表示这个世界果然有种种的好。

小时候，每天早晨，穿好衣服，扎上荷叶边的洁白围裙，外婆都会往我胸襟上别一条干净手绢：这是给小孩子擦鼻涕用的；在我，却是装饰物了。我们家手绢是特别会勤洗勤换的，总是洗好叠得方正了，洒儿滴花露水，放在抽屉一角，每天替换。每当拉开抽屉，馨香就如春风拂面。胸襟上别了一条幽香的手绢，走路也好似脚踩祥云，因街坊邻居都会笑意盈盈地看看我，夸奖这小女孩子好干净好漂亮。有一种漂亮也无须大红大绿色彩斑斓，便是香风细细即可。

奇迹总会有

历史有气味。时代有气味。城市和村庄有气味。每个家庭乃至于每个人,都有气味。我家的气味,总有一股我家特有的馨香。我家祖辈,因不乏吃斋念佛的人,家里总归有香案与禅香。我外婆的嫁衣与家中细软,总归是收藏在樟木箱里,樟木箱总归是那么香。我外公是中医,家中一面药柜,那无数的小抽屉里,总归少不了肉桂、丁香、麝香等香花香草。我家香气不止是形式,是衣食住行中都在着,即便漫长的"文化大革命"时代,也不可能被阶级斗争丧失殆尽。那时候尽管香水脂粉作为资产阶级妖孽被完全禁止,商店却总还要出售消痱止痒花露水。这种夏季使用的花露水,在我们家则不分四季,永远坚守抽屉一角,悄悄地,与我们默默相契,在饥寒交迫挨批挨斗的年月,也熏陶着我家最简朴的衣物和最清苦的日子。

我下乡当知青了,每天都要滚一身臭泥巴练一颗红心。可喜的却是,乡村毕竟是大自然做主的地方,湖北土地上常有的栀子、茉莉、桂花、梅花、金银花、晚饭花还有指甲花,在乡村,是野生野长无法无天的。栀子花最是厉害,清香憨厚,白璧无瑕,就在庄户人家房前屋后自由盛开,你毫无理由去指责它。便也就被姑娘媳妇随手摘下来,戴在辫子梢、鬓角或者斗笠上。庄户人家的篱笆,金银花也必然自由爬藤盛开,甜香之气任由风送。并且田野的农作物和野生植物,也都是要开花的,许多花,都有香气。因此,我的蚊帐里头和衣物之间,都有花;书籍的书签,水杯里的茶叶,都是花。我煮粥要撒一捧金银花,和面也撒一捧槐花,连贫下中农也都爱吃。后来回城读大学,革命时代结束,公园苗圃开始有盆花出售。我就去买一盆茉莉,在宿舍养着,每日用刷牙杯浇水。米兰最香,却不好养,怕冷,一过冬日就死。不打紧,死了来春再去买。生生死死无数香花我就当作春花秋月的自然代谢,直至伴我到毕业。

现在,在阴霾潮湿的天气里,或者,在苦闷难解的时刻,我会特意焚一炉菩提香。平常日子,清早起床,打扫庭室以后,坐下来写作之前,自然要燃几颗香塔。法国出产的香塔,其烟轻缈,几近无痕,海洋的香气混合了一些薰衣草香,淡淡弥散开去,新的一天从香气中悠然开始。屋的角落与楼梯拐角,放的是藤条香。纯天然香精,与香塔同样的香型,一尊玻璃瓶,数十枝藤条,藤条插入瓶中,将香精细细引导出来,在若有若无之间,天长日久地撒播与挥发,这是暗中的香,或要你蓦然回首,或让你惊鸿一瞥。还有一年四季的案头,花瓶里可插自家种植的香水月季、香水蔷薇、金银花、栀子花、野菊花和各种菜花;还有平日各处淘来的松木、樟树叶与薄荷,可做香袋挂于壁橱,亦可做焚香;这些都是生机勃勃的原野的香了。按摩油也应是日常用品,最可爱的是它含蓄多层次的香。无论说明书说它是紧凑肌肤还是放松肌肤,都没有关系,我们需要记住的只是:这是大自然的恩赐!用这种纯天然的香精油按摩身体,香气可渗入肌肤,随体温的渐热而渐浓,前香、中香与后香,联袂而至,可持续多日,一个人俨然是正在开放的花草植物,自己就可以让自己心旷神怡。

　　唐朝诗人李商隐,写过三国的荀令君,说是"桥南荀令过,十里送衣香"。荀令君好以异香熏衣,以至于在人家家里坐了一会儿,坐处三天有余香,居然就这样青史留名了。由此看来,香料也不见得只有欧美人才好,中国人是早就有传统的,我家也是早有传统的。

　　我不好交际,一般不去人家坐,我就坐在自己家,自己家里常年是香气氤氲,便觉得清水四壁的简单亦是一种华丽。住房可大可小,家饰可繁可简,生活可富裕可清贫,空气却一定要清新馨香。我是无论穷富,无论遭遇怎样的时代,也无论年轻或者年老,必定要让我的日子生香。我要香气那细腻入微的分子,沁润我生命的每一个连接之处,我的肌肤骨骼,我的床铺,我的衣物毛巾拖鞋睡衣,我家具的褶皱,我书籍被翻阅的页码之间。

还有户外那一枚永恒的太阳,它是馨香的源泉;江河湖海那洁净的流水,它也是馨香的源泉;还有我家门前栽种鲜花,后院菜地里开放菜花,都是馨香的源泉。只要我着意吸纳,香气就总是充沛怡和。于是,我普通清淡的家,我陈旧了的窗户,我门前踩出了凹槽的小路,都会因为我的呼吸而香气氤氲,世上的奇花异草即是我们自己。

第四辑　怀着夏日母性的心肠成为一棵树

还魂土

步行是我的一捧还魂土。

对于大地上的任何一段距离,公路、街道、小径或者去超市的路,我本能的欲望是步行,首选的出行方式也是步行。

步行让我安稳和愉悦。

步行的时候我总是可以感觉到自己血液通畅,呼吸深透,头脑灵光。

在路上,个人行止的自由,是那么的宝贵!尤其在当代社会,尤其在中国十几亿人口的当代社会,塞车、找不到停车场、限速、单行线、电子眼和罚款单,对个人的行走自由是一个多么蛮横的专制,然而法律是必要的,既然你自愿放弃个人行走而选择了社会行走,你就必须接受公共约束。因此,私人小汽车是迄今为止,我从来没有喜欢和从来没有想要拥有的东西。对于我来说,它除了是一种制约性行走之外,还是一件过于笨重庞大的机器,它长期依赖着人的维护与修理。我真不愿意这样一部机器如影随身,我可不想用我宝贵的生命时间来伺候这堆无情无义的机器。就日常生活而言,我完全不需要机器替代我自己的健全而健康的双腿。就大半个小时左右的路程来说,相对小车为我们节省的那一点时间而言,我们其实浪费了更多时间,何况还有个人自由与身体健康。

来回一两个小时去超市或者去办什么事情,这是事务性步行;慢跑与快步走,这是运动性步行;都比较专一和单纯,我都喜欢。而散步,严谨地说是自由散漫的甩手闲逛,则简直成为我的嗜好。

约莫夕阳西下,我出门,两手空空,神态超然好似贾宝玉出家。每次的路线不一定。但有一个基本规律:首先要在我居住的生活区转悠一圈,之后,出大门,往人烟稀少的地方走去。

一路上,我看见家家户户的电视都开着,有的是最新款平面液晶屏幕,有的是超大屏幕,里头晃动的人影好似高头大马,在家里横冲直撞的。我很开心。因我没有这样的电视机。我不用操这份心,又不用开销这份电费,还没有静电、辐射以及久坐不动的肚腩长肉,更不用经常后悔为一些滥情节目耽误了时间。我看见许多人家围坐客厅打麻将,也开心。因我不会打麻将且也不喜聚众热闹,既没有金钱的输赢影响情绪,又少了一份应酬多了一份自己私人的空间和时间。路边,见一中年女子装嫩拍照,乔致乔张,搔首弄姿,一再匀粉拍脸,却把灰尘扑满旅行鞋,背景一定要取原野、夕阳、国道与登山自行车,路上不断有行人闯入画面让她恼怒不已。大约这是要发到网上去的了,大约这是要叫骑自行车穿越中原的了。我很开心,为自己对于当代社会状态窥见一斑;也为我自己一向不爱照相深感满意:多不矫情,多不虚荣,多省钱,多省表情和精力啊。再看大路那边,川流不息的车们又出事故了,闯红灯、追尾、碰撞、吵架、狼烟升腾、气急败坏,交警呜呜地鸣笛赶来。这时候,我真的非常同情驾车人,刚才还扬扬得意,转眼斯文扫地,头发急白。不过真的我心里很快慰,因为我对小车的放弃让我不会遭遇拥有小车的危险和麻烦,这有多好!

天在黑去,我逐渐远离人烟与城市灯火。逐渐地,我遇上蟾蜍、多脚蛇和小虫们。我不怕。我不伤害它们,我敬畏它们,我的脚步和气息都在传达我对它们的心意,它们都懂。它们都有超感觉的感觉。孩提时候我也曾害怕荒野,成年老大了却畏惧闹市。现在,银行和抢银行的,打劫和被打劫的,偷盗和被偷盗的,都集中在闹市。我行走的荒野没有任何物质,是富人与穷人都不要来的地方。况且我的行走不施粉黛,身无分文,金银首饰与手机,一概皆无,真是君子坦荡荡。

原来樟树是春天换季,几乎是一夜落尽枯黄叶,枝头却先已孕花蕾。是那种含蓄的花蕾,摸摸,一手的樟木香,再捡起地上的黄叶,闻闻,也充满可人的樟木香,遂拾得一捧,装进口袋,日后好生晾晒,再剪成细丝,入炉燃烛,岂不也是很好的天然熏香?想想就快活!

却可怜竹子,换季是这样地困难,叶片要一点点地枯黄,再要劲风来一片片吹落,憔悴的日子是这样漫长,碧绿的日子是那么短暂。看来"宁可食无肉,不可居无竹"的雅皮士生活方式,其实也有难堪处,不是随便什么人都可以承担的。

几日不见,看樱桃已经结出小果子。看野苇子春风吹又生。看大堆的建筑垃圾也有趣味,只要它们堆积的日子稍微长久一些,便有野草野藤悄然攀爬,默默展开怀抱,大有呵护的意味,看得人心里热乎乎的,觉得草木真是一个有情意的东西啊!

就这样,我每次甩手闲逛,每次心里都是快活的。回家以后,有时候我会情不自禁地赞叹一声:"太好了!"

是什么太好?我在赞美什么?是一切!是我脚能步行,是我眼能看到,是我手能触摸,是我鼻能嗅闻,是我心能想到。是四季轮换,星月常新,是人家日子绿水长流,是草木也有广阔胸怀。是我自己尚有个人定见,懂得以个人草芥一命,视天下悦而归己,这不也是一种太好吗!

严峻的每日

鲜花是人人都觉得好看,却不是人人都可以真喜欢。

真喜欢是一个非常现实的困难:鲜花是要每日都伺候的。每日。每日。每日。每日是一个严峻的词。苏东坡的爱情,我们是从他的诗词里读到的:"十年生死两茫茫,不思量,自难忘,千里孤坟,无处话凄凉。纵使相逢应不识,尘满面,鬓如霜。"读到这里,女人多半潸然泪下,只因读到了爱情的一种每日,苏东坡十年的每日啊!不过,现实的事情,最好不要知道太多。事实上,苏轼深夜惊梦,写这首诗给亡妻王弗的时候,睡在他身边的是第二个妻子王闰之。苏轼在王弗去世两年余新娶后者。在与后者生儿育女的期间,又收十二岁的朝云为妾,朝云小苏轼足足二十六岁。有记载:王弗敏而静,是知书达理的才女,与苏轼琴瑟好合。王闰之贤惠厚道,尊夫爱子,跟随被贬谪的苏轼流离各处,患难与共。小朝云更是万里相随,烹煮缝补,对苏轼忠敬如一,九死不悔。王弗死于二十七岁。王闰之死于四十出头。朝云死于三十四岁。皆是好女子们对苏轼做到了每日;而苏轼呢,只需面对三个女子花开时节的艳丽,无须承诺一生一世的辛苦相处和日见枯萎。当然,苏轼肯在诗歌文字里头直面真实,表达他对女子的挚情与感恩,也算堂堂男子汉了。

第四辑 怀着夏日母性的心肠成为一棵树

不说人了。还是说花吧。爱花也有真爱。爱万物都有真爱。真爱花就忍不住要栽种。栽种就是一桩极其烦琐劳累的事情了。日日夜夜,朝朝暮暮,春夏秋冬,所有细节都不能忽略。花开的日子只有一季,养育栽培呵护的日子就有三季。对于这素朴三季的忠诚和喜欢,要从骨子里头出来,犹如无时无刻不珍爱自己性命。还要不由自主把它变成日常生活,劳作的时候总是心下欢愉。天长日久的枯燥过程,在重复中不仅不厌烦,反而还会上升到头脑,成为你认知世界不可分割的部分,是骨肉情谊,难舍难分,这就是真爱。真爱真是没话说了——这是黄岳渊先生提供给我的经验。我买他的《花经》也已多年。多年里,时常为了实用去翻翻书。有时候,也为了心里的忧伤去翻翻书。着实读到仿佛被人在后背猛推一掌,却是现在了。

黄岳渊先生幼年聪明,书读得好,老师鼓励他好好坚持,将来必中状元。小黄岳渊道:"中了状元我再考皇帝。"将老师吓坏,赶紧制止,说:"皇帝不可以考,皇帝是世袭。"小黄岳渊辩道:"如果皇帝的儿子没有能力治理国家呢?"凭此言语,老师与父亲皆惊惶不安,觉得此等逆反思想苗头,是将来惹杀身大祸的伏笔。父亲便决然中止了少年黄岳渊的学业,送他外出学徒打工。从此黄岳渊先生一生,东奔西走,吃苦勤劳,也曾留学东瀛,也曾谋取公职,却一概都不是他的真喜欢。黄先生真喜欢的是花草。当年少小童年,上学放学一路上,看见街巷生发的野花野草,也要小心翼翼捉了,把它用瓶瓶罐罐养了起来。真是三岁看老,到了盛年的黄先生,尽管有上海水务税警这样不错的职业,也索性辞了职,于沪上真如,买地几十亩,全心全意爱花爱草起来。《花经》是黄先生莳花种草的长年累月笔记,由其长子德龄整理出版。其中亲朋各个写序,黄先生的自序与周瘦鹃的序为最妙。我们后辈人,以为周瘦鹃也就是一个鸳鸯蝴蝶派作家,其实更是一个花痴。读了他这段短短的序,哪里还用读别人对他的什么文学评价呢?《花经》看似专业书,却尽是赤诚文字,性命与命运都在里头,沉重磅礴;一种忠诚挚爱,也是尽在,不着一个爱字,自然风流无际。

还魂土一说,出现在月季花章节里。黄先生写道:他种盆栽植物枯死之后倾出之土,谓之还魂土。只是三个字:还魂土。我就灵魂出窍了,从十指尖上冒出火花,噼里啪啦往全身闪过。他人枯死之土,是我还魂之物。可不正是?天下万物,有形无形者,无不生而复死,死而复生,死死生生,经验无穷,皆于岁月长河里沤烂而成肥。若我可遇,可感知,可吸纳,可扬弃,自然可以因循受用,认识真正的自我。一个多好的名词:还魂土!

又写道:倘若要得绝伦美艳之月季,还须辛苦努力,便是:五份还魂土,再加四份腐叶土,再将煤屑或者火煨土用一分眼筛筛过,提一份加入,或者稻田泥、河泥而经冰冻以及晒干,再灌以人粪溺二三次者。

美艳绝伦容易吗?我明白了。要王弗王闰之朝云的每日才出一个苏东坡。要黄岳渊父父子子的每日才出一个莺莺燕燕的黄家花园和一本《花经》。还要那些个每日里,皆勤勤恳恳,不嫌粗俗和污秽,流汗流血,费尽心思与力气。这样的每日,又何止严峻?

夜深了,合上书页吧,来日再读。《花经》这样的书,也就是我的一捧还魂土了。

不敢信罗素

近日闲读,读到罗素的一篇文章,叫作《东方人和西方人的快乐理想》,很是眼熟,早些年读过的,便差一点就翻了过去。没有翻过去的原因出在我自己身上,早些年,人年轻,热衷于阅读有历史定评的名人名著;近些年,不再那么年轻,也还不够衰老,便有着不老不少要求了:试图寻找自己喜欢的阅读对象,以期达到纯粹的阅读快感,奢望接近不惑的境界。在这种心境之下,便感觉罗素这位英国人有一点儿那个了。他是哲学家,还学数学,还研究经济学,同时还热衷于社会活动,一会儿到德国,一会儿到中国;到过德国柏林之后,便对马克思主义有了兴趣;到过中国北京之后,便大谈孔子和儒教;作为哲学家,却在1950年获得了诺贝尔文学奖。不像海德格尔这种哲学家,只是关在家里埋头研究哲学,没有获得诺贝尔的任何奖项,在许多名人词典里也很难找到他的词条,他的思想却震撼着哲学界乃至当今的世纪。一般说来,才子滥情,浪子挥金,还是用情专一的海德格尔让人感到踏实和可信。因此,偶尔看见罗素的文章,就心怀叵测地不肯放过了。罗素太活跃了,管的事情也太宽泛了,我倒要看看罗素对于中国人的快乐理想,到底能够说出来一些什么。

罗素的这篇文章,是褒奖中国人的理想而贬责美国以及欧洲人的理想的。罗素赞美孔子的学说,这当然无可厚非。然而,不知道只是在北京大学做了短暂讲学的罗素,有什么凭据肯定孔子的学说。难道只是因为孔子学说被世世代代的中国人奉为圭臬,据此中国人的生活便充满了生命自由和快乐的追求吗?似乎中国人的生命自由与快乐追求单纯是从精神上来的,而不是像西方人那样:通过奋斗去取得物质上的成功。文章中很可爱地说:西方人醉心于权力,而中国人只是醉心于清闲娱乐;因此中国人温和,中庸,不好斗,中国人打仗几乎是不流血的,中国人的社会生活和政治生活也比西方更少残忍性。中国的科举制度,在罗素眼里,那是政治家尊重知识,因为当政者把行政职务授予了读书人。由此,罗素认定,中国才是人类世界的精神家园。

遗憾的是,可爱的并不都正确。初次阅读的感受已然忘却,想必没有什么不好的印象,不好的印象一定会留下痕迹的。而这一次的重读使我目瞪口呆,罗素可真是敢写!显然,罗素他老人家一定不了解中国的焚书坑儒,也一定不了解中国的株连九族,还一定不了解中国三皇五帝到如今,都是战争和鲜血换来的。真不知道"文化大革命"砸烂孔家店的时候,英国的罗素在作何感想。我非常感谢罗素满足了我们的民族虚荣心。但是我还是要说:不管是多大的人物,如果你不了解事物真相,你还真是不能胡说。

第四辑　怀着夏日母性的心肠成为一棵树

十年识得范用字

记忆是一朵花,每年春天都开得不同,它会大一点,会小一点,会艳一点,会淡一点;它会特别突出,也会悄然消隐;只有经过历年的积累,再回眸,才可以见得那份记忆的真实。记忆是有生长与消亡的,经过生长到达成熟的记忆才是历史。因此,我想说,历史是个人的。我想说,没有个人历史,人到底是单薄的。因此,我还想说,中年是人生最好的年纪,人未老,始知世,又可以依凭个人的历史墙垛,远远眺望,温故知新,由暗入明。范用的文字,便是我中年以后才获得的认识。

我与范用的见面,是在一个大喜的日子里:黄宗英与冯亦代结婚。我已经记不清那是十一年前还是十二年前了。当时留下深刻印象的,是新娘子黄宗英,她满头银发,一袭红衣,肤色明艳,喜气洋洋,全然不是电影《家》中那位消瘦忧郁的梅表姐。还记得是张洁向我介绍范用的。张洁说:这就是三联的范老板。我不安地与一位小老头握了手。我的惶惑不安,是因为我听出了"这就是"的强调意义,可是我不懂这意义的内容。我敏感到了自己的单薄,并为之羞惭和恼火。那天,我是否与范用交谈了?我们如何交换的通信地址?我竟然一概都忘记,记忆这朵花,那天它还只是一粒种子,在我的不知不觉中,悄然无声地落下。不久之后,我收到了范用寄赠的一本小书,书名是《我爱穆源》,香港天地图书出版的,应该算是散文,收录了范用与他母校小学生的通信,另有一些散淡亲切的文字,是亲朋好友写范用的。90年代初,香港的书籍,在我看来,那是非常精致的,一握在手,翻阅把玩,更多地被精致的制作吸引了注意力。之后,这本小书,便也就随着众多的书籍,寂然地归于书橱了。许多日子以后的一天。我收到了范用的一份迁帖。范用搬家了。他用巴掌大一张素白纸片,自己制作明信片,告之了他的乔迁。这种独特的明信片,我是第一次收到,很是惊奇,兀自心有所动,感觉自己意识到了一些特别的东西,那便是范用文字的意味。瞬间的心动过后,又是绵连的岁月了。这一晃就是十个春秋。直到2004年暮春的一个夜晚,我顺手拿起一本枕边书,翻开哪页读哪页,忽然地,一朵记忆之花摇曳生长起来。我定睛一看,原来我读的就是《我爱穆源》。原来这本书成为我的枕边读物,差不多有三年时间了。原来里头的书签就是范用的迁帖。不禁拿近了十年前的迁帖,要再读一读,文字是这样的一段:

来北京在东城一住四十五年,而今搬到城南,住进高楼,冒充"上层人士"。室高两米五;好在我俩都是小尺码,倒也相称。再也不用烧煤炉换煤气,省心省力。却是高处看落日,别有一番感受。北牌坊胡同那个小院,将不复存在,免不了有点依恋,为什么?自己也想不清楚,许是丢不下那两棵爷爷奶奶辈的老槐树,还有住在那一带的几位长者、稔知。

新居地址:某某,电话:某某,乘车:某某路公汽某某站下

范用 丁仙宝 1994年6月

《我爱穆源》的文字,与迁帖的风格一脉相承,却又因了篇幅与内

容的阔大,其文字功夫施展得更彻底,简朴,清澈,静气,寓远意于短语,好似冬季晴日下的一樽水晶花瓶,斜插了一枝素百合。范用自己很谦虚,说他只是一个普通人,把事情讲清楚,把意思表达出来就行了。可是范用不知道,他这样说话,乃是一种多大的骄傲。对于文字的驾驭者来说,能够用极简的文字表达清楚人生与世界的一种关系,这种技巧,到达了何等境界。中国文字的繁花似锦,最易迷惑勾引初学者。我本来以为,好华丽,喜夸张,爱铺排炫耀,是少年毛病,却在阅读中发现,不少号称名家大师的文字,却更是虚张声势,以炫技与淫巧,哗众取宠,字里行间挂满俗脂艳粉,面对文化界一味媚雅撒娇,通篇文章读到最后,也没有说清楚任何东西。这样的文字背后,其实是一个谬汉,他自己什么都没有弄懂弄通,偏偏就是要捶胸顿足大写文章。在阅读上,我沉不住气,哪天遇上这样的文字,我就觉得这一天很是倒霉。总觉得自己已经遇上了一个无法心安的时代,日常生活里就有奥斯威辛与"9·11"的恐怖与困惑,有政治,宗教,国家,经济和因特网的围困,属于我自己的,唯有中国文字,因此总是一厢情愿地希望开卷就得好文字。虽说这种情绪难免有一些小事夸大和无事生非的矫情,却也大约就是范用的文字,在无意之中,被我带到枕边的心理因素了。

不过,好文字毕竟是不少的。有时候实在倒了胃口,就去翻翻古人的杂撰。杂撰是中国文字的极简主义了,一句话,什么都说清楚了;调理烦乱的心情,替自己骂娘,最是合适。比如苏轼杂撰。苏轼这样写道——

爱不得的是:隔壁美妇人

　　他人好书画奇玩物

改不得的是:生下劣相

　　性好偷窃

　　谬汉作文章

学不得的是：神仙

　　能饮啖

既然宋朝的苏轼都如此说过，当今的我们，也就应该见怪不怪，凡事都想得通了。

范用十五岁就开始做出版，见的文字比我吃的米还多，自己天性里头又有一份神仙气，我是学不来的了。但是，我可以知道范用。可以欣赏范用的文字。可以把所有喜欢的作家与他们的文字带入我个人的生活和个人历史。

第四辑　怀着夏日母性的心肠成为一棵树

再见萤火虫

好友震云来电话，希望我看看一些孩子的作文。当时还没有看，就准备要说好话。因为我的孩子也是孩子，我深知现在的孩子功课繁重，被过多地索取了应有的快乐，我想用我的好话给他们一点快乐，我想他们也一定值得我说说好话，现在的孩子，都聪明！

及至看过这十五篇作文之后，心头竟然渐渐沉重起来。这些孩子，在思想方式，感受方式和表达方式上，怎么与当年的我，那么相似呢？我的青少年，可是在60至70年代，可是"文化大革命"的非常时期，相对改革开放后的今天，那时候思想禁锢，社会生活狭窄，孩子们的教育完全是一统性的灌输，就连人们的衣着，都是男女不分的蓝色和灰色。为了从禁锢中挣扎出来，为了从狭隘中突围出来，为了清除自己头脑中的错误思想，为了更换体内的新鲜血液，我们一直在检讨自己，不断地纠正自己的错误；而这种检讨与纠正，是需要付出许多时间，许多精力和巨大代价的。我以为，在我们之后的孩子们，文学创作的起点，一定会逐步地高起来；思想与感觉，一定会逐步地自然、敏感、开放和轻盈起来。

剩下的问题，可能只是那个古老而永恒的问题了：个人天赋和运气。

然而，现在看来，事情好像远远没有那么简单。这十五篇作文，只有三篇比较关注自身的独特经历和人物形象的塑造，之外，其他的作文，都带有浓厚的被灌输色彩。写母亲，写奶奶，写搬家，写青春朦胧感情，写社会现象，写人物关系，等等。几乎都没有自己独特的视角和想法，都是成人思想的灌输和被前人写滥了的感受。这些感受业已变成大众习俗和社会生活规范，孩子的目光和思维被收纳到了大众习俗和社会规范之中，成为孩子们的道德标准，情感标准和文学审美标准。若干年前，我的中学老师也指导过我们写这样的作文：难忘的母爱，记我的奶奶，搬家的感受，论当前社会上的某种现象，论坏人坏事的危害。几十年过去了，现在的作文思路与范围，居然还是这么相似，真是令人震惊和悚然。当年，我被要求这样作文的时候，就明白自己写的不是自己想写的东西，为了获得高分，还是会尽量假设感情环境，使用华丽辞藻和空洞宏大的公共话语。如此这般，久而久之，自己本性里那些纯真的灵动的文学感受，就会逐渐被埋没；再久而久之，假如你自己没有觉悟和反抗的话，一个作家就会被吞噬掉了。

不久之前，我独自在某地写作，一次夜晚的散步，忽然发现了路边草丛里的萤火虫，两只，蓝荧荧的，一闪一闪。有多少年没有见到萤火虫了呢？这久违了的美妙的小虫子！我蹲了下来，看萤火虫，看了许久，心里涌动起许多感觉。少年的时候，我捕捉过萤火虫，把它们放在玻璃瓶里，挂进蚊帐，当作夏夜的灯。但是，我不能够书写我的兴奋与快乐，因为它有小资产阶级情调的嫌疑；就连我的兴奋与快乐，也必须收缩在我的蚊帐里，天亮以后就必须忘掉——我们被谆谆教导：要胸怀革命大志，关注重大的问题，做一个无产阶级革命事业的红色接班人。几十年过去了，如此真切地再见萤火虫，感觉中，忽然有一重尘封的记忆之门被打开了。少年时代的兴奋与快乐，渴望与野心,已经模糊了的奇思异想,都带着被埋没被束缚的伤害与刺痛,来到了我的现在。

遗憾是那么的强烈:如果我从小就能够任凭自己的心灵指引,自由地感受与书写呢?自由地认识与思考呢?自由地遐想与选择呢?无论结果如何,至少是不会留下这么强烈的遗憾的,人生的幸福之感,就会获得实实在在。幸福之感非常重要。非常!无论是对于过去的少年,还是现在的少年,还是将来的少年。少年是人生当中最重要的一个阶段,它吸收和储存对于这个世界的印象和判断。而这印象与判断将影响少年的终身,包括影响他成为一个什么样的作家。

闻香识小说

那是一个寒冷的夜晚。如果不是1989年的冬天,就是1990年的早春。我记不住准确的时间了。我记得的是时间以外的东西。夜晚,寒冷,台灯不太明亮,玻璃窗缝隙里的风像刀片一样尖利,楼上的人家,在临睡之前弄倒了一只椅子,隔着不厚的水泥预制板,正好砸在我的头上。就是在那样的一个夜里,通宵的阅读使我捧书的双手冻得冰凉冰凉。最后,这冰凉的双手没有地方取暖,我让它们捧住了我的脸,我的脸又热又红,这是因为阅读的震撼和激动。我阅读的是弗拉基米尔·纳博科夫的小说《洛丽塔》。

初次阅读《洛丽塔》的记忆将永不消失。季节的纹理沉淀在小说的边缘,有声有色,成为一段令人陶醉的美丽人生。一部小说,诱惑得人彻夜无眠,这就是好小说!能够使读者陶醉,入迷和疯狂,我相信这就是小说的最高价值所在。

好小说不存在唯一的评价标准。不仅仅只给读者某种单一的感觉灌输。现在回头望一望,也许会觉得事情很可笑。从前我们认为什么是好小说呢?有道德教育意义和道德规范意义的是好小说。有英雄人物和好人的是好小说。有指导和激励健康人生作用的是好小说。有揭露万恶旧社会的是好小说。在"四人帮"被打倒之后,中国迎来了思想解放的第一阵春风,好小说的范围扩大了一些,描写平常人物的小说,具有理论思考的小说和具有探索姿态的小说也被逐渐认可。还有,现在不用回头也觉得很可笑的是,除了以上标准继续存在之外,狭隘的个性主义随着经济的改革开放,断章取义地来到了我们的文化生活中。现在又有了一种标准:自己的小说和与自己意气相投的人的小说,就是好小说。

固然,以上所有的标准都是某一部分读者的标准,它们作为事实而存在。但是,所有这些标准难道不还是太狭隘了吗?显而易见,这些标准除了少数太幼稚的之外,其他的更接近教科书而不是文学作品。

就像《洛丽塔》,它给予我们的是非常复杂的阅读体验。生活隐秘的一面,人类天性的阴暗处,天生的少女小妖精,料事精确的精神病患者,人生许多阶段与时刻必将出现的心态,窥视他人与正视自己,揣度,试探,忐忑不安,战栗,激情,焦灼,疯狂,等等,等等。尽管是翻译小说,尽管纳博科夫最拿手的写作语言是俄语,尽管与我们见面的《洛丽塔》既不是俄语,也不是英语,只是也只能是汉语。也就是说,尽管丧失了大量原始作品的语言感觉,我们还是间接地领教了纳博科夫的小说功夫。纳博科夫就像一个非常懂得穿着打扮的女人,他用最恰当的语言,最恰当的内心韵律,匹配了最合适的内容。还有作家对日常事物非常独到的眼光和领悟,引领了读者在生活中的前行。潜意识在那里流动,隐秘的通道在那里召唤,阅读者无法舍弃每一行文字。这就是好小说!《洛丽塔》写不健康的人和不健康的意识,但是,它是一部好小说。正如纳博科夫自己所说的:让我们享受一段审美快感。审美快感是人类生命中最美妙的精神生活。最好的小说当然就应该是能够使读者获得这种享受。

所以,我认为,好的小说首先应该非常感性,它应该诱惑读者,刺激读者，使读者在小说的暗示下，体味他自己的生命经验，发挥他自己超常的想象能力，从而愉悦他，成熟他，丰富他，提高他。好的小说当然是应该有思想的。这思想是一种神秘的无声的传达。有时候会令读者除了叫好之外，无话可说，酷似接受一种神秘的暗示。如果思想简单直白地流露在小说的字里行间，让人一读，满口滚动思想名词。这就有卖弄的嫌疑和醉翁之意不在酒的嫌疑了。就好比世俗的气功大师，他们并不是教人练气功，而是引诱人们认可他自己是气功大师。

实质上小说就是小说，小说首先是好看不好看的问题。小说与所有的艺术品一样，与花朵，舞蹈，绘画，雕塑一样。其要素便是它是否好看和迷人。我们不能坏习惯地一看见红色的花朵，就猜测它暗示着革命与暴烈行为。一看见裸体绘画和雕塑，就指责它在怂恿人们摒弃衣服。一发现世界上有那么多人被《天鹅湖》舞剧所吸引，就怀疑它是在通俗而堕落。中国虽然有几千年的封建社会，毕竟现在也穿牛仔裤，超短裙和西装了。

当年，《洛丽塔》的出版也是引起过巨大风波的。不管怎么说，不管有多少非议，也不管经历了多少曲折，1955年出生的《洛丽塔》到现在还强烈地诱惑着我们，诱惑着全世界十几种文字的读者。是读者的热爱使《洛丽塔》成为名著与经典。由此见得，只有好小说才能够成为真正的名著，真正的名著都应该是畅销的。如果没有广泛的知名度，如果没有广泛地影响人类社会，深入人心，何谈名著呢？如果一定要问小说本身要负责解决什么问题的话，我想，小说要负责解决的是自身的魅力问题。好小说要妖娆动人。要拥有超越时代的风韵和魅力。要像越陈越香的好酒，任何时候开坛，都能够香得醉人。

怀着夏日母性的心肠成为一棵树

今年我的阅读,是一个饱满的阅读,饱满到简直无须依靠记忆来提醒,我开口就可以背诵埃乌热尼奥·德·安德拉德的诗:

> 树啊,树。
> 有一天我要怀着
> 夏日母性的心肠
> 成为一棵树。
> 花脖子的鸽子
> 宣告我的新生。

70年代初的一天,应我密友的邀请,怀着一个激动人心的悬念,我们逃学出来,去看电视。那时候,电视还是一个神秘的传说。密友的母亲在电信局微波站工作,她许诺让我们偷偷进入机房看看什么是电视机。并没有发现他人的监视,但是我们感觉监视无处不在,在进入微波站的时候,还是竭力装得安分守己,若无其事。密友母亲的出现,无疑大大增加了我们第一次看电视的紧张程度。她一发现我们就大声呵责道:"小孩子到这里来干什么!"这是说给别人听的。随后，她四处瞧瞧。只有鸟儿在微波站繁茂的大树枝头叽叽喳喳。母亲这才把亲切的眼神给予我们。电视机到底是一个什么东西啊！我们蹑手蹑脚，一丝不苟地按照母亲的示意，在衣帽间换好拖鞋，穿好戴帽子的防尘服。母亲推开一扇厚重的隔音门，我们悄悄溜了进去。在许多仪器中间，一只在造型上并无特别之处的箱子，被母亲掀开丝绒防尘罩，袒露在我们面前。母亲压低声音说：“我把电源接通之后，屏幕上就可以显现图像了。”

密友兴奋而得意地看了我一眼，说：“显现图像啊！”然而，"显现图像"这四个字对我是枯燥的。枯燥的气氛越来越强烈，我们耐心地坐在仪器堆里，等待母亲的接收成功。而屏幕上烟雨迷蒙，一片嘈杂之音。于是，我生平第一次看电视，穿得像一个防化女特务，心情也像一个潜入敌后却还不知道任务所在的女特务。终于，有人影晃动了。慢慢看着，看出了是芭蕾舞剧《白毛女》。一个黑白两色的恍惚的喜儿，在屏幕上恍惚地舞蹈。我的同学惊喜地尖叫了，我却没有。

——我是要说，从70年代初的那一刻开始，我就没有喜欢过电视，直至今天。今天我几乎就不看电视了。对于电脑网络带来的巨大信息量和这些信息对于人类生活方式的改变，我的接受非常有限。我只是看看新闻和使用电子邮件。它们的机械性和泛滥性，使得我更加坚定不移地喜欢阅读方式。只有阅读才是属于个人的享受，在时间上随时随地，在地点上随时随地，在心情上随时随地，绝对不会被强行拖一根长长的电线尾巴。

安德拉德是葡萄牙当代诗人，其诗句隐含着诗人对当代生活的洞见，穿越浮尘飘逸而出，晶莹之光闪烁不停，带给我一个不可名状的内心世界，以及我想要的、一个属于自己的、一个与我的动物本质更加亲和的现世社会。手捧《安德拉德诗选》，在阳光下或者床头灯下，自由翻阅，期待妙语，享受共鸣，思绪万千，优良的纸质与自己的手指摩挲,发出轻风的沙沙声,就这样《安德拉德诗选》成为我2005年的最深记忆。

今年,只要有朋友聊起阅读,那么我向朋友力荐的一本书是《柏林谈话录》。译林出版社2002年4月出版。作为犹太人的英国哲学家以赛亚·柏林,极力倡导当代多元主义,逐渐成为实践哲学的强音。我们经历了有史以来最糟糕的世纪,刚刚过去的这个世纪,人类理性劈裂,无辜者惨遭到野蛮杀戮和伤害,恐怖遍及全球。而柏林的哲学,会带给我们更清晰的思考,更深刻的感受,满怀希望并且相信生命。就连他自己的生活方式,也在倡导和证明活得轻松和简单的好处。柏林思想可以并将成为人类建设和谐社会最重要的思想方式和生活方式,这一点我深信不疑。对于柏林哲学思想的阅读,我们会获得有力的唤醒和明晰的思想清理,这一点我也深信不疑。

第五辑　幸福是有一颗强大的内心

幸福是有一颗强大的内心

春华秋实是季节给予人类的幸福。肥沃土地和阳光雨露是大自然给予人类的幸福。没错,这些无比宏大的物事,的确都是幸福。只是这种无比宏大的幸福,需要一个宏大无比的幸福观来享受。在科技高度发达,社会越来越机器化的当代,我们越来越多地生活在机器中,经常是出家门,进电梯,下电梯,进地库,在地库,上小车,出小车,进机场,上飞机,一个打盹到了千里之外,还是下飞机,上小车,进车库,上电梯——就这样,一个循环以后,又重新开始整套程序,日复一日,月复一月,年复一年。日出而作变成了日出就开手机、开电脑、上网、收发电邮,再也无须久久眺望窗外,凝望长空流云,谛听风吹万物的声响,想要分辨出自行车铃声,那是替我们鸿雁传书的可爱的邮差来了。我们的方式变了,我们只用对着手机和电脑点头傻笑或发脾气。我们的视线逐渐习惯了眼前的手机电脑,忘却了宏大无比的原野森林。我们与大自然相处的机会和时间少到有时候会突然吓我们自己一大跳,于是我们跑出去旅行,结果旅行还是更多地钻进车船飞机里头。现在,一个人如果缺乏宗教教徒般的虔诚、激情与执迷,几乎不可能从大自然中获得一个凡人所需要的幸福。凡人的幸福总是具体又细微。具体又细微的幸福在哪里呢?却又不见得就在具体而细微的物质世界里,却又不见得就在手机电脑这些具体的工具里,真是大也大不得,小也小不得,幸福这种东西,竟不迁就社会科技进步,也不迁就物质高度发达,总是如此难以寻觅和把握。美国当代的女诗人玛丽·奥利弗,用诗歌表达了我们内心的微妙状态:"主啊/我如何是好/我/无法让自己平静/面包有了/杯子有了/我却无法平静。"

老赵是中国人,却也与当代老外们的心理大有相似之处。老赵房子有,家庭有,儿女有,工作有,工作中还因掌握着一定权力便还不断受赠各种礼品,用不完也吃不完。我与老赵几年不见,在最近的会议季节里碰到。他对我说:"又写了什么新书送我啊,嘿,我不要你买,我买书你签字,我多的是书票!"我这才知道,书票也是赠礼。他又说:"噢,你要书票吗?你要国际品牌化妆品吗?豆浆机、果汁机、陶瓷电热水壶,要吗?如果你要,我包送到户!"老赵坦率又颇有点夸耀地说:"你不知道,简直成灾了,我家一个房间都堆满了,又不甘心当废品卖,又不好意思当垃圾扔。"我开玩笑说:"好幸福啊!"没想到老赵忽然收声,沉默半晌,摇摇头,说:"幸福?还真没觉得!就这样。还成吧。活着而已。每天还不都是烦死了!"老赵的神情,忽然唤醒了我过目不忘的诗句:"主啊/我如何是好/我/无法让自己平静/面包有了/杯子有了/我却无法平静。"不能否认,权力包括物质,会带给我们一时的快感、满足、自得,甚至是陶醉,但是,当夜半无人扪心自问,我们真不敢贸然断定那就是幸福。以上那样一些好感觉,性质都极其不稳定,转瞬间就会变质。现在的人与事,变化太快了! 往往板凳还没有坐热,往往新房还没有住暖,往往笑容还没散尽,便疑云突现,心烦意乱,美好已成过眼烟云。

不过幸好老赵还有政治幸福观,政治生活在中国比较繁忙,让老赵比较容易尽享政治活动,忘掉人生困惑。元旦开始的第一季是中国会议季,能够参加省市无论人大会议还是政协会议,老赵都颇有价值感和光荣感,坐在会议专用大巴里头,有警车开道,在交警们特辟的通道里畅行,老赵志得意满、笑容满面。老赵认为我比他更加幸福,因为我还是全国人大代表,要从省市会议里一直开到北京去。遗憾的是,我显然缺乏政治幸福观,不大体会得到老赵的情怀。被警车开道的时候,我常常都是低下眼睛不敢看窗外,总不敢正视那些被阻拦在路边的老百姓气愤和不屑的眼神。在我看来,会议的确不必这么多,会期的确不必这么长,形式的确不必这么浩大,的确不必动不动就交通管制。开会就是开会。开会是有关方面所需要的一种集体工作形式。会议的等级制也森严壁垒得令人窒息。一个普通与会者,渺小若尘屑。与个人幸福,似乎搭不上。

当然幸福总是存在的,也可能发生在任何时间与地点。除了全凭碰运气的偶遇之外,必须要靠个人刻意为自己谋幸福。就在不久前市里的会议上,某一天,我没有随集体返回酒店,处心积虑地逃离了酒店丰盛的会议餐,还坚决谢绝了某个据说相当重要的饭局。我独自走在大街上,在早春的料峭寒风中步行,寻到租界老城区的某条街道。不为别的,只为这条街道至今依旧保持的传统卖菜方式:是一家一户的小店铺,是各家都有自己专营特长,是总有附近农民在这里卖一点自己种植的时鲜蔬菜,是总还有些本地蔬菜依旧饱含往日的质地与味道,是某些质地会勾引历史、唤起共鸣,再现记忆、加深理解,进一步认识美味中蕴含的无限渴望。很好,我赶上了时节。当我耐心梭巡了整条街道以后,功夫真的不肯辜负有心人:我发现了一家刚刚采摘下来的迟菜薹,皮色紫光油亮,薹茎粗壮鲜嫩,是几场冬雪烘托出来的上佳之品,又必是产自武昌洪山或者东湖青菱乡一带,于平常日子里是可遇不可求。又在街边挑担老农的筐篮中,发现了头道豌豆苗,苗叶指甲盖一般小小的,手感厚实,叶面绿中带紫,这是唯有冷到冰凌挂上几尺的数九寒冬,又频频出来好太阳,才得晒出来的一抹鲜艳。这样的艳,吃到口里,必定馨香沁脾。我做过知青,我亲手种过地,我熬过以上蔬菜所经历的气候与岁月。耕种与期待。饥饿与饱餐。流过的血和汗水。无穷无尽的想象力与年轻野心。都唤醒,都来到,陌生大街上我一点不孤单。聪慧的劳动者一眼就看出我的识货,未做买卖先露笑颜,一脸都是被赏识的自豪,是一桩小买卖也铿锵激昂有高山流水之音韵。然后带着所有这一切细致而具体的喜悦回家,精心烹调,只一入口,鲜美绝伦,幸福就这样来了!

原来幸福是在生命中有来龙去脉的。原来幸福的来龙去脉是这样充满个人经历的。俗话说的"福由心生"是没有错的。幸福大约就是这样微观和自我得难与外人道。比如又有多少次,当我终于战胜自己的极度疲惫或者极度心灰意冷,硬拖着脚步到户外,当我终于坚持步行到一万步,冰凉的血液变得温热,热血中点点生机勃勃升起,汗水和泪水一起流下来,这个时候,我的每一口呼吸,是幸福的。又原来,幸福是有一颗强大的内心;是这颗内心里有一种强大的骄傲;是这种强大骄傲足以抗衡人生的种种磨难。其实幸福很难由热闹或者宏大场面表达,而是由个人的平静或者泪水;由泪水里的咸,而不仅仅是甜。

快乐在握

"快乐"几乎是一个无须解说的词,与黄金白银珍珠玛瑙一样,是踏踏实实的好东西。世界上歌词最简单、旋律最简单、却最拥有广泛唱众与听众的一首歌曲,无疑是《生日快乐》。祝你生日快乐!祝你永远快乐!这歌声在人类的每一天每一刻,该有多少声音在唱诵,说它犹如大海永不停息的波浪恐怕一点不为过。今天才是12月18号,圣诞大战已然硝烟弥漫,到处竖起了圣诞树,铺天盖地无孔不入的都是圣诞节促销广告,口号倒是只有一个:祝你圣诞快乐!都知道咱们并不是一个信仰上帝的国家,但是,现在咱们管它信仰不信仰,最关键的是咱需要一个让我快乐的理由。理由不够就抓壮丁。洋壮丁也是可以抓的,咱现在不正是在与国际接轨嘛。马上又是元旦了,新年快乐!而旧历的年底才最像年底,再春节快乐!还既有初一就有十五,再中秋节快乐!永远快乐!

近三十年来,我们物质条件越来越好,可是我们发现快乐越来越少,于是我们发现自己非常地非常地需要快乐。

可是,你真的快乐吗?

你确定,你没有被快乐吗?

你确定有那么一刻你内心深处陡然温暖春潮狂卷?或者,有那么一刻忽如火树银花喷发？你确定有那么一刻,你能够清晰无比地感知你被爱着同时你也爱着因此你的笑颜一展沉鱼落雁？你确定有那么一刻,没有玫瑰烛光红酒香氛、没有山盟海誓激情煽情、没有聚光灯大喇叭主持人的摇唇鼓舌,任何外在形式都不存在,就只是你们自己的眼睛,能够互相凝视,能够久久凝视,凝视到那心底里滚烫的热泪要不由自主涌流出来。

昨天本来是我一友人非常快乐的日子,两年来她朝思暮想的宝马终于到手。特提前半个月就预定了我的时间。亲自驾车来,要香车宝马请我去吃顿饭,要一起狠狠庆贺庆祝。她清早就从武昌出发,两个半小时还没有到我家。她来信息：塞车了！我回信息：塞车好！难得在大街上缓缓展示！她道：呵呵！信息来信息去,我尽力搜肠刮肚挑选好词好话,竭力维护着朋友的快乐。结果到最后,快乐还是不幸夭折：新宝马与一辆急匆匆的出租车擦了,崭新车门两道深痕！朋友在电话中哭了："我操！"就这样,一个文静女人被逼得大爆粗口,只因在二桥上吹着凛冽寒风,只因与的士司机跳脚大吵,只因久等不见交警到来,只因突如其来的两道深痕顷刻间破坏了一切,顿时一个好日子变得烦恼苦涩。

这是一点不奇怪的：物质带来的炫耀性快乐,它一定与物质同样速朽。就算没有发生意外,我们顺利吃饭,成功庆贺,难保明天朋友不发现这辆宝马的某些缺点,转而觉得别的什么车更适合她。当第一部手机的新鲜感带给我们稍纵即逝的快乐之后,接下来只有轻率的更新换代了。地球是圆的,物质世界也就是圆的,风水轮流转,没有什么顶级奢华可以给你带来长久的顶级尊享,更没有什么顶级尊享带给你长久的顶级快乐。当你富有到能够穿上巴黎裁缝的手工华服,大街上已经开始流行有破洞的裤裤。《圣经》为什么说"饥饿的人有福了"？那是因为只有饥饿才能够获得饱食的快乐。一旦饱食终日,人就开始吃什么都不香。由于物质飞快的新陈代谢,由于科技发达和时尚文化的魔幻变化,依附物质的快乐不仅短命,而且肤浅;实质上你没有快乐,你只是被快乐了。

酒店处处都是饭局,大家杯觥交错,称兄道弟,谈笑风生,可是宴罢归去,你已是冷脸一张。因你心里很清楚宴无好宴。酒宴皆有目的,不是你在应酬他人就是他人在应酬你。可是社会就是如此,为了某些需要和许多大大小小的目的,大家必须进行集体狂欢。这种狂欢可以说是工作,是合作,是生意,是算计,是敷衍,唯独不是快乐。所以实质上你没有快乐,你只是装了快乐。

因此快乐并不是一件容易的事。

我赞成某些科学家的观点:人类天生是悲观的。哭与笑,同样都可以打开肺泡,为什么人类一出娘胎就号啕大哭呢?青草不断生长,孩子必须死去。何其悲凉!想必这就是为什么人们本能之中经常愿意被快乐的因素之一吧。因此,快乐天生就不是一件容易的事。

除了小孩子,快乐真不是一件容易的事。而人生苦短,转眼就是百年,追求快乐,应是天经地义。却如何获得快乐,误导满天飞,比如"保持童心"。开玩笑,人在不断成长,到哪个年龄就是哪个年龄的心智,童心必然早随年龄变化,怎么保持?我小时候,光是在大街上追随疯子,就很快乐,一路笑哈哈的。我现在还能这么做吗?假如现在我还是保持童心满大街追随疯子,一路笑哈哈的,那我就是一个疯子了。童心是无法并且不可能保持的。如果保持的话,不是真傻,就是装傻,或者装嫩。"知足常乐"也被大众奉为快乐宝典。但一个"知"字何等了得,那是对个人修养的一种智性要求,且是非同平常的高端智性,是《老子》说的"知足不辱,知止不殆,可以长久"。对大众认识来说,何谓足?有了温饱叫足?还是有了鱼肉叫足?还是鲍翅大餐叫足?是神农富康足?还是奔驰宝马足?现在经济社会用以鼓励人的都是金钱物质,都是更多的金钱,更多的物质,谓之上不封顶,那么显然,在当今现实中,"知足常乐"已经没有实用性,常常是暴发户骄傲的自谦,失意者辛酸的揶揄,清贫者无奈的自嘲。

当然,说得精到的,常识就有,只我们没有细看与细想。例如:人逢喜事精神爽。喜事,就不仅仅指的物质,含有更多精神意味,是只要那桩事情能够令人开心。是寒窑虽破能经风雨夫妻恩爱苦也甜,是儿不嫌母丑狗不嫌家贫,是不图家产万贯只图笑口常开,真实的深度的由衷的快乐,必在精神,心旷神怡之乐许多时候竟只是一抹蓝天,一丝白云,一语有解悟,操琴有知音。当年青春年少,大学念书,星期天与男女同学三五人,骑自行车绕东湖狂奔,沿途寻花问柳,小花小草都戴发间,那个快乐!今天友人都驾宝马了,我依旧喜欢骑自行车,我还是那个快乐!我圣诞节就在自家窗前,伸出巴掌,接一片雪花,心里爱它瑞雪兆丰年,也当作圣诞老人礼物,我快乐!我日常家中写作一杯清茶远离各种饭局,我快乐!我也吃大餐,必定要与挚友,开怀畅饮,陶然熏染,我快乐!

快乐原本是掌握在自己手心的东西!

顺天施化,识物始终,自知性命,就会快乐。在不伤害他人的首要原则之下,依从自己个性,想咋的咋的,自个儿遂自个儿心愿,懂得不被快乐,懂得不装快乐,那就是快乐。

第五辑　幸福是有一颗强大的内心

简单的智慧

今年的中秋国庆长假,照例收到许多祝福短信。与往年不一样的是,"简单生活"一词在短信中超级大量。这个词,早些年就出现,是在短信里散布得三三两两,洒洒落落,带几许小资、几许文学、几许清高与自负,基本都发自文人墨客。后来逐渐流行开来,大约也是眼里有耳里有心里没有,属于生活品位的标签,不在口里常说说就属于没有品位。却今年这两节里来势凶猛,且来自男女老少,不同界别,不同职业,不同阶层,不同文化,这就不由我不注意了。上海《收获》杂志友人红明的短信一向写得巧妙,这次拿她来做一个代表,她的短信是:"小时候要幸福很简单,现在简单了就幸福。"这已经是很哲学的结论,很肯定的宣言,很魅力的倡导了。

毋庸置疑,"简单生活"已成社会热词。身处复杂多变社会环境,五花八门广告炫耀眼花缭乱,海量信息真真假假刷新过频,拥堵塞车物价飞涨股市乱跌,很多人身心受不了了。终于,大众开始向往和寻思更加轻松愉快一些的生活,最吻合大众心理的文化名词"简单生活"就火起来了。看来,文学的力量还是很厉害的。

不过,究竟什么是"简单生活"呢?我们在生活中怎样去做才会达到"简单"呢?我发现,一旦接触当下现实生活,对于简单生活的理解与阐释,又充分暴露出了文学虚弱的一面,不不不,应该说是文人墨客虚弱的一面。当下我们文人墨客的虚弱,已经拖累了文学。对于文学中虚弱的文人和不虚弱的文人,社会大众是懒得去辨识的,很容易就会迷迷糊糊地以为"简单生活",简单在两点:一否定物质,二否定欲望。

文人墨客自恃博古通今,喜欢摆弄历史故事,用历史佐证现在:两千多年前的孔子不是大赞颜回"一箪食,一瓢饮,在陋巷"吗? 这就是简单生活呀! 获得孔圣人的高度赞扬,以至于流芳百世,简单生活助你成功。一千多年前的陶渊明,辞官不做,公务员不当,遁入世外桃源,"采菊东篱下,悠然见南山",这就是简单生活呀! 简单生活助他成功——现在这讲坛那讲坛,都是这种嬉皮涎脸的网痞口吻。你瞧瞧这些历史人物,他们采取简单生活方式以后,名垂青史,这是多么巨大的成功啊! 榜样的力量是无穷的,所以,大家现在学学他们,不就得了?!

真是可怕的逻辑可怕的文化! 且不说生活在当下,是否合适学习古人。问题更在于,我们对古人的了解、理解与解释,是否有最基本的准确性。

孔子赞颜回,是有的。但是颜回选择的生活,是哲人的选择,是为着表达自己的世界观,是有着十分复杂的思想含义和在当时的积极作用,断断不是什么简单不简单的问题。

陶渊明,明摆着,是被后来的文人传得错大了。有史记载得十分清楚:陶渊明出身破落仕宦家庭,年幼丧父,与其母亲和妹妹寄居于外祖父家里。因此,寄人篱下的苦孩子陶渊明,是特别想要奋斗发达的。他少年时代就写下了"猛志逸四海,骞翮思远翥"的豪言壮语。但是,陶渊明实在运气不好,时运不佳,一直发达不起来。他做人又特紧张特敏感特刚烈,一点儿委屈和轻视不能忍受,动辄辞职。陶渊明一生，只是时断时续地工作了13年，最后彻底辞官归里。不过，尽管官职不大，工作年限也不长，薪俸还是挺高的，足够他在乡下买房买地。陶渊明当时置方宅十余亩，草屋八九间。最初陶渊明心情的确不错，在耳目一新的环境里，他写下了"采菊东篱下，悠然见南山"的诗句。然而，接下来呢？或者说，实质上呢？实质上，陶渊明是负气而活着，辞官归里是愤世嫉俗之举，做给人看的。当他发现没有人看他，没有人在意，就更加愤怒了，整天借酒消愤，每饮必醉。在那个小农年代，乡村是自然农业，农民必须要勤劳苦作才有收获。陶渊明哪里高兴去打理农田？他的十余亩地无人耕种，加上天灾连连，加上好酒贪杯，陶渊明很快就陷入了贫困。他是"夏日抱长饥，寒夜无被眠"，经常"褴褛屋檐下"。就连村里老农，看他这样颓废懒惰，都实在看不过去，只好带了酒来与陶渊明喝，趁机好言相劝，要他振作起来外出工作。但是陶渊明，这么一个刚烈自负又敏感的文人，哪里能够接受农民的意见。最后，陶渊明全靠借贷和朋友接济度日，并且失去了对自己进行最基本约束的理智，只要拿到一点钱，马上就去喝酒，所有钱又全部送给酒馆了。才63岁，陶渊明死于贫病交加。历史事实证明：陶渊明的生活不是一个简单生活，只是一个简单生活的传说；更不是一首田园牧歌，只是一个田园牧歌的传说。

　　民谚道：人穷志短。又道：人往高处走，水往低处流。这就是社会常识。篱笆开满野菊花而家徒四壁的穷人，绝对不会觉得自己正过诗情画意的简单生活，而是恰恰相反，穷日子很不好过，很复杂纠结，很心烦意乱，常言所谓"贫贱夫妻百事哀"。现在中国的历史发展到今天，启动一个经济体制的改革开放，也是很不容易的。无论在这个发展过程中，有多少失误，出现了多少问题，付出了怎样的代价，有多少亟待解决的矛盾和问题，物质生活的进步总归不可否定，对更好生活的强烈欲望总归不可否定。老百姓好不容易才楼上楼下电灯电话,才吃饱肚子,才脱下补丁㧅补丁的衣衫,才唱歌跳舞旅游戴首饰,才买车买房玩电脑玩手机。面对新的时代,我们的思想必须有所进步,不能再囿于褊狭与极端的思维方式:忽左忽右,要么左要么右。穷了要变富,富了又否定欲望与物质重又美化穷。现在几乎有一个群体的文人墨客,就是这样一种粗暴态度。社会上一开始流行"简单生活"概念,就会有文化解释者竭力提倡放弃物质,回归赤贫,禁锢欲望,只需背靠山墙晒太阳。我有一位学经济的友人,有一次我们聊天,正在聊一些经济政策的重大失误。他一边翻阅报纸,随便浏览,看见报纸副刊整整一版都是赞美放弃欲望和物质过简单生活的散文,气得他把报纸朝我一扔,说看看你们文人们吧,不是更扯淡吗!与经济相比,你们文化落后到连常识都糊涂的地步了!

　　我同意。我无语。我为文化、文学、文人的落后而羞惭。我没办法改变他人,我改变自己。至少我懂得,当今我们中国人的烦,是处理人与物质关系的烦,不是饥寒交迫的烦,也绝对不能够再次跌落到饥寒交迫之烦恼中。

　　从孔子颜回到陶渊明到今天,说实话,在中国,的确很难找到真正的简单生活方式,那样一种既善于创造又善于退守,既丰衣足食又简朴节制的简单生活。就安稳人类心灵来说,那才是更加符合现代普适价值的简单生活。遗憾的是我们中国人的生活无论贫富都很难简单起来。所以如果能够当作举世瞩目范例的,中国,真没有;世界范围内,真还不少。以世界第一富翁比尔·盖茨为例,他应该算是非常懂得过简单生活的人了。盖茨2008年,年满53,才53岁,正当盛年,人家就宣布退休,580亿美元个人财产,悉数捐给基金会,自己的个人生活这样安排:大量阅读,做慈善,打高尔夫球和桥牌。从此,盖茨过上了他理想的轻松愉快的简单生活。试想,假如盖茨不是现在这样,而是只要不咽气就绝对不放手生意,八九十岁了还娶年轻小老婆,最后几房大小老婆一群婚内婚外子女闹矛盾打官司瓜分财产,他的生活能够简单吗?试想盖茨有大把钞票了就要去整容整成刘德华;想要去买飞机买飞船,把自己姓名刻上去;那么,盖茨一定会觉得生活太复杂了,实现个人愿望麻烦太多了,他会烦死了忙死了累死了。

因此,其实,创造性的欲望,丰厚的物质,是一个积极的处世思想,是一个积极劳动的精神状态,与简单生活一点不矛盾。而简单生活,是处理方式的问题。只要你懂得用简单方式来处理物质与欲望,你就可以获得简单生活。

当然,简单方式并不是天生就会产生,简单方式来自思想方式,思想方式来自文化、教育、宗教情怀等因素的影响和熏陶。这就不难理解为什么盖茨的简单生活,首选就是大量阅读。再有钱也无人不需要依靠人类最高智慧来判断自己是否幸福,来保证自己正确选择生活方式。我们之所以难得简单生活,主要根源于我们对待生活的思想方式:我们的幸福是建立在他人身上的;我们须得用自我炫耀来挫伤他人,让他人相比之下,自感寒酸和低贱,这样我们才会获得更大快乐。依赖他人的生活,依赖无数人才获得感觉,生活当然就很复杂了。

而欲望本身,是人类进化的根本动力。一个人,灭了什么都成,千万不能灭了欲望。物质无罪,多多益善。要想全人类一步步达到幸福、健康、富裕、公正以及和谐相处,创造丰厚的物质是必须的。任何人,你都不可以单独生存。唯有造福社会才能巩固自己的福祉。现在已经有物质烦恼的人,不妨认真想想和认真学学现在的盖茨。现在尚在打拼奋斗的人,不妨认真想想和学学年轻时候的盖茨。而对于社会上流行和时髦的文化名词,再好听,也千万不要轻信。最根本的是,当你发现自己有了一定思想能力,当你开始觉察并想要简单生活了,你得非常明确地开始注视自己内心,努力学习和精进,让自己获得人类更高智慧,你的简单生活就会到来。

不妨怀些旧

1995年的春晚——那时候我还经常看电视,春节晚会上的一首歌狠狠打动了我:老狼唱的《同桌的你》。至今我还记得歌词的只言片语"——老师们都已想不起,猜不出问题的你,我也是偶然翻相片,才想起同桌的你,谁娶了多愁善感的你,谁看了你的日记,谁把你的长发盘起,谁给你做的嫁衣——"

流行歌曲很像流感,非常容易传染。随着这歌声,一股怀旧风强劲刮起。老同学之间纷纷串联。大学、中学、小学都搞校友聚会。一时间,三日一小席,五日一大宴。席间必定要卡拉OK一番,同学们必定要唱《同桌的你》,还要唱《笑脸》,还要唱更古老的《莫斯科郊外的晚上》。席间还必定名片纷飞,胳膊打架,笑脸如花,互记电话号码,郑重约定下次的见面。

然而,没有下一次了。

逐渐地,以后再怎么约,老同学已很难约得那么齐整了。人人都喊忙,都说没时间。越是成功人士,越是重要人物,越是有能力为聚会埋单捐款的人,越是忙得要命。再一转眼,许多电话都打不通了,号码换了,或者已经是空号。住址变了,还一变再变。城市在迅猛扩张,信息在海量增长,物质在极速膨胀,网络一夜之间占据人们的生活空间,时尚与流行则占有了人们的业余时间。也就是十几年,苹果与黑莓从水果变成了手机,很诡异地把许多人变成了"苹果粉""黑莓粉"。人们还被变成潮男潮女,还被变成宅男宅女。所有人只有一个共同点:时间没了。大家的时间都没了。

我一老同学,哭着喊着约我吃饭,声称非常想念我。结果,大家刚在餐桌边坐定,老同学手机掏出来,两枚,分别摊在餐具两边:一边苹果,一边黑莓。用苹果讲电话:这个标我们能够拿到吗?竞争力最强的是谁?他们投额多少亿?赶快给我查查他妈的什么来头什么背景?与此同时,黑莓在网络上紧急搜索相关资料。菜上齐了,黑莓与苹果都还在忙碌。老同学语速超快地嘟噜:没办法!真他妈的没有办法!这单生意必须拿下!他妈的!如今外企在中国越来越难做了!他妈的老外根本不可能懂中国就他妈的知道坐在巴黎豪华办公室里逼你拿标!嘿,老同学,有一个小忙你务必帮帮我——这才是饭局的实质!老同学对我的想念主要包括评估我的能力:也许可以帮一些小忙。也评估过如果在想念的前提下,我大约无法拒绝。事实正是如此。我一答应,饭局结束;抛出实质,再无他话。幸亏我早已明白宴无好宴。幸亏我早已不喜宴席的吃喝。幸好我没有愚蠢到以为真的有一番怀旧。老同学急煎煎奔停车场,急煎煎钻进小车,然后长久地被困在塞车长龙之中,不停打电话,不停地工作着,不停地愤怒和烦躁。我这位老同学,也算功成名就腰缠万贯了,但同时也变得食不甘味,心不在焉,脂肪堆积,肤色晦暗,神态暴戾。是从衬衣、领带到西装的全套杰尼亚名牌,也不能装扮出他的从容态度和好心情。

说来不免感伤,这只是若干朋友熟人之中的一个。现在许多人都是这个样子。男女老少概莫能外。成功者失意者概莫能外。大家穿上好衣裳,约出来坐坐,喝喝茶,吃吃饭,聊聊天,讲讲往事,凝视一段记忆,审美一段交往,交流一些经验教训心得体会,这样从容温暖的方式在我们生活中越来越少,渐行渐远。连最年轻的成年人"90后",据说都忙得没时间聊天叙旧。不仅如此,社会上还流行一种荒诞说法,据说一叙旧,人就老。谁喜欢叙旧,谁就在衰老。很快地,聊天怀旧便从饭局上消失了。饭局变得越来越功利。饭局变成了生意场,变成了陷阱,变成了应酬,变成了会议后面的会议,变成了对付与敷衍,于是饭局上的说话,就变成了明枪暗箭,变成了双关语,变成了欺骗,变成了较量,变成了交易,变成了吹牛拍马,变成了手机段子哈哈哈。真诚不再,怀旧缺位,交流枯竭。人们纵然面对面,感觉到的只有一种干涩与无奈。用我老同学的口吻说:真他妈没劲!在这真他妈没劲的时候,金钱无能为力。权力无能为力。地位无能为力。再丰厚的物质,也无能为力。物质的速朽性质决定了物质的炫耀性必定是过眼烟云。可不是嘛,悍马荣极一时,今年说倒闭就倒闭了。路易·威登手袋今冬就推出了明春的新款而你刚才购买一只冬包。电脑手机的换代升级更是眼花缭乱,把人疲劳得不得不视而不见。资本与利润根本就是觊觎钱包,带给人们夸耀感与幸福感的周期自然是越来越短促,短促到无法分泌足够的温情。

我女儿21岁,今年大学毕业,从英国回来度暑假,满怀热情赴老同学的聚会,晚上回家怅怅然好不得滋味。去年暑假大家都玩"偷菜",今年都玩"三国杀"。都聊不了几句就去埋头发短信。大家一起玩,除了K歌,就是打麻将。麻将可以一打一整天。不少从幼儿园一起长大的同学,也好像没有一起怀旧的兴趣了。因此,我女儿更加期待开学,她更习惯英国了。她英国同学中有英国人希腊人美国人马来西亚华裔犹太人黑人等等,似乎这许多种族的人,与我们不太一样,似乎都更乐意聚会,乐意晒太阳,乐意散步、聊天和交流,不断举行派对,你的他的我的故事讲述与倾听交织成一个生动的全世界,大家在心情良好从容不迫的交流中无限接近对方,眼睛看着眼睛,只见彼此皆是知心与重要。谢天谢地！我喜欢女儿能有这样的生活。我喜欢女儿因为有这样的生活而一辈子都享受从容与温情。

"怀旧"一词的首创者是瑞士医生霍弗。在17世纪，欧洲君主们的瑞士雇佣兵，由于对故土无法自制的渴望而突然大哭，焦虑，心悸，失眠等。由于这个阴郁的起源，人们长时间里对怀旧没有进行真正的辨识，都以为怀旧是衰老的标志，导致许多人刻意回避。直到1979年，美国社会学家弗雷德的研究，才区别出来，那是乡愁，不是怀旧。又经过不断深入的研究，现在科学家可以断定：怀旧是一种正面的自传式记忆。看来不错，只要我们稍微专注，我们完全能够体察一种生活常识，那就是：在怀旧的情景闪回中，我们都是自己回忆中的正面主角。我们会在过去的逆境中，看见自己的闪光点。往事并不如意，我们曾经忍饥挨饿、曾经受歧视被欺负、曾经倒霉、曾经不讨老师喜欢、曾经怀才不遇、曾经无立锥之地、曾经身无分文，然而，随着生活的延续，故事一波三折，情形逐渐改变。就像美国大片一样，我们总是赢得了最后胜利。一次次倒霉成为经验和教训，一次次失败带来最终成功的契机。欺负我们的人终于被历史淘汰。饥饿的结果使我们学会了热爱美食。事实一点不假，我们就是赢家。现在，我们鲜活地坐在往事末端，作为自己历史的主人翁，正在栩栩如生地讲述。我们讲述与倾听。我们会同时哈哈大笑。我们会发现心灵相通的朋友。无论是7岁还是70岁，我们都有可能从怀旧中获得更加成熟的智商。尤为重要的是，这个过程，已然将我们的身心沉浸在流畅滋润的快乐之中，沉浸在人生的胜利感之中，温情与信心，信任与友谊，就这样被激发出来，充满我们的身心。真正的朋友在这里出现，此生此世，我们不再孤单。

奇迹总会有

幽默是一种品质

淘碟是我多年的爱好。隔段时间,我会去音像店扫货一通,带回许多碟,再慢慢看。这样扫货,不免夹杂残次品和不同译名的重复碟,没关系,老顾客了,包换。社会上再怎么时兴网上看,只我的爱好很难变。电影胶片的那个细腻与恢宏,哪里是电脑屏的分辨率可以传达的?再说现在的碟片越来越讲究了,从 VCD 到 DVD 再到 D9、蓝光,等等。正当我满以为碟片不再有残次品了,去年暑假,却出了一点诡异。那天,我女儿和她的同学,一帮大学生,来我家,想看惊悚片,而且一定要原版的、没有中文译音的惊悚片。我选了一碟,送进碟机,突如其来一阵嘈杂声,屏幕上出现的是赵本山!而且是老早老早的赵本山,他装扮成东北乡村一老太太,弯腰佝背地站在舞台中央,瘪嘴豁牙地唱着当时流行的一首歌曲:"没有花香,没有树高,我是一棵无人知道的小草。"镜头转换台下,台下听众皆是老早的服装,老早的表情,老早的那种傻呵呵的开心大笑。一时间,孩子们愣了,我也愣了,都愣着,却没谁笑。片刻,一孩子冷静地说:"还真是恐怖。"此话一出,满屋子大笑。

就这时刻,我清楚看见,我站在两个时代交接点。《小草》是赵本山 20 多年前的小品,这张影碟摄录的是 1989 年央视的某期综艺大观。那个时候,这群大学生,才呱呱坠地或牙牙学语。他们人生最早学会的单词除了"妈妈",可能就是"拜拜"——英文。他们的幼儿园首选双语教学。初中高中大学期间又陆续出国念书。他们在更加广阔多元的国际文化氛围中长大成人,他们自然会觉得这段小品不好笑,非但不好笑,而且还很傻气很怪异很陌生隔膜。我呢?我又为什么隔膜呢?我又为什么不再笑得出来呢?我清楚地记得,当年我是笑过的。当年有一阵子我还觉得赵本山很幽默。20余年后的今天,忽然意外地面对《小草》,我也笑不出来了。在这相逢无笑的尴尬中,我看见了自己当年的对幽默文化理解的无知、幼稚和粗浅。我无错,《小草》和赵本山也无错,20多年前那还是一个怎样的社会形态?毕竟,多亏有一点"小草"们,以简单的村俗的搞笑,重新唤醒了我们笑的意识。孩子们哪里能够体会到,30年前的社会,我们竟是被不允许随意笑的呢。

问题出在《小草》以后。后20年,我们的社会形态是迅猛开放,西风涌涌,经济活动空前活跃,GDP持续高增长,人们的文化视野不断得到国际艺术的拓展和提高,文化审美水平进步飞快。很快地,大多数小品喜剧被人们不笑了。又逐渐地,故事片、古装片、贺岁片;郭德纲、小沈阳直至海派清口,不断遭到越来越多的网友拍砖。更有那些在电视屏幕、舞台乃至婚礼上大肆泛滥的主持人的搞笑,多半把肉麻当有趣,令观众不屑。还时常有所谓大师级导演的大片,动辄投资亿元,结果连最基本的电影语言和叙事框架以及人物对话都支离破碎不知所云,就别说能够让观众心领神会地笑了,但是,主流管制依旧。活跃的经济、大把的钞票、观众的反应以及主流管制,让艺术生产者们急了,艺术创作很自然就滑到了艺术生产的套路上,胡编乱造,低级趣味,讨好卖乖,装神弄鬼,赚钱——出名——赚更多的钱——出更大的名成为一条艺术品的生产流水线。现在,我们神州大地自产的娱乐文化,充斥着装腔作势、哗众取宠和虚情假意。讨好大众的基本元素,大约就是下流粗俗不怀好意的段子与玩笑、阿谀逢迎夸张作秀的噱头。演员们少有艺术激情,缺乏真情实感,多是卖弄滑稽、拿人开涮、出丑卖乖。如此,娱乐里头的幽默含量太少太少,而愚弄和调戏观众的成分太多太多。我们现在都肯定更喜欢外国电影、电视连续剧和舞台艺术,无论是哪一类,我们一律通吃,票房足以证明我们的热情。我们被强烈吸引的最主要因素,并非故事情节。所谓太阳底下无新事:人类的生命经验根本相通,老外的生老病死与我们大抵一样,因此,其实我们更渴望感受并欣赏的是他们带给我们的真情实感,带给我们的激情,带给我们的感动,带给我们的诙谐幽默和俏皮。当一个人最危机时刻,最紧张时刻,最失落时刻,竟或是普通到过于沉闷的日常生活,他们的艺术都可以引发我们的由衷一笑。我们可以被逗笑,是因为我们懂得幽默。我们知道幽默是一种睿智,是一种淡定,是一种创造力。幽默的语言与幽默的举止,本质里头都饱含丰满信息、独特个性、深厚阅历、精辟见解,还有善意与风趣。老早我们也曾经有过幽默。比如从前的相声演员马三立、侯宝林。为此,我特意又找来这两位演员的几段相声,尤其是20世纪50年代前后的,听听,就放不下,还想听,依旧很容易就被逗笑了。不笑不行,忍俊不禁。可见幽默的魅力是永恒的。

  幽默真不是肉麻。笑是一桩非常严肃的事。常言一大堆,句句是真理。如:笑一笑十年少;笑口常开;笑比哭好;相逢一笑泯恩仇。我们拍照的时候喜欢说:笑一个。为了面露笑容,我们十分可笑地让大家一起说"茄子"。国外也一样,只不过老外们不说"茄子",他们说"起司"。奥地利心理学家格拉默在他1990年的研究中,甚至量化了笑声。根据笑量,可以测出一个人开心的程度。笑量肯定是开心的重要指标。无论是男女关系,还是社会群体关系,笑,意味着放松,意味着许可,理解,领会,鼓励,支持和赞赏。欢声笑语本身就是和谐、沟通与亲密。而幽默,对于是否笑得起来,作用至关重要。现在我们搞笑20多年了,对人际关系起到了和谐、沟通与亲密的作用吗?显然没有。当搞笑离我们越来越近,幽默则离我们越来越远了。我们现在的人际关系,相对经济繁荣来说,显然没有丝毫繁荣起来的迹象。现在我们彼此高度陌生化,互相不诚信,时刻警惕着,到处冒火药味,恶性事件频发。不要以为社会治安只是警察的管理责任和职责范围,文化有着更深重的担当。现在我们的笑量指数很低,脾气很暴躁,态度很不好,我们甚至无缘无故就很不开心。作为文化从业人员,我想我并不是在批评同行,我是忧心忡忡,是审视、反思与无奈。如果一个民族这样庸俗下去,真不知道最后谁还笑得出来?

我把希望寄托在孩子身上,寄托在那些没有被成年人谋杀天性的孩子身上。许多成年人已经大脑进水,极端成狂,失去了对新时代的理解与接受能力。比如:谈网色变,甚至采取种种暴力手段隔绝孩子们与网络,而且这些没脑子很怪诞的做法还大行其道。其实,存在总有存在的理由。如果我们稍微宽容一点,换个角度来看待我们的孩子,就会发现孩子们已经大大超越我们。我们于电脑总有生涩感,孩子们却已经如鱼得水。为了冲破家长专制的桎梏和社会的过多束缚,他们幻化成陌生人,在虚拟的掩护下,闯荡网络江湖,他们自由书写、率性表达,尽管有时候会出现偏差,会执迷,会恶搞,但他们是在开口说话。能够说话是太重要了!只有自由言说才会碰撞出思想火花。只有具备了积极的思想能力,才有可能创造更进步的社会文明。也只有从小善于说话,善于思想,娱乐才会更有文化含量。历史已经证明技术开创了现代文明。技术因素对于我们的生活、思想和文化,都有着不可抗拒的影响。因特网把世界变成一个地球村,我们的孩子们已经是世界的村民,绝对的封闭与禁锢,再无可能。产生幽默品质所需要的个性化和思想能力,已经随技术而来,不管大小多少,它已扎根。一个新的时代,就在孩子们的优点和缺点中起航。当前我们娱乐文化的低级与滞后,应该是最后一段挣扎,衰竭与新生,是迟早的事。

第五辑　幸福是有一颗强大的内心

尊严究竟什么意思

早些年有一个怕老婆的诙谐段子,说是一个男人在家里,被老婆用扫帚打得慌不择路,爬进床铺底下,老婆够不着了,急得大声呵斥:"你给我出来!"安全龟缩在床底下的男人则更大声地宣称:"不出来!男子汉大丈夫说话算话,我说不出来就不出来!"这个段子,听似简单,却有内涵,它说明了三个要义:一是尊严最重要;二是维护尊严要靠自己;三是男人特别重面子。在这里,第三点要义暂且放下不谈,只说尊严问题。俗话说的"打肿脸充胖子""死要面子活受罪",就是指的好面子但又很没有尊严的行为。这个段子之所以广为传播,是为男人的尊严做了一个比较有幽默感的诠释:人已经被打到床底下去了,已经够没面子了,但尊严还是必须捍卫的。尊严与面子不能混为一谈。尊严包括面子却远远不限于面子。好面子与重面子,前者受人嘲笑,后者受人尊敬,民间智慧就是这样拎得清。

尊严其实就是主权。从国家主权出发,可以看得很清楚。比如:寸土必争。国土哪怕是巴掌大小海岛或者一片不毛之地,只要被外国侵犯或占有,国家人民都应奋起捍卫,哪怕血流成河也在所不惜。对于个人来说,尊严就是人权了,是上天赋予个人生命最基本的权利。比如:一个人生来拥有不被他人非法剥夺生命的权利。比如:一个人生来拥有爱与被爱的权利。之所以建立宪法与法律,就是为了维护大到国家小至个人的基本权利。还有许多法律力所不逮的社会缝隙与角落,人们也会约定俗成地形成个人行为准则或者规则,以确保个人尊严。比如欧洲盛行一时经久不衰的决斗,其方式尽管过于酷烈与血腥,还是受到极大尊重,也正是由于决斗双方都能够摒弃争执、辱骂、纠缠不休、阴谋诡计、暗箭伤人,恪守抽签游戏规则,一枪一剑,慷慨了断。决斗超然物外的态度,公正地给予了决斗双方一种个人尊严。俄国诗人普希金就是死于决斗。那时候普希金正当38岁盛年,也已诗名卓著,他妻子冈察罗娃与法国男子丹特士发生了恋情。作为绅士,普希金没有打骂羞辱妻子,毅然选择了与丹特士决斗并在决斗中身受重伤,不治身亡。普希金用鲜血和生命获得了自己永恒的尊严,他的壮烈死亡与他的诗歌一起青史留名。中国古典小说《水浒传》,有一回是"宋江怒杀阎婆惜"。民间传说多把宋江演绎成了一个造反派。其实只要耐心读完小说就知道,仁义好大哥宋江,之所以一怒之下杀掉已经娶过来的漂亮女孩阎婆惜,并不是作为公务员的宋江有心造反和无视法律,主要是他的个人尊严,在阎婆惜这里,长期受到践踏与侮辱。阎婆惜并不爱宋江,看重的只是宋江的社会地位、权力和物质利益,她平常就推三阻四不尽夫妻本分,常常抱怨宋江公务繁忙对她重视体贴不够,她还公然勾搭上街巷小混混,更借故与宋江纠缠争吵。就在一个纠缠争吵的当夜,阎婆惜偷看并盗窃了宋江的公文袋,被宋江发现之后反而倒打一耙,歹毒羞辱、诋毁宋江还不说,还威胁要去政府举报,要让宋江脑袋搬家身败名裂株连亲友,那一刻便生生地把宋江逼疯了。这个著名的好男人,也就忍不住拔刀相见了。按说无论如何,夺人性命都是非法行为,在宋江怒杀阎婆惜这件事情上,法律肯定是饶不过他,但是民间常识的判定得比法律更切合人心与民意,说的是"杀人可恕,情理难容"。

情理就是指的个人尊严。在民间看来,宋江出于救济贫困的一片好心,将阎婆惜娶为小妾并供养其母女,阎婆惜不仅没有好心还好报,还一而再再而三地羞辱宋江最终直接威胁他的生命,这实在是情理难容了。在现实中,常识会把情理当作真理或者准则,有时候甚至高于性命。有一些天生忤逆者,上不孝下不慈,无论父母妻子都敢随意羞辱打骂,还有一些残忍下贱者,泼皮蛮横动辄伤害他人,这在民间看来,他们严重侵犯了个人的尊严,用老百姓的话说,就是"这个该死的",如果杀了他们,老百姓会说这是做了好事,叫作"替天行道",可以"人人得而诛之"。

可见,个人尊严向来是至高无上的。人生一辈子,自己拥有尊严与懂得不侵犯他人尊严,这是非常非常重要的个人品质和德行。这一点,在日常生活里,民间常识有着泾渭分明的判断:你做得好,你就像个人;你做得不好,你就禽兽不如。同样事涉家庭婚姻爱情中的矛盾,阎婆惜对待老公宋江的做法,就是禽兽不如,故而人们认为宋江杀妾理所当然情有可原。普希金对待妻子红杏出墙的处理方式,是绅士风度,不欺不辱,人们给予的就是更高评价了:有认为义薄云天的,有认为千古浪漫的,不断有电影戏剧改编演出,代代传诵。又可见,要想拥有自己尊严的人,首先应该懂得给予他人尊严。尊严这个东西,不是自己可以哭着喊着讨来的,是要靠自己待人处世的合情合理和雍容大度获得的。一般说来,人都更容易要面子,更容易强争面子,更容易为了维护自己的面子而不顾他人的面子。殊不知,唯有善于顾他人面子,自己才会更有面子。给他人面子这个举动,本身就大气而体面,无形中就已经为自己争得了天大的面子。尊严的意识,尊严的自觉,都要靠自己努力修养和提升。尊严这个东西,是别人想给你都很难,是多少人的吹捧和恭维也没有用。一个人如果只在那里一味地自私自利,猜疑敌意,焦虑暴躁,蛮不讲理,就算给他贴金搽粉，他也成不了佛。俗话说得很简单，只说："人要学好。"这个"学好"，其实主要含义就是要懂得何谓尊严，懂得如何获得尊严。

尊严的学习，是一生一世的事情。我们每天都要面对无数具体问题，采取怎样的处理态度与方式，都靠自己有意识地警醒与要求自己。印度精神领袖甘地，就是这样一个人，每日每时都特别警醒和要求自己保持自己的尊严，号召印度人民以他同样的警醒和做法，保持民族尊严。世界上大小国家民族，闹独立的方式很多，绝大多数的思路不外乎是对殖民者宣战、开战、破坏、暗杀、爆炸、上山打游击，等等，基本都属于暴力类，暴力总归会牺牲无数无辜者生命。甘地驱赶英国殖民者的态度和方式就只一条原则一个方式：无暴力反抗；打不还手骂不还口。最终逼得英国人都觉得自己卑鄙和残忍了，都无地自容了，就这样，印度不战而胜，取得民族独立。南非大主教图图，众所周知，他信奉两个字：宽容。他认为黑人种族最优秀的品质就是两个字：宽容。他被授予诺贝尔和平奖正是坚持这两个字：宽容。在南非，坚持宽容的结果是：把白人变成了合作者。因为有效的合作，南非迅速繁荣富强，成为非洲最富裕的国家；南非黑人，成为非洲享有最安宁生活和尊严的黑人。而甘地和图图大主教作为个人，则成为人类最懂得尊严的楷模，受到全世界人们的爱戴和尊崇。

而很显然，阎婆惜肆意践踏宋江个人尊严的结果，只能是两败俱伤。民间又说了，"好打架的狗子没有一张好皮"，也就是说，撕破他人的脸面自己必然也丢脸。不懂得维护自己尊严的行为，可能会解一时之气，但是更多往往是给自己带来灾难性后果：想要的恰恰会失去，固守的偏偏会断送，如果是一个家庭，会殃及老小子孙；如果是一个民族，会削弱和瓦解自己的族群。这已经是被无数历史经验教训所证明的事实。中国早有经典老话，说是"富贵不淫，威武不屈，贫贱不移"，这就是尊严。连斗争性最强、一生都锋芒毕露的鲁迅也认识到"辱骂和恐吓决不是战斗",这就是尊严。一个人,无论顺境逆境,无论发达潦倒,无论舍去得到,无论泰山压顶还是鲜花扑面,都能够从容镇定,清醒如常,不责怪,不辱骂,不暴力,不僭越,不冒犯,这就是尊严。

天不可欺

元旦这一天,是西元的新年,于我们中国,终究不像过新年,总是少一份喜气热闹,大意间还会平添一份怅然冷肃,这是因为冬季的真实到来。今天我把新日历拿出来,翻开第一页,扑面一个崭新数字:2011。我不觉一个后退,数字居然有一种打人力量:它会在忽然之间逼你回望过去一年又遥望未知的将来。

过去的一年,我实不敢回望。去年倒是没有大难天灾,却不断发生着太多太多不可思议的事情,实在诡异。例如:产妇去医院生孩子被缝了肛门。又有产妇死在了手术台上而手术室里医护者早已空无一人。男生驾车撞死了人说出来的话却是"我爸是李刚"。某小学居然要求小学生每人手捧一只鸡蛋上下楼梯以防楼梯垮塌死伤事件。某高层公寓一阵风来便窗框整体脱落坠下。更有建筑工地的钢筋材料用竹签代替。

去年物价也涨得邪乎:连厨房里头最普通日常的作料大蒜头,也奇怪猛涨,以至于涉及大蒜头的万事万物,都理直气壮地涨价。糖以及涉及糖的万事万物,棉以及涉及棉的万事万物,原材料以及涉及原材料的万事万物,一律涨得妖风阵阵。其妖怪更体现在五花八门的涨价理由上,白酒五粮液的涨价,据说是"为提高喝酒者的身份档次"。缝产妇肛门的理由据说是"出于爱心顺便替产妇切一下痔疮"。别的我不懂,不敢多说;但我学医出身,非常清楚行业规矩:接生顺便切痔疮是绝对不可以的!也是绝对不可能的!更何况可怜的产妇最后竭力证明了自己无痔疮。

经济高速发展到去年这个时段,金钱从量变到质变,变成了一双魔术师的黑手。从前我们揭露过的垃圾猪、垃圾鸡、垃圾奶牛、烂黄豆打豆腐,在去年居然被升级换代,改用化学。用垃圾喂猪都未免太费劲了,都成本过高和代价太大,都属于小农和传统了。伪劣也被看作笨蛋了,更聪明的是彻底造假。造假一路升级到纯化学阶段。极其便宜的小小一包化学原料,直接掺进饲料养猪养鸡和养鱼。餐馆高汤连使用味精鸡精都嫌贵,直接自来水勾兑"浓汤宝"。化学嫩肉粉可以在转瞬之间把腐臭之肉变鲜香可口。化学制剂直接配制麻辣火锅底料,沸腾时候更加香气四溢。豆腐也可以根本无须黄豆做原料了。去年是魔幻的一年,是大变活人的一年,傻子才用原料,聪明人都用化学。只要有钱赚,不怕吃死你。现实就是这样了,无论是媒体公开曝光的,还是自己亲身体会的,冷不丁,细一想,人就会一阵毛骨悚然。

毛骨悚然归毛骨悚然,悚然过后是习惯成自然。去年的可怕就在这里!质变的可怕就在这里!去年是我们已经习惯这个质变环境了,刚刚痛心疾首地控诉食品安全问题,转身该胡吃海喝的,照样胡吃海喝。某些品牌的牛奶刚刚被确凿证实含有毒素,改换一个包装又在超市出售了,并且又有顾客购买了。教育出大问题了,还是那个教育;医疗出大问题了,还是那个医疗。太阳每天照常升起,每天每天,我们每个人都照样在自己所处的位置被社会生活的巨轮转动,我们完全失去了自己,我们不得不做那些所谓的工作。我们当教师的谁不搞应试教育谁就会被踢出去。我们开餐馆的谁不使用化学制剂来降低成本获得最大利润,谁也就会被踢出去。我们当医生的谁老是开小处方拖累全科室经济效益谁的日子自然就很不好过直至患上抑郁症。去年!去年全面进入一个心照不宣的阶段:我们都是令他人毛骨悚然的一分子。我们已经团结起来,我们是整个集体都不做好事。既然我们都是为着自己集体,那就谁都可以胆大妄为。反正有一条定律是法不责众。大家都这样,你能咋地?

去年,一个中国式逻辑,日臻成熟并脱颖而出,与人类的逻辑完全不一样,是一个疯狂逻辑,这就是:活在当下,不问后果,只管前行!生存还是死亡的问题咱不管不顾不问,咱就是要大把赚钱,咱就是要中国式赚钱,咱中国十几亿人口咱怕啥?!

从前有句老话,常人都知道,说的是:"举头三尺有青天。"还说:"头顶三尺有神明,不畏人知畏已知。"进一步,话更重,道是"人可欺,天不可欺"。常识里有这么多格言警句,为的是强调一个意思:做人做事要有敬畏!敬畏究竟什么意思?用武汉话来说更通俗,叫作"怕惧"。谁要做事无法无天,武汉话就要说:"你这个人么样搞的冇得怕惧?!"在武汉人看来,一个人要是没有了怕惧,这个人就疯了。假如一群人失去了怕惧,结果就不堪设想了。关于忘记敬畏,丢失敬畏,无视敬畏的后果,人类有着极其惨痛的教训。比如"二战"。引发"二战"的是极少数完全彻底发疯的人,但是他们煽动和蛊惑了许多人,导致了全世界近两亿人的死伤,中国死伤人数至今还没有完全统计,不完全统计的死伤人数也达到了三千五百万人左右。因此,在关于敬畏的常识感方面,中外人民的认识惊人一致,古希腊历史学家悲剧作家这些先哲的思想与观点,被普通大众广泛接受并被口口相传成为民间常言,说的是:"神要使之灭亡,必先使之疯狂",民间还有一些说法,如"不待上帝动手,人类已互相残杀"。

怕惧与敬畏,上帝与青天,其实既非迷信,也非高深理论,它就是一个实实在在的社会最普遍的道德准则。违背了，就会出大问题。谁都不要犯横。不管你是否讲道德，也不管你文化程度高低、社会阶层差异乃至国家民族不同，只要是正在生活中的人，你就无一例外。人类社会的最普遍道德准则是必然存在的，它的涵盖性会超过法律。就算你可以从法律的漏洞逃逸出去，你也不可能逃逸出最普遍的道德准则。很简单，因为人是群体动物，每个人都生活在他人环链之间，人类共同生活的漫长经历提供的经验教训，使人们发现并确立了一些最普遍和最基本的特定品性，如：善良，真诚，公正，自由。真善美，总是大家赞许的；舍己为人，都是大家崇尚的。勇敢无畏，都是大家好感并敬佩的。在西方的人权信念里，则更强调了爱与对幸福的追求。正是对这些品性的共同遵守才产生和巩固了人们的共同生存。所谓大众道德法典，也就是这样一些东西，我们也常常称之为良心。良心泯灭，才会丧失敬畏。丧失敬畏，迟早会导致严重后果。

　　我们可以冷静看看现在的社会现象，只稍微追忆一下，严重后果已清晰可见：我经常去的一家理发店，形式上是那样追求新理念，一度改称美发馆，去年又改称发型工作室。健康丰满的艳艳18岁来打工，因温顺乖巧，老板长期留着她。6年过去，眼看着艳艳消瘦枯黄下来。两年前艳艳结婚，一怀孕就流产。去年夏天替人烫发时候晕倒，原以为是流产过多导致贫血，医院确诊是晚期白血病。而这家发型工作室，照样进假冒伪劣用品，送货都是公开公然的，送货者骑摩托车呼啸来去。我家附近，有这么一条街道。近十年来，无数次，我晨昏而坐，亲眼看着一个自相残杀的循环正在进行中：骑摩托车的送货者川流不息，源源不断地把假冒伪劣货品和化学制剂送到沿街各种商铺，质量低劣的摩托车加上驾驶者的胆大妄为无视交规，使他们一次次在大路口出车祸，死伤不断。开餐馆的人去理发，理发店的人又长年累月吃餐馆。喝牛奶的人买猪肉吃，吃猪肉的又买牛奶喝。

本来应该正常饮水的日常生活,充斥着营养快线,那啥牛饮料,基本都是化学垃圾制品。孩子们发胖,性早熟,突发怪病,生了病又被诊所滥用抗生素。那家小菜店的商贩,才45岁,就中风偏瘫了。杂货铺卖假冒伪劣酱油、麻油、卤料、面条的年轻女人,头发掉得几乎秃顶还浑身瘙痒。而我曾经求医过的那个正规大医院的所谓主任医师,借着大医院的幌子、披着专家外衣,却一味算计病人口袋里头的钱,现在已经是乳腺癌晚期。举目再看各行各业以及贪腐公务员,例子不胜枚举。最普遍的道德准则就是这样严肃得不可以违背,因果报应就是这么赫然在目。谁都不要抱饶幸心理,种瓜得瓜种豆得豆,是或迟或早的事情。不是不报,是时候没到。到了,你就会发现为时已晚。

第五辑　幸福是有一颗强大的内心

厚　道

最近武汉超女王贝死在整容台上，终于震动了官方。事实上，整形美容这个行业，混乱已久，人命也不是第一次发生，致伤致残的病例更是数不胜数。暴利把人变成鬼，这一点不奇怪。一项整容，收费动辄万元乃至十几万上百万元，并不是说收费畸高，就会服务到位。而是恰恰相反，正因为利润丰厚，所以不管是否有整形资质的人，都敢在人们脸上动刀子。连气管插管这种最基本医疗护理技术都不懂得，就敢给王贝磨骨，呛死拉倒。结果果然呛死了，最后也果然拉倒了。一段时间过去，该开业的照样开业，该整形的照样整形，该黑钱的照样黑钱。暴利就是有天大的魔力。矿难死人还少吗？政府力度还不够大吗？依然有不少矿主继续进行最低成本的开采。今年政府够辛苦的，今年食品安全屡屡出问题，政府要出重拳整理。今年从烟酒到糖蒜，都涨价到离谱，政府要出重拳整理。今年房价居高不下，政府要出重拳整治。今年打黑除霸，政府要出重拳整理。建筑材料、道路交通、医疗药品，一部社会机器的各个部件，似乎都坏了。政府如此重拳频繁出击，就算能够一时遏制，也很难根本扭转。过几天再一看，暴利依然设法暴利，涨价依然设法涨价，死人的事经常发生，"上有政策下有对策"已经成为全社会最普遍的行为指南。做饮食生意的友人，今年春节给我的短信祝福是一个朴实的提醒：愿你尽量不在外面吃饭！做理发店的朋友，则推心置腹地密授：千万不要轻信外面那些美发店推荐的国际名牌产品，尽可能自己带洗发水和烫发水。就连我经常买菜的菜市场，我买豆制品是听卖主的，买鸡蛋也是听卖主的，因为豆制品有两样的，鸡蛋也有两样的，两样质量不同，价格也天差地别。碰巧顾客多的时候，卖主眼睛故意不看我，只是殷勤接待别的顾客，我则很有默契地在一边等待。我们买卖双方搞得像两个特务，是需要暗号接头的人。等其他顾客离开了，卖主会给我拿来最好的。所谓最好，也就是相对安全一些：哪一种鸡蛋是真正从农家收购来的，饲料添加剂比较少；哪一种豆制品是传统工艺的老卤点卤而不是廉价有毒的工业石膏点卤的。总之，进货的一本账，都只在卖主心里面。豆制品鸡蛋看起来都一模一样，卖主脸上对顾客的笑容也都是一模一样，都是讨好卖乖信誓旦旦，但是对于讨价还价者、贪图便宜者，卖主绝对不吃亏。只有像我这样甘愿接受他的最高开价，并且还经常"零头就不找了"的顾客，且长年累月一贯表现良好，卖主这才会说"把点好东西你吃"。有一阵，我皮肤生了一点小疾，不敢贸然去医院，特意拜托了一位社会地位相当了得的朋友为我引荐医生，朋友也很负责地找到了专业名气不小的老医生，尽管铺垫如许郑重如此，最后还是被德高望重的医生虚假热情一番，结果是给我开出万元大处方。我学医出身，一看处方一被治疗就明白自己被坑了。怎么办？没有办法。据说现在医院大都这样。我唯一的反抗，也不过是当朋友问到头上，我才幽怨地质问："这医生怎么就不将心比心呢？德高望重老医生怎么也不懂得做人要厚道一点呢？"

那么，厚道究竟什么意思？其实卖豆腐的商贩就说得很清楚了。闲聊中他对我说："你这个人做人厚道，我不也就很厚道吗？我不也是把好豆腐给你吃吗？那些吃我豆腐还刻薄小气到恨不得倒赚我几个钱的人,我就是要让他吃死了他还不知道自己怎么死的!不是我做人不厚道,是我做这一点小生意都被到处收费要钱,租金年年涨价,大家都对我不厚道,能怪我吗?"

厚道问题就纠结在这里了。这个常识大家都承认,人人都同意厚道是美德。然而,对厚道的要求,发生了指向歧义。厚道本来是个人要修养的品性,现在变成了对他人的要求。现在人人都认为他人对自己不够厚道。连病人痛恨大处方,医生都可以认为是对医生的不厚道。我那皮肤科德高望重的主任医师就这么认为:像我这样的医生,要是在国外,那多受尊重多赚钱啊,我现在累死累活的,一天看这么多病人,才几个工资?!病人还嫌处方大了!还嫌服务不好,这呀那呀的!说到底,作为病人,我倒是太不知好歹太不厚道了。

关于"厚道"的纠结,我们可以发现我们传统文化的一些致命缺陷。从孔子的"己所不欲,勿施于人"到民间常言说的"将心比心",都是好的提倡,但都是没有具体标准和规范指向的,一直缺乏文化研究与补充,一直充满变数与动态,任何时候都是公说公有理,婆说婆有理。"学习雷锋好榜样"只能够被当作歌唱唱,这种思维方式和行为方式正是传统文化致命缺陷延伸到今天的表现,因为谁都可以要求他人做"雷锋"。"厚道"始终被闲置在对他人的道德要求范畴,我们始终没有给予"厚道"一个量化的行为标准。其实随着社会文明程度的发展和提高,美德标准不仅可以量化,并且必须量化。唯有社会产生了具体美德标准,人们才有行动与评判的依据。量化美德标准最强大的规范力量有两股,一是法律,二是宗教。现在许多人的无法无天,正是一无法律管制,二无信仰约束的结果。若想"厚道"长存,首先法律必须严惩所有不厚道的行为:整容被整死的,喝牛奶中毒的,吃豆腐腹泻的,治病被坑蒙的,等等等等,各行各业,形形色色,大大小小,五花八门,但凡伤害他人,一律严惩不贷。同时,对于"厚道"

的理解与宣传,还是要借助于宗教。"厚道"本来就来自宗教的宽容意义。中国是佛教大国,宽容意义的源头是"空相",所谓"无人相、无我相、无众生相、无寿者相",一个人只有了悟了"不住相布施",他就是忘我的、宽容的、厚道的、淡定的,也就是获得了无边福德的。简单地说,一个人修福德,要从放下自己开始。不过,大约佛教的这种个人修行,对于个体悟性与智性的要求,实在太高了,普及比较困难。困难也还是应该普及。此外,也可以兼容基督教。当今基督教国家的社会宽容性比较大,人们都比较厚道,脾气都比较温好,正与基督教的具体性和大众性是分不开的。《圣经》的教义具体而明确,比如,彼得问耶稣:"我的弟兄得罪我,我该饶恕他几次呢? 七次够吗?"耶稣回答:"不是七次,而是七十个七次。"很具体。再比如,涉及邻里关系,耶稣就说了:"你要爱邻人,就像爱自己一样。"很具体。再比如,人们抓住了一个正在行淫的女人,摩西法律是命令人们必须将这样的女人用石头打死。人们就来问耶稣,耶稣便以自己最具体的行为阐释上帝的爱。首先,耶稣回避正面指责该法律的残酷性;其次,耶稣马上弯下腰在地上写字,为的是给足人们面子,好让他们在无地自容的情况下悄悄开溜,因为耶稣的回答是:"你们当中谁没有犯过罪,谁就先拿石头打她。"人们都是凡夫俗子,谁能无罪呢? 因此就在耶稣写这句话的时候,人们就赶紧溜掉了。西方社会早在恺撒大帝时代,俗世的法制与上帝信仰已然并存,更兼有耶稣的进一步传教。因此,惩恶扬善,非常明晰。怎样做好人? 怎样宽恕他人? 人们有法可依,有理可据,还有耶稣作为上帝的使者教授人们处理问题的具体方式。我以为,现在我们提出的"科学发展观",这是很好的思想。科学的就是不搞虚无的,科学的建树美德就是不能够仅仅搞榜样树典型挂标语呼口号,是要有具体的严谨的可操作的法律条款与更加宽容的文化选择。让我们期待吧。

最危险的游戏

中国成语很多,很厉害,字面学问大。中国人口多,三教九流,鱼龙混杂,民间流传下来的常识,更是世事洞明,现实学问更深,指导意义更大。只有把两者结合起来学习运用、融会贯通,人才容易做到善思明辨。尽管人间三百六十行,行行都有自己的游戏规则。但是一个人很难去把三百六十行都弄懂弄通了,再行评价和为己所用。于是,介乎成语与民谚之间的八个大字,就非常了不起了,简直是智慧、精妙又家常,这就是:文无第一武无第二。就这八个字,把三百六十行一下子分成文武两类,且提纲挈领,纲举目张,触类旁通。我以为,这八个字,算得上是社会游戏规则的宝典了。

首先说"武无第二"。规则明晰而简单而严格:华山论剑,二人相对,手起刀落,一人倒下,一人立身,没有第二名的。决斗亦然,只一声枪响,生存自生存,消亡自消亡。全世界的钟表,校对准星只有一个,那就是英国格林尼治天文台时间。社会上所有"武行",都有其标准与底线,如果马马虎虎、以次充好、以假乱真、唯利是图、弄虚作假,那就肯定坏了!那就肯定毁了!食品安全标准乱了,医院就会涌现大量病人。医疗标准乱了,就会涌现大量死人。疾病和死亡比例高到一定程度,这个种群就有灭顶之灾就危险了。武无第二就是这样一个硬道理,你不承认就不行,它就是一个客观规律。再说说"文无第一"。"文无第一"也是一个客观规律,它的规律就是上无封顶,就是不存在绝对的第一。文是世界上最纠结的行当。纠结状态我们早在三国时代曹丕就有评论,说是"文人相轻,自古而然"。发展到宋代,文人相轻都已经算是古道了,杨万里的评论是:"古者文人相轻,今不相轻而妒焉。"到了鲁迅,说得更狠:"今年的所谓'文人相轻',不但是混淆黑白的口号,掩护着文坛的黑暗,也在给有一些人'挂羊头卖狗肉'的。"显然,自古以来,我们都偏爱道德批判,其中又尤其偏爱私德批判,都以为文人相轻是文人的个人道德问题,是个人境界不够高的问题。还是民间常识更为公允,只说"文无第一"。"文无第一"就是标准本身。究竟什么文章好?哪部小说好?哪首诗歌好?哪个作家好?这是一个萝卜青菜各有所爱的问题。文人都认为自己的作品好,也是顺理成章自然而然的:如果他自己都不觉得好,他就不会拿出去出版了。如果一个作家总是觉得别人的作品比自己的好,那么他自己何以保持写作的基本动力呢?文人自傲,是与他从事的专业性质有极大关系的,这个专业就是需要独创且需要自信自己的独创,这实在不单单是一个个人道德和个人境界问题。而个人道德和个人境界,无论三百六十行,无论什么人,都有高低贵贱之分。如此一说就泾渭分明了:文化行业的评奖与获奖,根本就是一个热闹和鼓励,是喜欢萝卜的人在奖励萝卜,是喜欢青菜的人在奖励青菜,是需要为己所用的人在奖励对自己有利的作品,都是局部的,都是片面的,都是相对而言的。只要我们注重常识,弄明白这样一些道理,我们就不会有太多的困惑与混淆。就不会被媒体的炒作搞乱、不会被某些所谓名家大师的推荐搞乱、不会被鲁迅所说的"掩护着文坛的黑暗,也在给有一些人'挂羊头卖狗肉'的"搞乱、不会被诺贝尔文学奖以及大大小小的各种文学奖搞乱:乱到经常不知道读什么书?就连出差带一本书看,临行都会拿不准是这本还是那本?很简单,自己喜欢的就是好的。一个人只要坚持自己喜欢的阅读,你逐渐就会有个人的文化品位、文化眼光和文化标准。你的品位、眼光和标准,会随着阅历与年龄增长而变化,但你不会乱。

最近中国作协第五届鲁奖评出,诗歌奖得主之一车延高忽然在网络被关注,因为老车的官员身份,网友们质疑纷纷,调笑种种。其中不少发言人,贬低者极尽贬低,抬高者极尽抬高,面孔都绷得很紧张,话都说得很绝对。这一番热闹不打紧,严重的是大大误人子弟。把个原本清晰的常识"文无第一"规则,轻易就遗忘和丢掉了。网上可以看到许多人的态度与观点:文学是社会良心,评奖不公就是牺牲了良心;文学是人类精神和灵魂,评奖不公就是毁灭精神毒害灵魂。这些说法听起来很可爱,有热血,有激情,有正义感。但是,这一堆看起来可爱的言辞,只是一堆纷乱纠结丧失常识的感性。在老车这里,之所以混乱更甚,是网友把诗歌之外的阶级感情也掺杂进来了。这些想法都不是思想。思想是需要理性地清理出来的。不错,评奖这项活动,由于名利含量高,容易被利欲熏心的人通过运作而获奖。尤其当下,整个社会风气都严重不良,运作获奖丑闻也的确频频发生。好在对于一个文学奖项来说,哪怕是诺贝尔文学奖,也完全彻底地不是"等一"的标志。文学奖也就是几个人,或某个机构,大家拢在一起,传一点关于热闹文学的事儿。却还真没有任何文学奖,会强迫读者承认或者接受某个获奖作家与其作品。你可以就老车的诗歌,决定自己是否接受它。如果你喜欢,它的获奖就是名至实归;如果你不接受,它的获奖在你这里就不存在,没有任何价值。假如发生并被发现了有文学作品之外的运作和炒作,你就看它是一丑闻;如有违法乱纪了,它应有相关法纪追究。

当然,理想很美好,现实很无奈。管不了别人,我们可以管好自己。只有"文无第一"实在是大智慧,它教导了我们文学艺术的属性本质,是个什么东西。文学艺术的属性在个人审美领域,在个人感觉范畴,它是情人眼里出西施。文学与人的关系,仿佛爱情与人。你爱上它,它才是你的王子;你不爱它,它之于你就是青蛙。一个人不喜欢的文学作品,无论其获得天大的奖项,都永远影响不了你;你肯定不会灵魂被毒害、精神被腐蚀,你几代后人也不会萎靡不振。当然只有一点例外:除非你自己是一糊涂蛋。你人云亦云。你喜欢跟风。你易被舆论左右。你混淆了作品品质与获奖的关系。那样,你倒是真有可能误入歧途。

作为作家,同时又作为读者,我是有点体会的。28年前,加西亚·马尔克斯就获了诺贝尔文学奖,我喜欢他。但是同时我还喜欢甚至喜欢更多一点的是作家马里奥·略萨。而略萨直到今年,才获得诺贝尔文学奖。不过,对于我个人来说,略萨小说《胡利娅姨妈与作家》在某些叙事特质上,肯定超过马尔克斯的《百年孤独》。《百年孤独》是宏大叙事。宏大叙事的小说特点是让你初读就会受到一种震撼,因此是更容易获奖的。略萨独特的隐秘的刻骨的个人叙事,初读的滋味很不确定,也难以表达,但是他会吸引你一再阅读,一再发现更加透骨的味道,可以安慰一个个体生命许多孤独难熬的时刻。但是,这样的作品往往不容易获奖,因它太需要时间的发酵。不过,我并没有因此而在28年里,每年都对诺贝尔文学奖吐口水。我没有忘记"文无第一"的常识。再说了,如果在文学奖的作用下,或者说诱惑下,写作的人越来越多,这是好事情。写作毕竟有利于社会人群的文化。还是说老车,我是认识他的,几年来,我亲睹了他对诗歌发自内心的热爱与激情,工作之余他写得如痴如醉废寝忘食,这种爱好难道是坏事?当然不是坏事!关键的问题在于文学奖本身,建立相对公平公正的评选规则,这是必须的,否则一不当心,就成一社会丑闻。

事实上，搞坏文学奖的是操作评奖的人，而不是写作的人。

另外，我们大众和社会整体，对于奖项，也是太过信任和期待了。我们的教育就是这样的拔尖教育，从幼儿园的小红花到小学的红领巾，从"三好学生"到各类拔尖人才，我们被训练得什么都分三六九等，然后我们人人力争最高等级，再人人都信任最高等级。于是神圣的信任感就被利用了，弄虚作假们和假冒伪劣们钻营的机会就来了。现在举目四望，中国各种名目的奖项之多难以计数，简直奖如雨下。文学奖且还不直接要命，直接要命的是那些"武无第二"的行业。我们信任牛奶奖，食品奖，茶叶奖，酱油奖，食用油奖，直至牙膏奖，洗衣粉奖，更要命的还有药品奖，建筑奖，等等。我们不去追究某行业的专业标准是什么，专业标准应该是什么，该奖项的产品是否符合该专业最基本的安全指标。而现实中的有毒牛奶，有毒大米，地沟油，化学制剂配制酱油，伪劣药品，以竹签替代钢筋建筑的高层住宅，此起彼伏地出现以至于泛滥。直到最近，国家才叫停面粉漂白剂，但已经使用了长达24年之久！说是叫停，到底怎么个停法呢？是否又会落入"上有政策下有对策"的怪圈？一切都严重存疑。

上周我去麦德龙超市采购食品，在面条柜台前反复徘徊犹豫，最后一跺脚，买了韩国面条。韩国泉牌挂面，包装上没有任何豪言壮语和任何奖项，成分就是小麦粉和食盐，图案就是一碗面条，表格里标明的是各种营养成分。猛一看价格是太贵了：13.60元一斤！不过回家一吃，啊，往日重现！故乡啊故乡我的故乡，那完全就是一口吃到了故乡的熟稔温暖之感。那是我小时候常吃的面条：面粉充满麦子的香甜，劲道是充满揣面的滑爽柔韧。再掰指头一算：一斤挂面可以煮五碗汤面，平均2.72元一碗，加上西红柿鸡蛋的浇头，就算它每碗4块钱吧。而我家附近面馆，只店铺挂了几幅粗糙的山水画，服务员穿唐装，一碗金奖牛肉面就要28块钱，面条不香且不说，面汤里头的味精鸡精浓汤精多到口苦,吃完之后不停地要喝水,经常还会闹肚子。一日三餐食用类似这样华而不实的获奖酱油获奖食用油,能够没有长期的隐忧吗?这些金奖银奖行业大赛奖的究竟啥意思呢?太没有游戏规则了!于是,心一横,再去买进口盐。盐是每天的必需,再贵总比吃药便宜。答曰:无进口盐。面对花花绿绿加碘盐加锌加钙盐,是选择获奖的还是普通的呢?一时间我大脑空白无所适从。怎么办?不知道。只知道一个失去了游戏规则的游戏,肯定是一个危险游戏。

竹杖芒鞋的平与和

与1923年的周作人先生不一样,我并不是"近来作文极慕平淡自然的景地"。也不是陶渊明的桃花源里可耕田。还不是苏东坡的贬授黄州,却豪气与旷达依旧,照样可以是"竹杖芒鞋轻胜马,谁怕?一蓑烟雨任平生"。我实在是有些气急,也有一些败坏,更多是无奈。气急败坏和无奈到煞是难受!去年,我在阿姆斯特丹机场候机,乘荷航飞北京。大飞机,上下两层,几百号乘客,其中有一群中国人。走向候机厅,一眼看过去,中国人最富有最神气,差不多人人都挎顶级奢侈品牌的包包,好些老外羡慕地拿眼角瞟啊瞟,简直扬我国威。快到登机时间了,荷航工作人员开始为乘客排队,老弱病残妇幼一队,头等舱商务舱一队,一楼和二楼各一队,又是牵隔离带,又是竖指示牌,若干队伍不容易排好。再一个个核对护照和机票。再一个个人头点数。他们慢条斯理,轻言细语,不慌不忙。再点数一遍,又再点数一遍,一副算术很差的小学生神态。居然乘客们也都任其摆布,安之若素。中国人忍不住了。一个抑扬顿挫且发音高亢的北京话愤怒地响了起来:"喂!什么破航空公司!忒没效率了吧!这里又不是幼儿园,还排排坐吃果果啊!赶快登机啊!谁又不是文盲还不会自己找座位啊!他妈×笨的!烦死人了!"

最初一刻,所有乘客都大吃一惊,都朝中国人看,尽管语言不通却表情通,多看两眼,老外们就明白中国人急躁发怒爆粗口了。一旦明白,难堪降临。白人、黑人、印第安人、阿拉伯人,以及还有一些说不清是啥种族的人,居然全体高度一致地默然,高度一致地对中国人侧目而视,高度一致地仿佛中国人不再存在。北京普通话以更加冒火的嗓门再一次爆响:"怎么啦怎么啦?他们这么没效率我还说不得了!"这一刻,我们所有的奢侈豪华,所有的五彩缤纷,所有的自豪和骄傲,都黯然失色。这是国外的地盘,我无处可逃,无处可躲,我被钉在耻辱柱上,我沉不住气了。年底在伦敦,圣诞节上街逛逛,忽听警车鸣笛疾驰,一辆接一辆,又忽见老外们都悄然止步,不再前行,三三两两都进入伦敦老街的老百货商店或者传统小店铺,踮脚眺望,前面繁华大街人头攒动,黑压压一片真格全是黑头发:这是 LV 等奢侈品牌开卖了,圣诞节优惠了,圣诞节发布和推出新品了,中国人如潮涌来,手持打货的蛇皮袋子,奋不顾身,大肆抢购,硬是把所有昂贵、优雅、艺术和品位贱买成了萝卜青菜。据次日新闻报道:为圣诞节中国人在几家豪华商厦购物抢货,伦敦出动所有警力维持秩序,遗憾的是还有一中国人在拥挤中窒息而亡。这是英国地盘,我再一次感觉无处可逃,无处可躲,被钉在耻辱柱上,我实在沉不住气了。心里实在是气急败坏了。作为中国人,实在不想再出门。

关键时刻,中国历代的文人名士,都是我救命药方。似乎也是现在人文知识分子们劝诫国人的良言。电视里开讲坛,博古谈今,津津乐道。又把电视讲古结成集子,放到书店去卖。还把电视讲古制作成音像碟片,也拿出去卖。市面上也流行几年了,出售几年了,怎么中国人越来越焦躁呢?以我的职业,我也自诩文人,一直竭力修身养性,但是一旦面临以上情形,面对我们现在所处的时代,我直觉得陷在一个困境里头,很难做到胸怀豁然,心气平和。

我只能认为唐朝宋代再没有现在好，也很好，文人名士受到的尊重，是来自历史来自传统来自社会政治结构来自每个人的骨子里头，文士们之所以敢说"士可杀不可辱"，是因为谁敢杀士谁就是自取其辱。再前面的晋代或者再后面的民国，再没有现在好，也很好。社会环境还是非常有利于文人名士神闲气定，保持节操。比如苏轼犯了政治错误，受到贬谪，在黄州，不仅可以经常吃吃东坡肉，不仅可以获得批地50亩，自建泥瓦屋5间，因此苏轼还是可以坚持名士风度，把自耕地号称"东坡"，把泥瓦屋号称"雪堂"。当时的社会环境民间氛围，就是很好，根本连同情和怜悯都不是，就是在交往一个堂堂正正的人。苏东坡与佛印禅师是佛缘诗偈好友。苏东坡诗偈赞颂佛印禅师"稽首天中天，毫光照大千，八风吹不动，端坐紫金莲"，书童送到江南，佛印看过，即批二字"放屁"，书童又拿回江北。于是就产生了"八风吹不动，一屁打过江"的佳话。八风，就是"利、衰、毁、誉、称、讥、苦、乐"了，四顺四逆，都容易使人激情狂热奋斗竞争，皆被历代名士和佛门禅宗修身力戒。佛印这是在敲打苏东坡呢：既然你苏东坡与我交往成友，跟我修身正心，自以为超然物外，八风不动，却怎么还给我拍出这等俗气的马屁呢？可见，苏轼的环境有多好，怎么不会有利于他既高洁孤傲又淡定平和呢？然而，现在，当今，社会上是人人都喜欢听好话。交往规律就一条：千穿万穿马屁不穿。

因此，在今天的时代，仅用树立往昔时代的榜样，是没有用的了。比如在阿姆斯特丹机场，在伦敦圣诞节狂购奢侈品的大街上，我们仅运用禅宗公案的短小精巧，语言机智，微言大义，就能够让中国人平和起来？今天的抢劫银行杀人越货者，还会怕大含和尚？故事说是大含和尚明明知道强盗进屋了，还稳坐案头读书，只轻轻一问：要钱还是要命？强盗答：要钱。大含和尚只把怀中钱袋甩了出去，自己依然稳坐读书。强盗正要离开，大含和尚又轻轻一句：把门带上。结果反倒把强盗吓得屁滚尿流了。

是的,今天的时代,我们尤其需要平和品质,尤其需要从容淡定,尤其需要温文尔雅,但是我们更要明白,禅宗公案缺乏实际运用了,快餐式孔孟中庸之道那些浅显说教比如子曰和为贵、古来富贵如浮云金钱如粪土、为人要顺其自然、与世无争、心如止水、清虚冲淡,同样也缺乏实际运用了。现在我们不加分辨地把古代优良品质对接当下,是有点食古不化和对牛弹琴了。当今的平和品质,与传统的名士风度无关,与学佛参禅无关,与后人片面狭隘理解的子曰无关。我们首先要理解和看清的现世现实,是这个宇宙。是生物在不断进化,是科学在不断发展,是社会在不断进步。是中国早有的常识和警句:逆水行舟,不进则退。我们要的平和品质,是一种敢于面对现实生活的积极平和,不是一味好古的消极平和;是现实的实用平和,不是历史的务虚平和。是要有一种客观的态度,面对一桩事物,有一个客观关照,要安静一些,安安静静面对客观,关照客观,理解客观,再因势利导,做出对自己有利,对他人也有利,对社会也有利,对民族也有利的决策,以及行动。执着、狂热与自己的主观意识,已经贻害大方了:我们要改天换地,要人定胜天,要大干快上,上学要北大清华,工作要升官发财,我们就是要让别人看看我们有多么厉害,我们急急匆匆修公路铁路,急急匆匆修高楼大厦,急急匆匆修隧道管涵,上至风电火电水电,乃至种植白菜萝卜黄瓜,都一律飞快,都立竿见影,都把必须的科学的客观的细致的过程省略掉。我们粗糙,潦草,含糊其词。我们猴子掰棒子。我们拔出萝卜带走泥。我们小车飞快,行走飞快,办事飞快,说话飞快。我们不听他人言谈,没有交流过程,没有商量余地,没有再三探讨和论证。如此这样几十年,都是这样的急煎煎烈火烹油的社会环境,于是我们变了,我们不是中国古人了,名士风度不再了,人文知识分子都发展到不顾廉耻钻营炒作拿钱买位置买奖项了。

比一比,看一看,百姓自然心气难平,更是动不动就怒从心头起,恶向胆边生了。我们高楼大厦有了,立锥之地没了。香车宝马有了,道路通畅没了。鸡鸭鱼肉有了,食品安全没了。奢侈豪华有了,个人尊严没了。膘肥体壮有了,心平气和没了。

可怜剩下的,我们还没有完全忘记的,生活中也还时常会想到和不得不认账的,也就是常识了。常言说:心急吃不得滚粥。常言说:一口吃不成胖子。常言说:慢工出细活。常言说:只要功夫深,铁棒磨成针。常言说:不怕慢只怕站。常言说:拔苗助长徒劳无益。常言说:两头赶没早饭。其实所有民间传下来的常言,体现的精神,正是孔孟的中庸之道。所谓中庸,中是中间,庸取用意;庚字头则是更事。关键我们要理解的是中庸之道实质蕴含的现实指导意义:我们做人做事,要不着急,也不拖沓;不赶忙,也不耽误。处理应对,不走极端。平平和和,扎扎实实,对人对己,才是妥帖。每临大事有静气,大人物都这么要求自己,是有道理的。静而神定气平和求中正——这是蒋介石的手书,也是要求他自己。其实如果我们仅仅能够做到不忘记常识也就是懂得大道理了,我们自然就会渐渐恢复平和,当我们做到平和的时候,我们会发现,我们受到了真正的尊重,获得了真正财富,子子孙孙,受用不尽。

咀嚼爱惜

爱惜，不是爱，不同于爱；也不是惜，也不同于惜，就是爱惜。爱惜是小时候会意的，长大逐渐倒不会意了。小时候端起饭碗，很郑重，记得要把碗端牢，别摔破了；记得喝水要把杯子柄捏好，别摔破了。这就是爱惜。郑重，用心，专意，别让不该破碎的东西失手破碎。

按说人长大了，是应该更懂得爱惜的。我却聪明不够，长期不懂。可见常识也是要悟道的。记得那会儿我刚刚红起来，到处领奖，到处参加笔会与文学活动，那时候自助餐也刚刚时兴，本是洋为中用的一个试图节约的理念，还是中国做派了，自助餐也是可劲儿上菜。吃的时候，见有些著名作家，也中国做派十足，大盘拿菜，高堆满上，自己是否喜欢吃或者自己是否吃得了，全然不顾，只怕吃亏，多多益善，结果吃很多也丢很多，桌子面前搞得杯盘狼藉。这一下我的失望非同小可：原我见不得人糟蹋粮食！也见不得贪馋相，觉得下贱！饭后我是连人家的作品，也都不会再看得上了。我一直以为，这样的一些人，就是所谓饕餮之徒。近年来才有辨识，那其实不是饕餮，是不知爱惜。吃饭的时候，爱惜的东西有两样：一是食物，二是吃相。两样都照见自己生命。吃东西是不管西式中式洋派土派的，都照见自己的生命。人的生命品质有高低贵贱之分，你懂爱惜，你才有高贵的可能，这是范用教我的。在我这里，范用倒没有多说什么，只他就这么做人。屈指一算，我认识范用，都15年了。

15年前我与范用认识。那一天恰就是一部电影，就是适合当时演了以后再一遍又一遍放映的。那是朋友的一场小范围聚会，为黄宗英冯亦代的结婚贺喜，地点就在北京张洁家里。张洁与我母亲同年，我却从来只能把她当平辈，都是直呼"张洁"，我欣赏她那股英气刚烈的妩媚，只觉得年龄不往她身上过。又我有一桩偏爱，就爱那种爱情像影子一样随身的女子，只觉得她生命的丰富有如牡丹饱满艳丽，不是面子上的化妆打扮，就是她这个人。她这个人无论高矮胖瘦，就是有一股子风流气质，这气质竟不在五官与长相上头，就只是她举手投足一颦一笑都叫你感觉一种骨子里头的真风流；这真风流也不在乎岁月沧桑，不似春风桃李易谢，只似南山松柏心。在我看来，女人中的张洁是，黄宗英也是。那天黄宗英鹤发童颜，一张满月的脸，就是她这辈子终于与她的亦代哥哥得以成婚的喜帖，有人间罕见的花好月圆。不过我私心里，倒是更喜欢黄宗英的寡瘦寡瘦。电影中那瘦削双肩薄薄扁扁一叶飘萍的"梅表姐"，应该就是黄宗英她自己。我又私心更喜欢楚楚动人，仿佛恰到好处的瘦与弱，才算得上"楚楚"。不过黄宗英的瘦与弱熬到最后，结局是大丰收的丰盛和屯满钵满的豪华，也有好梦成真的圆润美满之华丽。于是这一天，就实在难以忘怀。而范用就在这一天里，给了我特别的印象。那天唯独他仿佛在这花好月圆之外站立，有一种冷静到对浪漫的不昏头。他干练小个子，贝雷帽，长围巾，文化气息十足。

张洁为我俩做介绍，说"这是三联范老板"。我蒙了。那时候我这个人是难以想象的幼稚无知，年轻时候一直都是只管看书不懂看书的版权页。范用主动替我解蒙，说："武汉可以说是我的老家啊，我可是在武汉做学徒到今天的啊！"此前，我竟然稀里糊涂地以为30年代在汉口交通路搞出版的人都是邹韬奋那一拨，应早已牺牲。也不能瞬间把《傅雷家书》等几本三联勇敢出版的书籍与范用的勇敢和魄力联系起来。范用很是理解我的无知，也并不反感我晚生后辈浅薄，没有借故离开，定定地立我对面，递给我一张名片。我接了，放进口袋。见我再无动静，范用倒笑，主动找我讨要名片。我却哪里有什么名片？范用便叫张洁找来笔和纸，让我写下了通信地址。他接过，也好生放进口袋，又向我约稿，说："给我们写啊。"我诺诺点头，事后却不知道写什么。见范用出版的都是巴金傅雷那些前辈大家，只觉得自己不在那个范畴，一直就再没有主动与范用联系。

再后来一些年，因文学方面的活动很多，我常去北京。在北京招待所或者酒店住着，即使想起范用名字，也没想要见他的人。我天生孤僻性格，文坛热闹见过了，也就不再稀罕了，有意无意都更选择疏离，人家自然也懒得热脸挨冷脸。料不到的是，范用与人家不一样。后来，他写了《我爱穆源》，赠我一本，挂号邮寄到我家。后来他搬了家，又寄我一份迁帖，是白纸黑字一卡片，文字幽默风趣通情达理，我感觉那帖子，好似冬季晴日下一樽水晶花瓶，斜插了一枝素百合。我就把这些文字，写在散文《十年识得范用字》里头了，显然范用终于也看到。记得有谁告诉我说："范用看到了，他笑。"再有漫画家丁聪来汉，也转达我，说范用问你好，让你给他写东西。多少年里，范用就这样，不火热，不紧密，也不怪人不主动，却只是自己端好那只"碗"，爱惜着，不叫它掉落地上摔碎了。也就因此，我对范用由印象变成感情。感情这东西是有涟漪的，它会在岁月里荡荡漾漾不肯散去，平时也不觉，时刻一来，它就是要陡起波浪。之所以答应朱伟约稿，决定在《三联生活周刊》开专栏，其实第一时间内心就是想到了范用必定有自己单位的杂志，也必定时常翻阅翻阅，也再一次闪过范用看到了我专栏的神情："他笑。"

第五辑　幸福是有一颗强大的内心

可是,世事难料的巧,就发生在我和范用之间了!我的第一篇专栏文章9月13日出刊,次日范用去世,偏就是这样的擦肩而过!当日有媒体找我采访,我一句话不说扣了电话。我哪里可以言语?唯有泪水哗哗涌流。以后几天报纸新闻,我连范用这个名字都要躲闪不看。真动感情的事情,我这人脸面上反倒木然,只内心酸楚止不住。忽然,前日,我收到一封素白挂号平信,竟是范用自己给我的告别函!当然,是三联出版社邮寄出来的,却地址显然还是我15年前留给范用的老地址。告别函还是一张素色卡片,还是范用自己设计的:范用的素色照片和他的文字。打头八个字就是大气凛然的告辞:"匆匆过客,终成归人。"最后落款是:"范用合十。"其间有一小段文字,内容写的是他这一生都要感谢亲人与师友。噢,范用!范用连离开人世都是如此爱惜世人!端地做人好生周正啊!

今我出远门在外,天涯海角。这篇文字,从凌晨写到黎明,慢慢写来,为的是慢慢送别范用,慢慢爱惜这文字中出现的所有人与物,慢慢爱惜那慢慢过去的岁月与记忆。其中也立下一个我自己要学会爱惜的决心,学会时时刻刻提醒自己须得爱惜自己生命,须得爱惜与我有缘的一切人的生命。现在,请晨曦来为我做个明证。

图书在版编目（CIP）数据

奇迹总会有 / 池莉著. -- 北京 ：人民日报出版社，2018.4
ISBN 978-7-5115-5376-8

Ⅰ. ①奇… Ⅱ. ①池… Ⅲ. ①散文集－中国－当代
Ⅳ. ①I267

中国版本图书馆 CIP 数据核字(2018)第056563号

书　　名：	奇迹总会有
作　　者：	池　莉
出 版 人：	董　伟
责任编辑：	陈　红
装帧设计：	刘　晓
出版发行：	人民日报出版社
社　　址：	北京金台西路2号
邮政编码：	100733
发行热线：	（010）65369509　65369527　65369846　65363528
邮购热线：	（010）65369530　65363527
编辑热线：	（010）65369844
网　　址：	www.peopledailypress.com
经　　销：	新华书店
印　　刷：	三河市恒升印装有限公司
开　　本：	710 mm×1000 mm　1/16
字　　数：	222 千
印　　张：	18
印　　次：	2018 年 10 月第 1 版　2018 年 10 月第 1 次印刷
书　　号：	ISBN 978-7-5115-5376-8
定　　价：	30.00 元

书目表
SHU MU BIAO

书名	定价	书名	定价
童年	18.00 元	冯骥才精选集	28.00 元
名人传	20.00 元	张贤亮精选集	28.00 元
鲁滨孙漂流记	20.00 元	汪曾祺精选集	28.00 元
汤姆·索亚历险记	18.00 元	高晓声精选集	28.00 元
汤姆叔叔的小屋	16.00 元	沈从文精选集	25.00 元
假如给我三天光明	23.00 元	林海音精选集	25.00 元
泰戈尔诗集	20.00 元	林徽音精选集	18.00 元
老人与海	16.00 元	鲁迅精选集	21.00 元
金银岛	16.00 元	老舍精选集	20.00 元
瓦尔登湖	20.00 元	萧红精选集	21.00 元
在人间 我的大学	30.00 元	徐志摩精选集	21.00 元
战争与和平（上下）	70.00 元	朱自清精选集	21.00 元
母亲	24.00 元	艾青诗集	28.00 元
基督山伯爵（上下）	65.00 元	海子诗集	28.00 元
红与黑	28.00 元	迟子建精选集	28.00 元
堂吉诃德	40.00 元	毕淑敏精选集	29.00 元
三个火枪手	37.00 元	林夕精选集	28.00 元
简·爱	30.00 元	刘心武精选集	28.00 元
飘（上下）	58.00 元	贾平凹精选集	28.00 元
海底两万里	23.00 元	白洋淀纪事	29.00 元
古希腊神话与传说	31.00 元	唐诗三百首	25.00 元
钢铁是怎样炼成的	25.00 元	宋词三百首	31.00 元
复活	28.00 元	寂静的春天	20.00 元
呼啸山庄	20.00 元	我是猫	26.00 元
福尔摩斯探案集	37.00 元	给青年的十二封信	15.00 元
大卫·科波菲尔（上下）	52.00 元	谈美书简	18.00 元
巴黎圣母院	29.00 元	奇迹总会有	30.00 元
悲惨世界（上下）	65.00 元	三千里地九霄云	30.00 元
傲慢与偏见	20.00 元	顾城诗集	28.00 元
莎士比亚戏剧集	20.00 元	西游记（上下）	46.00 元
猎人笔记	22.00 元	水浒传（上下）	56.00 元
昆虫记	18.00 元	三国演义（上下）	40.00 元
镜花缘	31.00 元	红楼梦（上下）	56.00 元
四世同堂	59.00 元		